密室黄金時代の殺人
雪の館と六つのトリック

鴨崎暖炉

宝島社
文庫

宝島社

【目次】

探岡《さぐりおか》エイジ……二十五歳。密室探偵。
社《やしろ》晴《はる》樹《き》……四十五歳。貿易会社社長。
石《いし》川《かわ》博《ひろ》信《のぶ》……三十二歳。医師。
長《は》谷《せ》見《み》梨《り》々《り》亜《あ》……十五歳。中学三年生で国民的女優。
真《ま》似《ね》井《い》敏《とし》郎《ろう》……二十八歳。梨々亜のマネージャー。
フェンリル・アリスハザード……十七歳。イギリス人。
神《かん》崎《ざき》覚《さとる》……三十一歳。宗教団体『暁の塔』の神父。
詩《し》葉《は》井《い》玲《れい》子《こ》……二十九歳。雪白館の支配人。
迷《めい》路《ろ》坂《ざか》知《ち》佳《か》……二十二歳。雪白館のメイド。
葛《くず》白《しろ》香《か》澄《すみ》……十七歳。高校二年生。
朝《あさ》比《ひ》奈《な》夜《よ》月《づき》……二十歳。大学二年生。
蜜《みつ》村《むら》漆《しつ》璃《り》……十七歳。高校二年生。

雪白館　見取り図

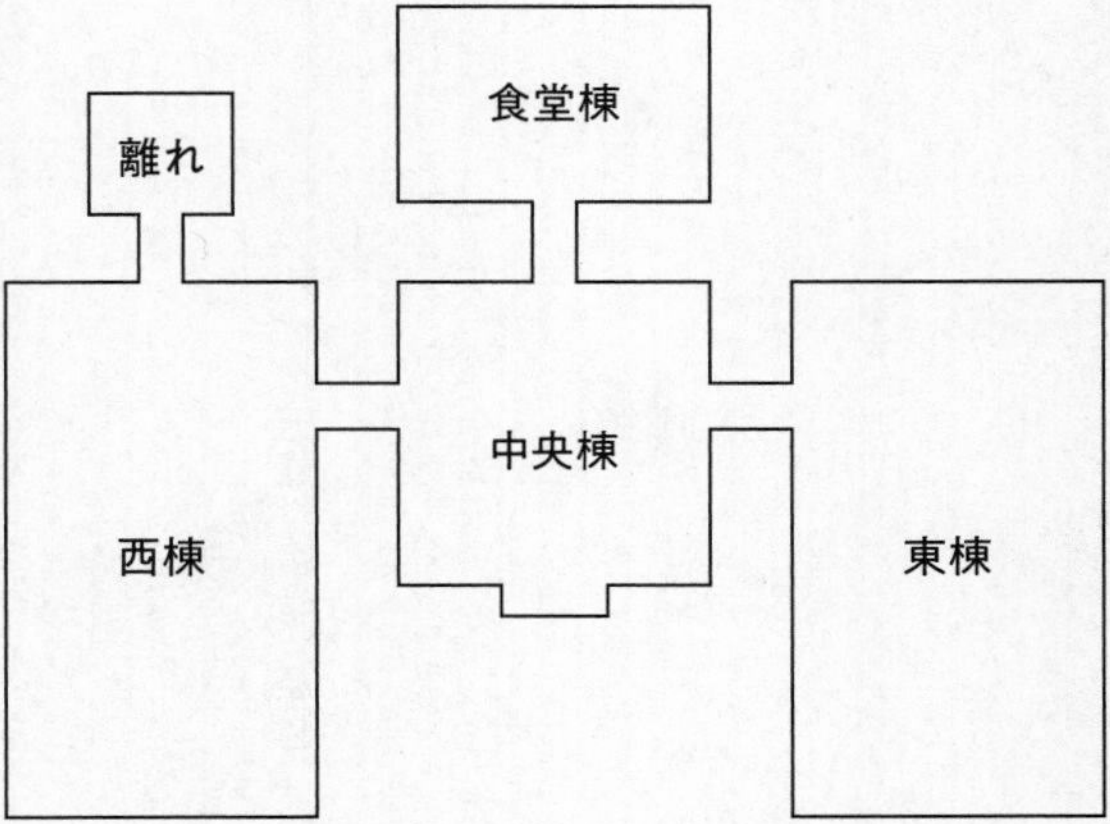

密室黄金時代の殺人　雪の館と六つのトリック

『密室の不解証明は、現場の不在証明と同等の価値がある』

――東京地方裁判所裁判官　黒川ちよりの判決文より抜粋

Prologue　日本で初めて密室殺人が起きてから三年が経った

　男が殺されたのは三年前の冬のことで、それが日本で初めて起きた密室殺人事件だとされている。幸い犯人はすぐに捕まり、断ずる証拠も十分で、ただ現場の不可能状況をどう扱うのかだけが問題だった。

　そう――、不可能状況だ。現場は完璧な密室で、警察や検察の誰一人として、その謎を解き明かすことはできなかったのだから。だからそれは事件における最も重要な事柄で、当然、裁判の争点もその密室が中心となった。

「現場が密室であったことは、重要な問題であるとは言えない」それが第一審における検察側の主張だった。「客観的な証拠に基づいて、被告が犯人であることは明らかです。ならば『どう殺したのか？』などというのは、些末《さまつ》な問題に過ぎません。『どうにかして殺した』のでしょう。被告が秘匿しているだけでその方法は確かに存在するはずで、現場の不可能状況が、被告の無罪を裏付ける根拠には絶対にならないはずです」

対して、弁護側はこう主張した。

「我が国の裁判制度において、本来、犯行の不可能性というのは重大な意味を持つはずです。その最たる例がアリバイで、仮に被告に完璧なアリバイがあった場合、我が国では必ず無罪になる。何故なら、被告に犯行が不可能だからです。今回の密室状況もそれと同じ――、現場が密室であった以上、それは被告のみならず、この世界のどんな人間にとっても犯行が不可能だということを意味しています。つまり現場が完璧な密室であることは、被告に完璧なアリバイがあることと同等の意味を持つということです。なのに密室の場合に限って『どうにかして殺した』『やり方はわからないが、どうにかしたのだろう』と黙殺するのは、ひどく一貫性がなく、他の刑事事件の判例と矛盾するのは明らかです」

こうして前代未聞の密室裁判は密室を中心に進んでいき、東京地裁の裁判官は結局、弁護側の主張を受け入れた。すなわち、『密室の不解証明は、現場の不在証明と同等の価値がある』――、被告に犯行が不可能であることを鑑み、無罪判決を下すことになったのだ。

第二審も一審を受けて無罪――、そして最高裁は検察側の上告を棄却した。

この判決は大きな衝撃をもって、国民へと受け入れられた。どんなに疑わしい状況であっても、現場が密室である限り無罪であることが担保される。それはある意味では、司法が密室というものの価値を認めた瞬間だった。『行うことに何の意味もない』――、数多《あまた》の推理小説の中でそう蔑《さげす》まれていた密室殺人というジャンルが、この判例により現実の中でその立場を逆転させたのだ。

それがこの事件における些細な『功《こう》』で、そして『罪《ざい》』はわかりやすい。地裁の判決が出てひと月も経《た》たないうちに、密室殺人が四つも起きた。さらに翌月には七つ。密室は流行《はや》り病のように、社会へと浸透していく。

＊

この三年で三〇二件の密室殺人事件が起きた。

それはこの国で一年に起きる殺人事件の三割が、密室殺人であることを意味している。

女はひどく興奮しているようで、唾を飛ばしそうな勢いで『私』に捲《まく》し立てていた。かと思えば、妙にしんみりする時もある。情緒が不安定なのだ、と『私』は思った。

聞けば、女は集団自殺の生き残りであるらしい。自殺サイトで知り合ったメンバーたちと一緒に、彼女は山奥の廃屋に向かった。そこで水の入ったグラスを人数分用意する。そのグラスにアコニチンだか青酸カリだかテトロドトキシンだかを入れるのだが、実はそのグラスの中の一つには毒の代わりに睡眠薬が入っている。

「つまり、どういうことかわかりますか？」と女は言った。「一人だけ生き残るということです」

それはそうだろうな、と『私』は思った。

「そしてその睡眠薬を飲んだのが私です」

それはそうだろうな、と『私』は思った。

「まったく、面倒なことになりました。みんなで仲良く死ぬつもりが、私はこんなシケた場所で今もコーヒーを飲んでいます」

「良かったじゃないですか」と『私』は言った。「命は大切ですよ」

女は、にやりと笑った。

「あなたがそれを言いますか？」

『私』はコーヒーを一口飲んだ。まずいコーヒーだ。自分で入れたコーヒーだけど。

どうやら『私』には、コーヒーを入れる才能はないらしい。

というよりも、『私』に得意なことなど一つしかないが。

密室を——、作ることだけ。

「とにかく、私は生き残った」と女は言った。「だから私は、あなたに会いに来たのです」

女は『私』の顔を指差す。

「『密室使い』さん、あなたに」

＊

「香澄《かすみ》くん、ポッキー食べる？」

車窓の景色を眺めていると、向かいの席に座る朝比奈夜月《あさひなよづき》がポッキーの箱を差し出してきた。僕は「食べる」と言って、彼女の手にした箱から一本摘《つま》む。それをくわえながら、再び窓に視線をやった。列車と同じ速度で十二月の景色が流れていく。雪は積もっていないけれど草木が枯れてうら寂しい。何となく、アンニュイな気持ちになる。

「何、アンニュイになってんだか」とポッキーを食べながら夜月が言った。「もしかして詩人を目指してるの？　毎日寝る前に自作の詩をノートに書き綴《つづ》るタイプなの？」

とりあえず、こいつが詩人をバカにしてるのは伝わった。僕はあしらうように言う。

「詩なんて、中学の時以来書いてないよ」

「中学の時は書いてたんだ？」

「中学生は普通書くだろ」

「普通の基準がわかんない。香澄くんの基準と世間の基準を比べるのはやめてほしい」

何故だか怒られてしまった。ちなみに香澄というのは僕の下の名前で、名字は葛白《くずしろ》。

葛白香澄。だから小学生の時は一時期『くずかす』と呼ばれていた。『キムタク』と同じ要領なのだが、なんか全然違っていた。しまいには学級会で、先生から『葛白くんを、くずかすと呼ぶのはやめましょう』と皆がお叱りを受けたほどだ。僕はその学級会の間、とても悲しい気分だった。そのことを夜月に話すと、「『葛』に『かすみ』なわけだから、何だか俳句の季語っぽいよね」とよくわからない励まし方をしてくれた。

そんな夜月は僕の幼なじみで、二十歳の大学二年生──、高校二年生の僕より、三つ年上になる。髪の毛は肩までの長さの淡い茶色のゆるふわで、顔立ちはかなり整っている。「一日に七回スカウトされたことがある」というのが彼女の鉄板の自慢だった。そのうち四回はキャバクラで、二回は美容室のカットモデルだったが。「でも、残りの一回はちゃんとした芸能事務所だったんだよ」彼女はそう主張する。「おしかったなぁ。あっ、でも私、気まぐれな猫みたいな性格だから。やっぱり芸能界みたいな、しがらみの多い仕事には向いてないんだよね」

確かに夜月は気まぐれな猫で、そして芸能界には向いていないだろう。というより、働くことに向いていない。彼女には、どんなバイトでも一ヶ月でクビになるという特技があった。

そんな気まぐれな猫は、ポッキーを食べながらスマホを操作する。そして「あっ」

と声を上げた。

彼女は、まじまじとスマホを眺めて言った。

「ねぇ、香澄くん、また密室殺人が起きたみたいだよ」

「えっ、マジで？」

「うん、青森で。県警刑事部の密室課が現在捜査中だって」

僕は自分のスマホを取り出し確認する。どうやら、マジらしい。相変わらずこの国では、密室殺人が氾濫《はんらん》している。

「妙な時代になったものだよねぇ」とポッキーを食べながら夜月が言った。

まったくだ、と僕は思う。一つの殺人事件を切っ掛けに、世の中は大きく変わってしまった。三年前に起きた日本で最初の密室殺人事件。それ以来、この国の犯罪は密室を中心に回っている。

＊

目的の駅は無人駅だった。僕と夜月は誰もいないホームで大きく伸びをする。関節がポキポキと鳴った。家を出てから三時間——、それなりに長旅だった。

「それで、今日泊まる宿は？」

「えーとね」夜月に訊《たず》ねると、彼女は歩きスマホをしながら答える。「ここから車で山の中腹まで入《はい》って、そこで車道が途切れるから、そこからは歩きみたい」

「途中で車道が途切れるのか」

「そう。一時間くらい歩く」

「けっこう歩くのな」健康には良さそうではあるが。

二人で改札を抜けて、駅前のロータリーに出た。そこで一台のタクシーを拾う。

夜月はタクシーの運転手に目的地を告げた。

「雪白館《ゆきしろかん》までお願いします」

＊

雪白館は現在ホテルとして使われている。冬休みを利用して僕たちがそこを訪れることになったのは、ひと月ほど前に夜月が僕の自宅を訪ねてきたのが切っ掛けだった。訪ねてきた――、と言っても、彼女は頻繁にやって来るが。でもその日の夜月には確たる目的があったようだ。僕の入れたコーヒーを飲みながら、開口一番にこう告げる。

「香澄くん、私、イエティを探しに行こうと思うんだ」

とうとう頭がおかしくなったのかと思った。

「えっと、イエティって」

「知らないの? UMA《ユーマ》(未確認生物)の一種よ。大きくて毛むくじゃら――、簡単に言うと雪男ね」

いや、イエティが何かは知っているが。問題なのは、彼女がどうしてイエティを探しに行こうとしているかだ。

「ほら、私、けっこうUMAとか好きだから。オカルト雑誌の『ムー』だって、物心ついた時から買ってるのよ」

そういえば、読んでいるのを見たことがある気がするが。

僕は溜息《ためいき》を飲み込むようにコーヒーを口に含んだ。

「まぁ、とにかく頑張ってください」しみじみと、そう告げる。「イエティを探すのは大変だと思うけど、無事に帰って来られることを祈っています」

どうか、今生の別れになりませんように。幼なじみがイエティを探しに行って行方不明とか悲しすぎる。

すると、そんなしみじみとした僕を見て、夜月が呆《あき》れたように溜息をつく。

「何言ってるの、香澄くん。香澄くんも一緒に行くのよ」

何ですと、と僕は思った。

「……、僕にヒマラヤまで一緒に行けと言うのか?」

そこまで幼なじみへの愛は深くない。すると夜月は、再び呆れ顔で僕に言った。

「何言ってるの、香澄くん。行くのはヒマラヤじゃなくて埼玉よ」

とうとう頭がおかしくなったのかと思った。

僕はごしごしと目をこする。自信満々な彼女の顔。どうやら本気で言っているらしい。何かの間違いであって欲しかったが。

僕はまじまじと訊《き》く。

「えっと、どうして埼玉にイエティを探しに行くんだ？」

「もちろん、そこにイエティがいるからよ」

そこに山があるから、みたいに言う。

「……、埼玉にイエティがいるわけないだろ」

「それがいるのよ。だって、埼玉イエティだもの」

「埼玉イエティ」

何だか、Ｊリーグのチームみたいな名前だ。

「氷河期のころはね、日本と大陸は陸続きだったの」と夜月は得意気に言う。「だから日本とヒマラヤも、歩いて行き来することができたってわけ」

「それで、氷河期にヒマラヤから埼玉にイエティが渡ってきたってことか」

「そう、ありえる話でしょ」

絶対にありえないと思うが。

「というわけで、香澄くん。一緒に埼玉にイエティを探しに行こう」夜月は身を乗り出して言う。「きっと、一生忘れられない思い出になるよ」

確かに一生忘れられないだろう。埼玉にイエティを探しに行った思い出なんて。

「……」

僕は少しの間思案し、その結論に辿《たど》り着く。

まぁ、行くわけないよな。

当然のように、僕は断ることにする。すると夜月は僕にしがみついて懇願した。

「お願い、香澄くん、一緒に来て。私に一人寂しく旅行をさせるつもり？」

「いや、友達と行けばいいだろう」

「何言ってるの。埼玉にイエティを探しに行こうなんて言ったら、友達にドン引きされるじゃない」

「むしろ、お前にそんな常識が残ってたことに驚きだよ」

縋《すが》りつく夜月を振り払う。彼女は「ああっ」と声を漏らしたが、やがて床にへたり込んだまま、こほんと息をついて言った。

「聞いてください、香澄くん」

「はい」

「今回のイエティ探しは、ちゃんと香澄くんにもメリットのある話なのですよ」

僕は訝《いぶか》し気に首を曲げる。「僕にメリット?」そう訊ねると、「はい、メリットです」と床に座り込んだ夜月は言った。「リンスのいらないメリットです」少し古いな。

彼女は人差し指を立てる。そして得意気に僕を見上げた。

「何と、今回宿泊予定のホテルは、あの雪白館になるのです」

「雪白館?」

僕は小さく首を捻《ひね》る。何だろう? どこかで聞いたことがある名前だ。

「ほら、香澄くんが好きな雪城白夜《ゆきしろびやくや》の」

「ああっ、あの館のことかっ!」

突然、テンションが上がった僕を見て、夜月が得意気に頬を緩める。小憎らしい顔で少しムカついた。僕はこほんと咳《せき》をする。

「なるほどね、雪白館に泊まる予定なのか」

と、冷静を装ってみたものの、やはり僕は興奮していた。

雪城白夜というのは本格ものの推理作家で、特に密室を得意としていた。七年前に他界しているけれど、今でも作品の多くが本屋に並んでいる人気作家だ。

僕もかなりのファンだった。代表作は『密室村殺人事件』か『密室館の殺人』のどちらかだが、真の代表作は別にある——、というのがファンの中での定説だった。ただし、それは小説ではない。テレビドラマでも漫画でも映画でもない。

実在の、事件だ。

今から十年ほど前、雪城白夜は自身の館に作家や編集者を集め、ホームパーティーを行った。美味《おい》しい料理に美味しいお酒――、そして白夜自身の人柄の良さ。パーティーは大いに盛り上がった。でも、そのさなか、事件が起きる。

それは些細な事件で、悪戯《いたずら》とも言えるレベルのものだった。誰かが傷つけられたわけではない。ただ館の一室で、ナイフで胸を刺されたフランス人形が発見されたのだ。そしてその部屋は密室だった。扉は内側から施錠され、その部屋の唯一の鍵も室内から見つかった。しかも、ただ見つかっただけではない。鍵はプラスチック製の瓶の中に入れられていて、その瓶の蓋は固く閉められていたのだから。

通称、瓶詰の密室。

その事件が起きてからずっと、白夜は常に口元に、にやにやと笑みを浮かべていた。それを見て誰もがピンとくる。この事件の犯人は彼で、これはパーティーの催しの一つ――、主催者である白夜が仕掛けた推理ゲームであるのだと。

ならば、受けて立とうではないか。

居合わせたのは同業の作家や編集者。皆、密室には一家言ある者たちばかりだ。すぐに喧々囂々《けんけんごうごう》の議論が始まり、やがて即席の推理大会へと発展していく。

そのパーティーの参加者は口々に「楽しかった」と語っていた。そして最後に必ずこう付け加える。「もし謎が解けたのなら、もっと楽しかったんだろうけどね」

密室トリックは未解であった。

これが雪城白夜の本当の代表作――、『雪白館密室事件』だ。もちろん、刑事事件ではないから裁判沙汰にはなっていないけれど、三年前に起きた日本初の密室殺人事件よりも、実に七年も前のことになる。

十年間も崩されていない密室。

今でもミステリーファンの間では語り草で、現場となった雪白館は、ファンならば一度は訪れてみたい人気スポットとなっている。雪白館は今は他人の手に渡ってホテルに改装されているのだけど、現場となった部屋だけは当時の状態のまま保存されているという話だった。トリックの痕跡らしきものも残されているそうだ。

「……」

そして今回夜月はそれをエサに、僕を連れ出そうという腹らしい。小憎らしいが、僕は彼女の策に乗ってやることにした。雪白館は長期滞在の客――、具体的には一週間以上逗留《とうりゅう》する客しか泊まれないという少し変わったシステムになっていて、滞在するにはどうしても費用がかさむ。今回、夜月がどこからその費用を捻出《ねんしゅつ》したのかは知らないが、タダで雪白館に行けるというなら、こんなに旨《うま》い話もないだろう。そのついでに彼女のイエティ探しも、少しだけ手伝ってやろうと思った。

＊

タクシーを降りて一時間ほど歩くと、見えてきたのは橋だった。長さ五十メートルほどの木製の吊《つ》り橋。森を両断するように左右に深い谷が走っていて、その両端を繋《つな》ぎとめるように頼りなく木の橋が架かる。谷底までの深さは六十メートル程。両岸はどちらも切り立った崖のようで、人間が上り下りするのは、まず不可能に思われた。谷底を覗《のぞ》き込んだ夜月が、「うわっ」と声を上げる。

「これ、落ちたら確実に死んじゃうね」

彼女は当たり前のことを言う。でも確かに落ちたら死ぬので、僕らはおっかなびっくり橋を渡った。橋を渡り終えて、そこからさらに五分ほど歩くと、未舗装の山道の向こうに白い塀が見えてきた。随分と高い塀だ。二十メートルほどはあるだろうか。塀の中央には門扉があった。開いているので、そこを潜《くぐ》る。門扉の傍には監視カメラがあって、そのレンズが来客である僕たちのことを捉えていた。

そう――、来客だ。塀の中にあったのは庭で、その中央には目的のホテルが建つ。白色の塀よりも一際白い白亜の洋館。『雪白館』はその名の通り新雪の色の建物だった。

塀に囲まれた庭は広く——、庭というよりも館の周囲の土地を壁で囲っただけという印象だった。庭木は少なく、地面も剝《む》き出しの黒土で、花壇の類《たぐい》も見当たらない。

館の玄関の前まで歩くと、そこでメイド服を着た金髪の女が煙草《たばこ》を吸っていた。年は二十歳くらいで、髪の毛は肩までの長さ——、地毛ではなく染めているようだ。かなりの美人ではあるが化粧っ気はなく、さばさばとした印象を受ける。メイドは僕たちの姿に気付くと、ポケットから携帯灰皿を取り出し、名残惜しそうに煙草を消した。

「予約されたお客様ですか?」

メイドは素っ気ない口調で言った。「はい、予約した朝比奈です」と夜月は言う。

メイドはこくりと頷《うなず》いた。

「お待ちしておりました。中へどうぞ」

メイドは、本当にお待ちしていたのか怪しくなるような口調で言った。全体的に愛想が足りない。いや、足りないのは愛想ではなく、やる気なのかもしれないが。

玄関の戸を潜り、雪白館の中へ入る。玄関から延びた短い廊下を行きながら、メイドは思い出したように告げた。

「私はこのホテルでメイドをしております、迷路坂《めいろざか》知佳《ちか》と申します。何か御用がございましたら、何なりと申し付けください」

彼女は、そう定型句のように言う。完全に業務口調なので、本当に申し付けて良いのか心配になってくる。

「迷路坂さんか」と夜月が呟《つぶや》くのが聞こえた。「メイドのメイロ坂さんか」どうやら、語呂合わせであるらしい。夜月は人の名前を憶《おぼ》える際に、語呂合わせをする癖がある。

＊

玄関から続く短い廊下を抜けると、そこにはロビーが広がっていた。元々は個人の邸宅だったとは思えないくらいに広く、中規模なホテルのロビーとサイズ的に遜色はない。ロビーにはテーブルとソファーがいくつか並べられていて、そこでは数人の客たちがコーヒーや紅茶を楽しんでいた。テーブルにはケーキの皿も置かれていて、どうやら喫茶店のように軽食のサービスもあるらしい。壁際には大きなテレビもあった。

僕と夜月はまずはフロントでチェックインを済ませることにした。フロントにいたのは三十歳前後の女性で、髪型はショートカット。セーターの上から黒いエプロンを付けていて、どことなく喫茶店の店主のような印象を受ける。落ち着いた大人の女性だ。日常の謎を持ち込むと解決してくれる美人の女店主のよう。

実際、彼女はこのホテルの支配人であるらしい。この館は、彼女とメイドの迷路坂さんの二人で切り盛りしているのだとか。

彼女は詩葉井《しはい》玲子《れいこ》と名乗った。「支配人のシハイさんか」間髪入れずに夜月が呟く。

詩葉井さんは、柔らかな笑みを浮かべて言った。

「朝比奈様、葛白様、本日は雪白館にようこそいらっしゃいました。豊かな自然と美味しい料理――、そして推理作家の雪城白夜が残した密室の謎解きを。私たち雪白館のスタッフは、皆様を全力でおもてなしいたします」

詩葉井さんはどこか照れくさそうにそんな口上を述べると、フロントに置かれたパソコンのキーを叩《たた》く。どうやら、部屋番号を確認したらしい。「宿泊場所は御二方とも西棟の二階になります。朝比奈様が２０４号室、葛白様が２０５号室ですね」

そして一度フロントの奥の部屋に引っ込むと、二本の鍵を手に戻って来た。長さ十センチほどの銀色の鍵だ。すらりとしたデザインで、持ち手の部分に部屋番号が刻印されている。彼女は僕と夜月に一本ずつ、その鍵を手渡した。

受け取った鍵を確かめていると、詩葉井さんは冗談めかして言う。

「無くさないでくださいね。合鍵はございませんので」

言われて、僕はもう一度鍵を見る。鍵の先端はかなり複雑な形状をしていた。おそらく、複製は不可能だろう。

僕は鍵をポケットにしまう。そして「２０５号室」と自分の部屋番号を呟いて、気になっていたことを詩葉井さんに訊ねた。

「あの、西棟というのは？」

僕の部屋は西棟の205号室。でもこの館に来たのは初めてだし、外観もさっき少し眺めただけだから、正直この建物の構造がよくわかっていなかったりする。

「ちょうど、ここにパネルがございます」

詩葉井さんはそう言って、フロントの後ろの壁に飾られたパネルを指差した。建物を俯瞰《ふかん》した図が描かれている。雪白館の見取り図のようだ。

「この雪白館は、四つの建物から構成されています」と詩葉井さんは言った。「まず私たちが今いる――、このロビーのある建物を中央棟と申します。中央棟は一階建てです。そして中央棟の東西には、それぞれ東棟と西棟が――、中央棟の北側には食堂棟がございます。食堂棟はその名の通り、食堂がある棟ですね。朝昼晩の食事はすべてここでお出しします」

見取り図によれば、東棟と西棟と食堂棟（北棟）は、それぞれ扉や渡り廊下で中央棟のロビーと繋がっているが、逆に東西北の三つの建物はそれぞれ直接繋がってはおらず、各棟を移動する際には、必ず中央棟のロビーを通らなければならないようだった。例えば、西棟から東棟に移動する際には、必ずロビーを通る必要がある。

「その認識で合っております」と詩葉井さんは柔らかく笑う。「言わば中央棟が、他の三つの建物を繋ぐジョイントの役割を果たしているというわけですね。加えてこの雪白館には裏口の類が一切ございませんので。窓もすべて開閉が不可能な嵌《は》め殺しか、格子が嵌まっていて人の出入りができないタイプの窓です。唯一庭に出ることができる経路は中央棟にある玄関のみですが、今申し上げました通り、この館には裏口の類はございませんから、庭を通って他の棟に移動することができない造りになっております」

「ふーん、不便ですね」と夜月が言った。「何で、そんな構造になっているんだろ」

「さぁ？　推理作家の考えることは私には」詩葉井さんは曖昧な笑みを浮かべた後で、見取り図を指差して続ける。「ちなみに、各棟を繋ぐ渡り廊下は屋根と壁に囲まれた構造です。吹き曝《さら》しではございませんので、そこから外に出ることもできません」

詩葉井さんの言葉に僕は頷く。つまり渡り廊下とは言っても、実際は室内にある廊下と変わらないということだ。

僕は見取り図を見て訊ねた。

「この建物は？」見取り図には、四つの棟の他にもう一つ建物があった。小さい建物で、西棟の北側からぴょこっと飛び出ている。渡り廊下で繋がっているようだ。

「ああ、これは離れです」と詩葉井さんは言った。「雪城白夜が執筆に使っていた部屋の一つです。通称、缶詰部屋。アイデア出しに困った際には、彼はここに籠《こも》って林檎《りんご》を齧《かじ》っていたそうです」

「何故、林檎を」と夜月。

「アガサ・クリスティーのエピソードにそういうのがあるんだよ」と僕は言った。お風呂に浸《つ》かりながら林檎を齧ると、いいアイデアが浮かんでくるというやつだ。そのエピソードを聞くたびに、ほんまかいなと思ってしまうが。

とにかく、雪城白夜の缶詰部屋か。それはぜひとも見てみたいが。

「残念ながら、今は客室として使っておりますので、お見せすることはできません」と詩葉井さんは申し訳なさそうに言った。「今日もご予約が入っておりますので」

なるほど、それは残念だ。ちなみに、離れも渡り廊下で繋がっているから、そこに移動するには西棟を経由する必要がある。

＊

「では、ごゆるりとおくつろぎください」フロントでチェックインを済ませた後、僕たちはメイドの迷路坂さんに宿泊部屋まで案内された。西棟は三階建ての建物で、僕の２０５号室はその二階の一番奥に位置していた。真っ直ぐな廊下に面して、２０１号室から２０５号室の五つの部屋が並んでいる。僕を部屋の前まで案内すると、迷路坂さんはぺこりとお辞儀をした。「食事は夜の七時になっておりますので、その時間に食堂までお越しください。私と詩葉井の部屋もこの西棟にございますので、夜間に御用のある場合は、何なりとお申し付けください」

迷路坂さんは相変わらずのさばさばとした口調で言う。本当に夜間に申し付けていいのだろうか？　不安になってくる。

僕はむむっと唸《うな》りつつ、ノブに手を掛け扉を開く。すると、そこには白を基調とした清潔な部屋が広がっていた。従業員が二人しかいないとは思えないほど、掃除が行き届いている。

「いちおう、ルンバを二十台ほど飼ってますので」迷路坂さんが僕の後ろから部屋の中を覗き込んで言う。「なので、掃除はほとんどロボット掃除機まかせです。もちろん、細かいところは人の手が必要ですが、それは私が。これでも掃除は得意ですので」

「そうなんですか」何だか意外だ。

「はい、いちおう世界メイド掃除選手権のファイナリストですから」

「世界メイド掃除選手権のファイナリスト」

何だか謎の肩書が出てきた。おそらく冗談なのだろうが、もしかしたら実話かもしれない。

「それでは、ごゆるりと」

迷路坂さんはもう一度そう言って、ロビーの方へと去って行った。僕は荷物を置いた後、さっそく部屋の中を物色してみることにした。

部屋の広さは十畳ほどで、それとは別にトイレとお風呂と広い洗面所が付いている。家具はベッドとテレビと、冷凍スペースの付いた二段式の冷蔵庫くらい。床は飴色《あめいろ》のフローリングで、窓は開閉不可の嵌め殺し。かなりいい部屋だ。迷路坂さんの話では、この部屋は元々ゲストルームとして使われていたらしい。雪城白夜は客を招くのが好きで、西棟のほとんどの部屋がこのゲストルームであるのだとか。

僕は次に扉を調べてみることにした。

チョコレート色の一枚扉。重厚な見た目に反して軽く、どうやら一般的な家屋の室内用のドアとしてよく用いられる、フラッシュドアと呼ばれる内部に空洞があるタイプの扉が使われているようだった。木製ということもあり、扉の重さはおそらく十キロ程度だろう。これなら大人が何度か体当たりをすれば、破ることができそうだ。あと、これも迷路坂さんに聞いた話なのだが、この西棟の部屋の扉はすべて同一のもので統一されているらしい。扉のデザインや大きさ、内開きか外開きかについても同じだ。なので自室の扉の構造さえ把握していれば、同時に他の部屋の扉の構造も把握できることになる。ちなみに、この部屋の扉は内開き。だから西棟の部屋の扉はすべて内開きということになる。

何だかテンションが上がってきた僕は、床に身を屈《かが》めて扉の下を覗き見た。扉とドア枠はぴったりと密着していて、そこに隙間は存在しない。いわゆる『ドアの下に隙間がない』タイプだ。これでは密室トリックのド定番――、鍵を扉の下の隙間から室内に戻すというトリックが使えない。それだけで、いちミステリーマニアとしては、何だか、にやりとするのだった。

扉を調べ終えたところで、僕はそろそろ部屋を出ることにした。夜月とロビーでお茶をする約束をしていたのだ。隣の部屋――、204号室に移動する。コンコンと扉をノックすると、「ごめんよ」と夜月が出てきた。

「まだ、荷解《にほど》きが終わってないんだ。先に行ってて」

と彼女は言うものの、それは明らかに嘘《うそ》だった。夜月のゆるふわの髪の毛には、ぴょこんと寝癖が付いている。どうやら寝ていたらしく、それで身だしなみを整える時間が必要なのだろう。

僕が寝癖を凝視していると、夜月は少し恥ずかしそうに、そっと髪の毛を手櫛《てぐし》で梳《す》いた。

＊

仕方なく僕は一人でロビーに向かうことにした。階段で西棟の一階に降りたところで、僕はその姿を見かけた。少し、びくっとしてしまう。廊下の窓辺で一人の女の子が、そっと庭を眺めていたのだ。白い肌と、肩口で切りそろえた銀色の髪。ひと目で外国人だとわかる。しかもその容姿は、人形のように整っていた。

年齢は僕と同じくらいだろうか？　高校生くらいの見た目だ。

少女は僕の姿に気付くとにこりと笑った。そして「こんにちは」と流暢《りゅうちょう》な日本語で言う。僕も慌てて「こんにちは」と返した。外国人と話すのは、少し緊張してしまう。

逆に少女は、まったく緊張を見せずに言う。「ここはいい場所ですね」と笑って、「夏はきっと、いい避暑地になりますね」と世間話を始めた。

避暑地とか、難しい日本語を知っている。

「ここに来た目的は観光ですか？」と僕も世間話を繋ぐ。すると少女は「はい、観光です」と言った。「この近くにスカイフィッシュが出ると聞いたものですから」

「スカイフィッシュ？」と僕は首を傾ける。すると少女は人差し指を立てて、こんな風に説明してくれた。

「スカイフィッシュとは、空飛ぶ魚のことです。簡単に言うとＵＭＡですね」

「簡単に言うとＵＭＡ」

その言葉に、僕は固まる。

……、こいつ、夜月と同じ匂いがするな。

唐突に現れた夜月っぽさに、僕は警戒心をあらわにする。でも悩んだ末に結局、「素敵ですよね、スカイフィッシュ」そんな風に話を合わせた。「魚が空を飛ぶなんて夢があります」可愛《かわい》い女の子に好かれたいという思いが、僕に日和見な発言をさせる。その甲斐《かい》あって、少女は嬉《うれ》しそうな笑みを浮かべた。「素敵ですよね、スカイフィッシュ」はにかむように、そう告げる。「それが見たくて、わざわざ福岡からやって来たんです」

「福岡？　海外じゃないんですか？」

「私は福岡在住のイギリス人なんです。五歳から住んでいます」

なるほど、どうりで日本語が達者なわけだ。

彼女としばらく話した後で、僕はそろそろロビーに向かうことにした。「じゃあ、また」と頭を下げると、彼女も同じ仕草を返した。そして別れ際に名前を名乗った。

「私はフェンリル・アリスハザードと申します。ここにはしばらく滞在する予定なので、ぜひとも一緒にスカイフィッシュを探しましょう」

僕はグッと親指を立てる。

「僕は葛白香澄です。ぜひ、一緒にスカイフィッシュを」

＊

「大変、香澄くん、ここってネットに繋がらない」メロンソーダを飲みながら、夜月が僕の向かいの席で悲痛な声を上げた。僕はロビーのソファーに腰掛けながら、紅茶に口を付けて言った。

「タクシーを降りた時から圏外だっただろ？」

「そうなんだけど、ホテルに着いたらＷｉ－Ｆｉ《ワイファイ》が使えると思ってたんだもん」夜月は、ううぅ、と嘆き、傍のテーブルを布巾で拭いていたメイドの迷路坂さんを呼び止める。

「すみません、ここってＷｉ－Ｆｉ飛んでないんですか？」

「申し訳ございません」と迷路坂さんは、あまり申し訳なさそうに言った。「ネット回線は引いておりますが、無線ＬＡＮは導入していないので。どうしても携帯電話は圏外になってしまいます」

「ううぅ、まじか。陸の孤島やんけ」夜月はそう嘆きながら、スマホをポケットの中にしまった。そしてロビーを見渡して言う。ロビーには、ぽつぽつと客がいた。

「今日は何人くらいのお客さんが泊まりに来ているんですか？」

「予約されているお客様は十二人です」

「十二人も。そんなに」夜月は目を丸くした。そして納得のいった顔をする。「やっぱり、みんなイエティに興味があるんですね」

「イエティ?」

「無視してください」僕は迷路坂さんにそう告げた。

迷路坂さんは首を傾けた後、ホテルが繁盛している理由について教えてくれた。

「手前味噌《みそ》ですが、支配人の作る料理がとてもおいしいんです」

「詩葉井さんの?」と夜月は言った。「料理は彼女が作っているんですか?」

「はい、創作イタリアンで、とてもおいしいと評判です。この館が長期滞在のお客様しか受け入れていないのも、元々は色んな料理を味わっていただきたいという詩葉井の我《わ》が儘《まま》から始まったものでして。でも、その甲斐もあって、料理を目当てにやって来られるお客様も多いんですよ。例えば、あそこに座られている社《やしろ》様とか」

迷路坂さんは、少し離れたテーブル席で談笑する男に目を向けた。高そうなスーツを着た四十歳くらいの男と、セーターにジーンズ姿の三十歳くらいの男が談笑している。社というのは、四十歳くらいの男の方らしい。

「ちなみに社様は会社の社長らしいのですが」

「社長の社さん」と夜月。

「うちの料理を大変気に入ってくださっているようで、よくおいでになるんです。まぁ、私は支配人を口説きに来ているんじゃないかと疑っていますが」

そう言われると、そんな感じがする。社はいかにも自信にあふれたタイプで、瞳もギラついていた。何というか、女癖が悪そうだ。

「もう一人の方は、社さんのお連れの方ですか？」と夜月が訊いた。社と話すセーターの男に視線を向ける。社とは対照的に、落ち着いた雰囲気の容姿だった。

「いえ、あのお客様と社様は初対面だそうです」と迷路坂さんは言った。「お二人とも時計が趣味だそうで、互いの腕時計を見てすぐに会話が弾んだそうです。お二人とも昨日から泊まっているのですが、たった一日であのように仲良くなられました」

確かに、初対面とは思えない雰囲気だった。しかし社長である社が目に留めるほどの時計を付けているとは。あのセーターの男も、実はかなりの金持ちなのだろうか。

「はい、医者だそうです」

「医者かよ」やはり上流階級だったか。

「はい、石川《いしかわ》さんという名前だそうで」

「医師のイシカワさんね」と夜月。

「二人とも何百万円もする時計を使っているそうです。そこまでの高級品を身に付けるのは、私は逆に下品なんじゃないかと思っているのですが」

迷路坂さんは、そんな風に毒を吐く。彼女は毒舌メイドだった。おまけに、よく考えると顧客の職業といった個人情報もペラペラと喋《しゃべ》っているし。個人情報ゆるゆるメイドなのかもしれなかった。話し相手としては楽しいけれど、ホテルの従業員としてはどうかと思う。

そんな個人情報ゆるゆるメイドは、こちらにぺこりと一礼して、その場を立ち去ろうとする。僕はそこでふと迷路坂さんに用があったことを思い出した。呼び止めると、迷路坂さんはどこか迷惑そうに視線を向ける。

「何でしょう？」

「いや、何というか」僕は紅茶で喉を湿らせて言う。「この館には、雪城白夜の持ち物だったころから、手の入っていない部屋があると聞きまして」

僕の曖昧な言い回しに、それでも迷路坂さんはピンと来たようだった。「ああ、あなたもあの部屋が目当てなんですか」と告げる。

「あの『雪白館密室事件』の犯行現場が」

僕はこくりと頷いた。かつて雪城白夜のホームパーティーで起きた事件の現場だ。

迷路坂さんは小さく肩を竦《すく》めた。

「密室の謎解きなんて——、私には何が面白いのかわかりませんが、もちろんお見せすることは可能です。支配人の創作イタリアンと並んで、当ホテルの名物ですから」

僕は紅茶を飲み干し、腰を上げた。そしてメロンソーダを飲んでいる夜月に訊く。

「夜月はどうする？」

「私はまったく興味ないので」

間髪入れずに返ってきた。僕はとても寂しかった。

＊

『雪白館密室事件』が起きたのは、僕が泊まる西棟とは反対側に位置する東棟の二階だった。東棟の二階の廊下には毛足の長い絨毯《じゅうたん》が敷かれ、歩くとフカフカとする。僕の前を行く迷路坂さんが立ち止まり、一室の扉を指し示した。

「この部屋でございます」と迷路坂さんが言った。

この部屋か、と僕は思った。

少し緊張しながら、ノブを摑《つか》み、扉を開く。その部屋は、僕が泊まっている西棟の部屋と同じくらいの広さだった。十畳ほどで、ただし二つの部屋が連なっている造りだ。部屋の入口から見て左手の壁にもう一つ扉があり、隣の部屋に行ける造り。そしてその隣の部屋こそが『雪白館密室事件』の本当の現場なのだ。

僕は室内に入り、左手の壁の扉を潜る。今は扉は開いている状態だ。十年前の――、事件の際にも開いていたらしい。

隣室に踏み入った僕の目に留まったのは人形だった。ナイフが刺さったフランス人形——、ではなく、無傷のクマのぬいぐるみ。さすがにナイフの刺さった人形ではショッキングなので、代わりに置かれているらしい。

僕は過去に書籍で読んだ事件の概要を思い出してみた。あらましはこんな感じだ。

十年前——、雪城白夜が主催するホームパーティーでのこと。中央棟のリビング（現在はロビーに改修されている）で皆が食事を楽しんでいると、東棟の方から女の叫び声が聞こえた。びっくりした皆は、悲鳴が聞こえた東棟に向かう。そこで再び叫び声。どうやら二階から聞こえる。階段を上り廊下を右往左往していたところで、みたびの叫び声。そこでようやくと皆は、どの部屋から悲鳴が聞こえているかに気が付いた。ノブを摑み、回す。鍵が掛かっていた。来客の一人が雪城白夜に言う。白夜と同年代のミステリー作家だ。

「この部屋の鍵は？」

「数日前から紛失しているんだ」と白夜は答えた。「どこに行ったのかわからない。でも、おかしいな。昨日確かめた時には、この部屋には鍵が掛かっていなかったはずだが」

「となると、誰かが鍵を掛けた？」

「そう考えるしかないだろうな」

今度は別の来客が訊ねる。大手出版社の若手編集者だ。

「マスターキーはないんですか?」

「マスターキーはないんだ」と白夜は首を振る。

「でも、持ってましたよね、マスターキー。使っているのを見たことがあります」

「ああ、あれは西棟のマスターキーだよ。西棟と東棟では鍵の体系が違っているんだ。西棟のマスターキーでは、東棟の部屋の鍵は開けられない。そして東棟にはマスターキーが存在しない」

「どうして存在しないんですか?」

「さぁ、どうしてだったかな? 忘れてしまったよ」

のらりくらりと白夜は言う。そんな彼にまた別の客が訊ねた。デビューしたばかりの十代の女性作家だ。

「じゃあ、合鍵はないんですか?」

「合鍵はない。この雪白館の鍵はすべて極めて特殊なものを使っていてね。合鍵を作ることは不可能なんだ」

「じゃあ、部屋に入るには窓を破るしかないですね」

「いや、窓には格子が嵌まっているから、人が出入りすることはできない」

「じゃあ、いったい、どうやって中に入れば……、」

そこで、再び女の悲鳴が聞こえた。皆は顔を見合わせる。「仕方がないな」と別の客が言った。辛辣《しんらつ》で知られる三十代の男性評論家だ。

「ドアを破ろう。いいですよね、先生」

「緊急事態だ」

白夜は渋々と頷いた。

体格のいい男たちが数人、内開きの扉の前に陣取る。そして掛け声とともにドアにぶつかった。扉が軋《きし》む音。それを何度となく繰り返す。十回に迫ったところで、ようやく扉が音《ね》を上げた。

破られた扉が勢いよく開く。室内は真っ暗だった。誰かが手探りで電気を点《つ》ける。

照明に照らされた部屋の中に、異変は見つからない。

「もしかして、あっちの部屋じゃないですか」と大手出版社の若手編集者が言った。彼が指差しているのは、入口から見て左手の壁に設《しつら》えられた扉だった。隣室に移動するための扉で、今はその扉は開いている。開けっぱなしの状態だ。扉は壁の中央よりも右側に――、つまり、部屋の入口から見て奥側に設置されていた。

皆でおっかなびっくりと、隣室に続く扉へと近づく。隣室の照明は、入口のある主室の照明と連動しているようだった。主室の電気を点けたことで、今は隣室の照明も灯《とも》っている。なので扉に近づくと、中の様子は良く見えた。隣室にはナイフの刺さったフランス人形が転がっていた。ちょうど、扉の真正面に当たる位置だ。床ごと貫くかのように人形に突き立てられたナイフは、刃渡りが三十センチほどもあり、その刃が扉の方を向いてキラキラと輝いていた。

悲鳴を上げる者はいなかった。ただ、皆びっくりした様子だった。

フランス人形が転がった隣室には、その人形の他にも特徴的なものが二つあった。事件の遺留品と言ってもいいのかもしれない。

一つ目がボイスレコーダーだ。これはフランス人形の傍に落ちていた。再生させると女の悲鳴が聞こえた。どうやら先ほどの悲鳴は、ここから流れていたものらしい。

そして二つ目は、『被害者』役のフランス人形から少し離れた位置に転がった瓶だ。その瓶の中には鍵が入っていた。白夜は透明なプラスチック製の瓶を手に取って、「間違いない、この部屋の鍵だ」と言った。

皆はざわついた。

「じゃあ、この部屋は——、」と白夜と同年代のミステリー作家が言った。「密室だったということか？」

「信じがたいが」と白夜は言った。「そういうことになるな」

「いや、そんなわけないでしょう。先生、ちょっとその鍵貸してくださいよ」と辛辣で知られる三十代の男性評論家が、白夜から鍵の入った瓶を受け取る。固く閉められた蓋を開けて、中から部屋の鍵を取り出した。「よくあるトリックだ。どうせこの鍵が偽物とかだろ」

彼はそう言って鍵を持って、部屋の入口の扉まで移動した。そして鍵穴に鍵を挿し、驚いたように目を丸くする。

「本物だ」と辛辣で知られる三十代の男性評論家は呟いた。

「信じられないな」と白夜は言った。「まさか、こんなことが起きるとは」

「てか、先生」

「うん？」

「先生、さっきから、何をニヤニヤしてるんですか？」

とデビューしたばかりの十代の女性作家が言った。

皆の視線が白夜に集まる。白夜は笑みを消して、しれっと言った。

「笑ってないよ」

「どう見ても笑ってるじゃないですかっ！　あっ、もしかして、さては先生――」

十代の女性作家はそこで言葉を止めた。皆まで言うまい、と彼女は思った。このジジイを吊るし上げるのは、密室の謎を解いてからでも遅くはない。

彼女は宣戦布告のように、挑戦的な笑みを白夜に向けた。その笑みを浮かべたのは彼女だけではない。白夜と同年代のミステリー作家も、大手出版社の若手編集者も、辛辣で知られる三十代の男性評論家も——、そして他の客たちも皆、同じ気分だった。

自分が一番最初に謎を解いて、このジジイに目にものを見せてやる。

こうしてホームパーティーの隠しイベント——、『雪白館密室事件』の推理大会の幕が上がった。一夜のうちに様々な推理が飛び交い、そして真相に辿り着いたものは誰一人としていなかった。

「……」

というのが僕が書籍で読んだ『雪白館密室事件』の概要だった。現場に居合わせた十代の女性作家（今は二十代で、大きな賞もいくつか取っている）の短編集の巻末に、この時のことが記載されている。僕は何度も読み込んでいるので、完璧に頭に入っていた。

僕は、ふむと一息ついて、さっそく調査を開始した。まずはこの部屋にある、唯一の窓を確かめる。窓は隣室の——、主室と隣室を繋ぐ扉のちょうど正面に位置していた。大きな窓で、床から天井までの高さがある。聞いていた通り、金属製の格子が嵌められていた。窓はスライド式の開閉窓で、事件当時は開いていたらしいが、格子が嵌まっている以上、そこから人が出入りすることはできない。

窓の確認を終えた後、僕はこの事件の最重要の遺留品である、瓶に入れられた部屋の鍵を調べてみることにした。僕は床の上に落ちていたそれを拾い上げる。

瓶は思ったよりも小さかった。サイズはカメラのフィルムケースくらいだ。蓋はジャムの瓶のように金属製で、捻ると開けられるタイプ。もちろん、事件が発覚した際には、蓋はきっちり閉められていたらしい。そしてその蓋の上部には『O』型の小さな突起が取り付けられていた。紐《ひも》などを通すための突起のようだ。

僕は突起をしばし眺めた後、透明な瓶の中に入った鍵に目を移した。「この部屋の鍵です」と僕の傍で手持ち無沙汰にしていた迷路坂さんが言った。「レプリカではなく本物ですので。無くさないように気を付けてください」

鍵は僕の泊まっている西棟の鍵よりもだいぶ小さいものだった。長さは五センチほど。現場に残されたプラスチック製の小瓶にも十分に入る大きさだ。ただし、隣室の窓に嵌められた正方形の格子を通り抜けるほどのサイズではない。格子一つ一つのサイズは、瓶の中に入った鍵よりも遥《はる》かに小さいものだった。つまり、窓の格子から室内に鍵を入れることはできない。しかし、別の場所からならば——、

「なるほどね」と僕は呟く。「何が、なるほどなんですか」と迷路坂さんが言った。

僕は小瓶を手にしたまま、部屋の入口へと向かう。迷路坂さんもついてきた。彼女と一緒に廊下に出ると、僕は扉を閉めて、毛足の長い絨毯に膝をついた。そっと身をかがめて、扉の下部を覗き見る。

「……、何をしてるんですか？」怪訝《けげん》そうに迷路坂さんが言った。「扉の下の隙間を

雪白館密室事件の現場

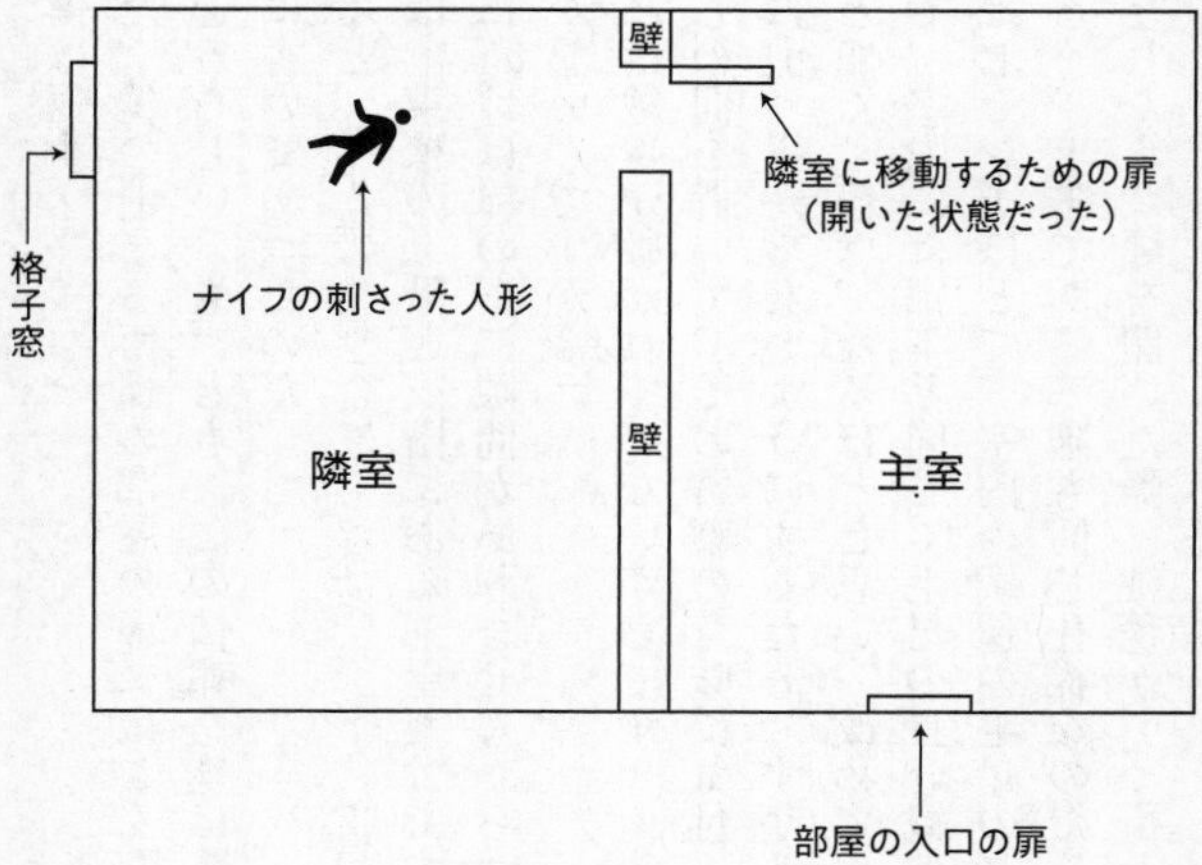
壁
隣室に移動するための扉
（開いた状態だった）
ナイフの刺さった人形
格子窓
壁
隣室
主室
部屋の入口の扉

調べているんですよ」と僕は返す。

扉の下には隙間があった。僕の泊まる西棟の部屋の扉にはこんな隙間はなかったが、この東棟の部屋は造りが違うらしい。もっとも、この情報を僕は事前に知っていた。事件のことを記した書籍に書いてあったのだ。

僕がそんな風に説明すると、「正確に言えば」と迷路坂さんは言った。

「扉の下に隙間があるのは、東棟の二階と三階にある部屋だけです。この東棟は三階建てですが、一階の部屋にだけは扉の下に隙間がありませんから」

「どうして一階には隙間がないんですか？」

「それは一階の部屋の床には絨毯が敷かれていないからです」

僕は首を傾けたが、少しの間を置いて、その言葉の意味に気付く。

「もしかして、絨毯が扉に引っ掛からないようにするためですか？」

迷路坂さんは、こくりと頷く。僕は、なるほどと思い、改めて扉を眺めた。

この部屋の扉は内開きで、室内には廊下と同じく毛足の長い絨毯が敷かれている。廊下の絨毯の毛足の長さは七センチほどで、室内の絨毯の毛足の長さは一センチほどといったところか。おそらく、上階である三階も同じ仕様なのだろう。なので、仮に扉の下に隙間がなかったとしたら、扉を開いた際に絨毯が引っ掛かって上手く開閉できなくなる。

そしてこの扉の下の隙間こそが、密室にとって重要なのであった。毛足の長い廊下の絨毯に隠れてほとんど見えなくなっているけど、そこには確かに隙間がある。となると、導き出される結論は――、

僕はプラスチック製の小瓶の中から部屋の鍵を取り出した。それを扉の下の隙間に通してみる。サイズ的に全然入る。鍵を使って扉を施錠した後、その鍵をこの隙間から室内に戻すことは可能なようだ。となると、次に確かめることは――、

僕は鍵を瓶に入れて蓋を閉めた。そしてその瓶を扉の下の隙間に突っ込もうとする。プラスチックの瓶が扉に引っ掛かり、カチカチと音を立てた。この瓶のサイズでは扉の下の隙間を通すことはできないようだ。

「うーむ」

迷路坂さんがあくびをするのが見えた。僕はとても悲しかった。

ならば、別のアプローチを――、と僕は扉を観察する。扉の内側には鍵のツマミが付いておらず、その代わりに鍵穴が付いていた。つまり、この扉は部屋の中から扉を施錠する際にも鍵が必要だということだ。これでは鍵のツマミに糸などで力を加えて、扉を施錠する類のトリックを使用することはできない。

つまり、やはり密室を作るには扉の外から鍵を使って施錠するしかないのだが――、

「……、問題はその鍵を、どうやって部屋の中に戻すのかってことなんだけど」

「そうだな、その方法がわからないから問題なんだ」

突然割り込んできた知らない声に、僕は視線をそちらに向ける。

そこには男が立っていた。戦前の英国人が着ているような、古めかしいスーツを着た男。年齢は二十代半ばで、背は僕と同じくらいの高さ。そして顔はなかなかのイケメンだった。彫りが深く、短髪の髪をワックスで撫《な》でつけ、理知的な額を出している。

「探岡《さぐりおか》様」と迷路坂さんが言った。そして彼女は呆れたように溜息をつく。「まだ、いらっしゃったんですか。てっきり、部屋に戻ったのかと思ってましたが」

「いや、トイレに行ってただけだよ」と探岡と呼ばれた男は言った。「気分転換を兼ねてな。やっぱり、ずっと考えていると、思考の泥に足を取られて動けなくなってしまうからな」

僕は二人の会話から、何となく状況を察した。

おそらく、この探岡という男は先客だろう。もちろん、ホテルの客でもあるのだろうが、先客とはそういう意味ではない。きっとこの探岡も、僕と同じく『雪白館密室事件』の謎に挑んでいる者なのだ。そして僕より一足早く調査を開始した。

「君の考えている通りだよ」と僕の思考を読むように探岡が言った。「俺も君と同じく、この密室に挑んでいる。ああ、申し遅れたな――、俺はこういう者だ」

探岡はポケットから名刺を取り出す。受け取った名刺には『密室探偵　探岡エイジ』と書かれていた。密室探偵――、この人、密室探偵なのか。

　密室探偵というのは、この国で密室殺人が頻発するようになってから新たに生まれた職業だ。現状、日本で起きる密室殺人の三割には、鍵のツマミに物理的な力を加えて回したり、犯人が部屋の中に隠れていたりといったひどく単純なトリックが使われているのだけど、残りの七割にはかなり複雑――、あるいは先鋭的なトリックが使われていて、こちらは並の警察官では対処できない。なので警察はその謎解きを外部の探偵に依頼する。そこで指名されるのが密室探偵だ。彼らは密室の謎を解くことで、国家から報酬を貰《もら》っている。

　もっとも警察から協力を依頼されるのは一部の密室探偵だけで、大半の探偵は密室だけでは食べられないので、浮気調査や犬探しで生計を立てているという話だが。

　僕の訝し気な視線に気が付いたのか、探岡は肩を竦める。

「おいおい、そんな目で見ないでくれ。これでもいちおう『この密室探偵がすごい』でベスト10に入ったこともあるんだぜ」

「えっ、本当ですか。すごい」

　僕はコロッと態度を変えた。『この密室探偵がすごい』というのは半年に一度発行されている雑誌で、その名の通り事件の実績などをもとにした密室探偵のランキングを載せている。そこでベスト10に入ることは、とても名誉なことなのだ。

僕も毎回読んでいるので、この男のこともたぶん知っているはずだ。思い出そうと記憶を辿る。探岡エイジ――、確かに聞き覚えがある。どんなことが書いてあったか。

でも、探岡についてようやく思い出したのは、『この密室探偵がすごい』に書かれたのとはまったく別の記事だった。

「……、もしかして探岡さんって、この前、不倫騒動が出ていた」

「ああ、それについては忘れてくれ」

間髪入れずに返ってきた。困ったような苦笑いを浮かべている。

確か一年くらい前に、週刊誌で記事が出たのだ。『この密室探偵がすごい』に選ばれた若手探偵が人妻と不倫していると。当時「まさか、探偵の不倫が報道される時代になるなんて」と、とても驚いた記憶がある。

「まったく、苦い思い出だ」と探岡は肩を竦める。「まぁ、探偵にも得手不得手があるってことだよ。事件を解決するのは得意でも、恋の謎解きは苦手なんだ」

探岡は上手いことを言った。いや、あまり上手くないのかもしれないが。

彼は、こほんと咳をする。

「まぁ、とにかく俺は密室専門の探偵で、今回は雑誌の取材を兼ねてここを訪れているんだ。不倫記事の取材じゃないぞ？　ミステリー系の雑誌で、『雪白館密室事件』の現場で俺がインタビューを受けるという企画だ。もちろん、事件の謎解きにも挑むんだが、まだ記者が来てないみたいでな。先に下調べをしてるんだ。記者が到着した時に、あっさりと謎を解いた方がカッコいいだろ？」

なかなか、地に足のついたことを言う。僕はそんな探岡に訊ねた。

「それで――、どこまで解けました？」

「正直に言うと、さっぱりだ」探岡は肩を竦める。「さっき君がやっていた通り、鍵は瓶に入った状態だと扉の下の隙間を通らない。つまり、犯人――、というより雪城白夜だな。彼は鍵を瓶に入れた後で密室に戻したのではなく、鍵を密室に戻した後で瓶に入れたということだ」

「ああ、やっぱりそうなりますか」と僕は言った。「つまり、鍵を扉の下から室内に入れ、釣り糸か何かを使って隣の部屋まで移動させる。そして何らかの方法で瓶の中に入れた」

「ほう、わかってるな、少年」探岡は感心したように口笛を吹く。「だから、ここで問題になるのは、①どうやって鍵を瓶の中に入れたのか――、②どうやって瓶の蓋を閉めたのか――、この二点ということになる」

「①は頑張ればできそうですけど、②は厳しそうですよね」

「そうなんだよ、釣り糸を蓋に巻き付けて、くるくると回転させて閉めるという方法も考えたが、そもそも瓶は床に固定されていなかったしな――、物理的に考えて厳しいだろう。でも、じゃあ、いったいどうやって蓋を閉めたんだって話になるし」

「じゃあ、こういうのはどうでしょう？　蓋を開けて横倒しの状態にした瓶を、室内の――、扉のすぐ傍に置く。そして廊下側からデコピンで鍵を弾いて、扉の下から勢いよく鍵を入れる。これで瓶の中に鍵を入れることはできます。そこから細い棒か何かを使って、扉の下の隙間から蓋を閉めれば」

「あとは瓶を隣の部屋に移動させるだけということか」探岡は、ふむと頷いた。「幸い、瓶の蓋には『O』型の突起が付いているしな。ここに糸を通して引っ張れば、確かに瓶を移動させることができる。でも残念ながら、そのトリックは実行不可能だよ。見ての通り、扉の下の隙間はかなり狭い。一センチくらいだ。この隙間から針金か何かで蓋を閉めることはできないよ。しかも、蓋はかなりきつく閉まっていたらしい。手で直接捻らないと、そこまで固く閉めることは不可能だろうな」

「うーん、じゃあ、いったいどうやって」

「ああ、そこが謎なんだ。まったく雪城白夜も、とんでもない不可能犯罪を用意してくれたものだぜ」

そんな風に議論する僕たちを、迷路坂さんが冷めた目で見つめていた。やがて溜息をついて、「ごゆるりとお楽しみください」そう言って去っていった。

＊

ところで、現場に居合わせた十代の女性作家――、彼女がまとめた『雪白館密室事件』のルポは、推理作家――、雪城白夜のこんなセリフで締めくくられる。夜が明け、推理大会がお開きになった後も白夜は自分が犯人であることを認めなかったが、代わりにその女性作家にだけ、こう言い放ったというのだ。

「残念だ」――、と。

「今、示されている情報だけで、この密室の謎を解き明かすことは可能なのに」

＊

二時間後、密室の謎に打ちひしがれた僕と探岡は、ふらふらとロビーへと戻った。探岡は「じゃあ、また後でな」と僕に言うと、ふらふらと窓際の席に向かう。疲れたらしい。いや、僕も疲れたけど。

フロントの近くの席に夜月がいたので、僕はそこに合流する。スマホのゲームで遊んでいた夜月は、僕に気付くと顔を上げた。

「お疲れ、密室の謎はどう？」

「いや、正直、さっぱりわからん」

「だろうね、予想通りだよ」

彼女はそう言って、再びスマホに目を戻した。むかつくが、何も言い返せないのが悲しい。僕は迷路坂さんにバナナジュースを注文した後、ソファーに腰かけ目を瞑《つぶ》った。疲れた。体が泥のようだ。このまま眠りこけてしまいたい……。

でも、そんな僕の脛《すね》を夜月が蹴った。足がぶつかっただけかと思い無視していると、今度は思いっきり蹴られた。やっぱり、間違いじゃなかった。なんて酷いことをする女なのだろう。

目を開けると、悪びれもしない夜月の顔が映った。彼女は何故かテンションの高い小声で言う。

「香澄くん、香澄くん」

「うるさいな、何？」

「ねぇ、あれ見てよ」

夜月はカウンターの方を指差した。そこには宿泊客らしい一組の男女が立っていた。二十代後半の男と、十代半ばの少女。どう見ても、カップルではない。男は眼鏡に冴《さ》えない容姿をしていて、対して少女の方はキラキラと輝いていた。茶色の髪をツインテールに結んでいて、幼い顔立ちだが華があり、人目を惹《ひ》く容姿をしている。何だか、オーラがすごい。というよりも、あの少女、どこかで見たことがあるような。

「ほら、長谷見梨々亜《はせみりりあ》よ。朝ドラ女優の」

「あっ！」

僕は思わず声を上げた。梨々亜の視線がこちらに向く。僕は慌てて目を逸《そ》らした。

梨々亜――、長谷見梨々亜。彼女は秋まで放送されていた朝ドラで主演を務めた、国民的女優だった。年齢は確か十五歳。元々人気はあったが朝ドラで大ブレイクし、今はドラマやバラエティ番組などに引っ張りだこになっている。

俗人の象徴のような僕と夜月は、やはりテンションが上がっていた。

「ねぇねぇ、香澄くん、どう見ても本物だよね」

「うん、どう見ても本物だ」

「すっごく可愛い」

「確かに」

「ねぇ、後でサインもらおっか」

「嫌がられない？」

「有名税でしょ」

「確かに」

「だったら、払う義務があるよね」

僕たちはひそひそ話をしながら、梨々亜の姿を注視する。梨々亜は支配人の詩葉井さんからフロントで鍵を受け取った。そして鍵に刻印された部屋番号を見て、嬉しそうな声を上げる。

「わーっ、001号室だ。これって、アレですよね。離れの」

「はい、西棟の離れでございます。雪城白夜が執筆に使用していた」

「わーっ、やっぱりそうなんですねっ！　梨々亜、雪城先生の大ファンだから、一度泊まってみたいと思ってたんです」

梨々亜は雪城白夜のファンだったのか――、僕は意外な事実を知った。そして実際に会った梨々亜はけっこう、ぶりっ子な性格だった。いや、こういうキャラなのはバラエティ番組とかで見て知ってはいたが。

「とにかく、ありがとうございますっ！　感激です」梨々亜は嬉しそうに鍵を握りしめながら、詩葉井さんにお礼を言った。そしてフッとその笑みを消し、連れの男に声を掛ける。

「じゃあ、真似井《まねい》さん、部屋の前まで荷物を運んどいて」

ちょっと、びっくりするくらい冷たい声だった。真似井と呼ばれた男は「はい、梨々亜さん」と言って、床に置かれていたブランド物の旅行鞄《かばん》（たぶん、梨々亜の鞄）を持って西棟の方へ消えていった。

梨々亜は再びにっこりと、詩葉井さんに笑みを浮かべた。

「このロビーでお茶が飲めるんですか？　梨々亜、喉渇いちゃって」

「はっ、はい、あそこにいるメイドに言ってもらえば、いろいろ頼めます」

「本当ですかっ！　嬉しいっ！　すみません、メイドさん、注文いいですかーっ」

梨々亜は嬉しそうに、迷路坂さんの方に駆けていく。

何だか、裏表の激しい子だ。真似井はたぶん梨々亜のマネージャーなのだろうが、ああも冷たい対応を見せられると、芸能人って怖いって思ってしまう。

「マネイさんも大変だね。マネージャーだけに」夜月がまた語呂合わせを始めた。

先ほど注文したバナナジュースを迷路坂さんが運んできたので、僕はそれを一口飲む。ぼんやりとロビーを眺めていると、ロビーにそれなりの数の宿泊客が集まっていることに気が付いた。社長の社と医師の石川は未だに時計の話をしているようだし、朝ドラ女優の梨々亜はグレープフルーツジュースを嬉しそうに飲んでいる。探偵の探岡はソファーで、ぐでっーとダウンしていた。僕と夜月を含めると、今ロビーにいる宿泊客は六人。今夜泊まる客の数は十二人だそうだから、半数がこの場所に集っているということになる。

残りの宿泊客はどんな人たちなのだろう？　そんなことを考えていた時に、僕は彼女の姿を見かけた。瞬間、全身の毛が逆立った。信じられない思いだった。どうしてだ――、どうして彼女がここにいる？

彼女はちょうど西棟からロビーに移動してきたところのようだった。腰まで届く長い黒髪と、美しく整った涼やかな顔立ち。そして切れ長の大きな瞳。美少女という言葉が、彼女ほど似合う人間を僕は知らない。

でもその姿は、僕の記憶の中のものより少しだけ大人になっていた。それはそうだろう――、彼女と最後に会ったのは、もう一年以上前になるのだから。

僕は知らず立ち上がり、彼女へと近づいていた。そんな僕の姿に気付いて、彼女は目を丸くする。そして驚いたように言った。

「葛白くん？」

頷く代わりに、僕は言った。

「久しぶりだな、蜜村《みつむら》」

ああ――、ここに来て良かったと思った。夜月が「イエティを探しに行こう」と言い出した時はマジかと思ったが、この報酬はその対価としては十分すぎるものだった。

「久しぶりね、葛白くん」

と彼女が笑う。

これが僕と蜜村漆璃《しつり》の一年ぶりの再会だった。

＊

「香澄くん、この子は？」

僕と蜜村の関係が気になったらしく、夜月がぴょこぴょこと寄ってくる。「何というか」と僕は言った。

「中学の時の同級生だよ。同じ文芸部に所属してたんだ」

と言っても文芸部の部員は、僕と蜜村の二人だけだったが。そのせいで、彼女が文芸部を辞めるまで、僕は放課後のほとんどの時間を彼女と一緒に過ごしていた。

そんなことを夜月に話すと、彼女は、はは－んという顔になった。

「なるほどねぇ」と夜月は言う。「つまり、元カノということね」

いや、違うから。何を聞いてたんだ、こいつ。

「じゃあ、友達以上、恋人未満？」

「何を聞いてたんだ、お前」

「葛白くん、その人は？」

今度は蜜村が僕に訊ねた。どうやら僕と夜月の関係を訊ねたらしい。

「うーん、何ていうか」答えづらい質問だな。「いちおう、幼なじみってことになるのかな？　僕の隣の家に住んでいて、小さいころは姉代わりで」

「なるほど」と蜜村は頷く。「つまり、幼なじみ以上、姉未満というわけね」

何だか、妙なことを言い出した。

僕は彼女に訝し気な視線を向けた後で、純粋に気になっていたことを訊ねる。

「ところで蜜村、今日はどうしてここに？」

「やっぱり、イエティを探しに来たの？」と夜月。

「イエティ？　いえ、ただの旅行で来たんですけど」と蜜村。「えっ、イエティが出るんですか？」

夜月は得意気に胸を張った。

「出るよ」

「いや、出ないだろ」と僕。

「いったい、どっちなの？」

蜜村は戸惑ったように言った後で、やがて小さく噴き出した。首を傾けた僕たちに、

「いや、何だか懐かしくて」と彼女は笑む。「葛白くんと話すの、久しぶりだから」

「そっか、それは懐かしいよね」夜月がそう相槌《あいづち》を打つ。そして興味を惹かれたよう

に、「香澄くんって中学ではどんな感じだったの？」と訊ねた。蜜村は「そうですねえ」と記憶を辿るように答える。

「何というか、けっこうイキってましたね。いつも『俺は一匹狼《おおかみ》だぜ』みたいな面構えで歩いていたような」

いや、どんな面構えだよ。いくら中学の時とはいえ、そんな顔で歩いてはいないような。

「あと、こんな噂《うわさ》も聞きました。『僕は一度見たものを、写真のように記憶できる。そういう特殊能力があるんだ。でも脳に負荷が掛かりすぎるから、普段のテストとかでは使わない。使う時は唯一――、世界に危機が訪れた時だけだ』そんなことを自慢げに、友達に言いふらしていたとか」

中学時代の僕、痛すぎだろっ！　いや、確かに言ってたけどもっ！　そういうのって、ある程度時間が経ったら時効になるって約束では？

そんな僕の心の叫びを無視して夜月が言う。

「その話、詳しく聞かせて」

「いいですよ、じゃあ、一緒にお茶でも飲みながら」

僕の悪口で意気投合した二人は、一緒にテーブルの席に着く。僕もそこに同席した。あ
蜜村は見た目はクールで真面目そうだけど、けっこう適当なところがあるからな。あ

ることないこと話されないように監視しておく必要がある。

僕が二人に目を光らせていると、そのタイミングで西棟から一人の男が戻ってきた。眼鏡姿の冴えない男——、朝ドラ女優の長谷見梨々亜のマネージャーだ。名前は真似井だったか。真似井はソファーでくつろいでいる梨々亜の向かいの席に座った。そして手にしていた仕事鞄から、ぺら紙を一枚取り出す。それをテーブルの上に置いた。

グレープフルーツジュースを飲んでいた梨々亜は、その紙を眺めて言う。

「真似井さん、それは？」

「バラエティ番組のアンケート用紙です」

「げっ」

梨々亜はあからさまに嫌そうな顔をした。ジュースのストローに口を付けて言う。

「梨々亜、今そういう気分じゃないの。真似井さん、代わりに書いといて」

「ダメです、ちゃんと書かないと」

「でも、梨々亜、箸より重いもの持てないし。ペンって箸より重いでしょ？」

「材質によりますね」

それはそうだろうと思う。

梨々亜はだんだんと、不機嫌になってきたようだ。

「わかんない？　書きたくないって言ってんの」

「でも、バラエティ番組のアンケートは大事です」真似井は、意外と毅然《きぜん》とした態度で言った。「アンケートの書き込み次第で、チャンスの量が変わるんです。いっぱい書けば、いっぱいMCが振ってくれるんです。逆にアンケがスカスカだと、MCやスタッフさんにやる気がないやつだと思われます」

「うん、わかってる。だから、真似井さんに書いてって言ってんの」

「話がループしてますね」

「そういう魔法が掛かってるのかな？」

梨々亜はジュースを飲み干すと、真似井の手から乱暴にアンケート用紙を奪い取る。

「わかった、じゃあ、書いてくるよ。部、屋、で、ねっ！」

ガタッと勢いよく立ち上がった。そのまま梨々亜は不機嫌な足取りで西棟の方へと去っていった。真似井は深く溜息を吐く。

そんな真似井と梨々亜のやり取りの間も、夜月と蜜村は僕の中学時代の話で会話に花を咲かせていた。出るわ出るわの黒歴史。でも、二人は突然そのやり取りをやめる。梨々亜がロビーから出て行ったタイミングで、雪が降り始めたのだ。

窓の外に――、雪が。

きらきらと、勢いよく空を舞って幻想的に降り積もる。庭が白く覆われていく。そういえば、雪を見るのは今年初めてだったか。しかも、旅行先で見る雪だ。否応なくテンションが上がる。ロビーに集まった他の客たちも、窓の外に視線を向けていた。

社長の社も医師の石川も、探偵の探岡も。先ほど梨々亜と揉《も》めた真似井も、気晴らしのように雪を眺める。コーヒーを運んでいた迷路坂さんも窓の外を見つめていた。支配人の詩葉井さんだけが、フロントのカウンターでパソコンを叩いている。

今夜、このホテルに泊まる客は、全部で十二人だと聞いている。今はそのうちの七人が、このロビーに集まっている。僕の知っている客の中で、ここにいないのは梨々亜と――、イギリス人のフェンリル・アリスハザードだけだ。

そんなフェンリルも、雪が降り始めて十分後くらいにロビーへと現れた。コートを着ていて肩に雪が積もっているので、庭を散歩していたらしい。これでロビーに集まった客は八人だ。銀髪を雪で濡《ぬ》らしたフェンリルは、しばしロビーをきょろきょろしていたが、僕のことを見つけると嬉しそうに近づいてくる。

「葛白さん」彼女はテーブルの上にそれを置いた。それは雪でできたウサギだった。

「お土産です」

ちょっこりとした雪ウサギが、木目のテーブルの上にたたずんでいる。かわいい。

フェンリルはにっこりと笑った。

「ぜひ、お召し上がりください」

「えっ、食べるの？」

「中にあんこが入っていますから」

「……、まじで？」

恐る恐る齧ろうとしたところで、フェンリルが「冗談です」と笑った。彼女はいたずらっ子のように僕らの席を離れると、トテトテと窓際に移動してスマホで庭の撮影を始めた。窓の外の雪はいっそう激しさを増していた。

それから二十分ほどで雪はやんだ。短い雪だったが、庭はすっかり銀世界だ。高い塀に囲まれた館の箱庭を真っ白に染めている。

雪が降りやんだのを切っ掛けに、ロビーに集まった八人の客たちは、ぽつぽつと席を立ち始める。ずっとカウンターで働いていた詩葉井さんも、大きく伸びをして食堂棟の方に向かって行った。入れ替わるように、迷路坂さんがカウンターに入る。

僕も部屋に戻ることにする。フェンリルに貰った雪ウサギが、少し、ぐだーっとなっていた。融けないうちに部屋の冷凍庫に入れて延命させる必要がある。

＊

夜七時、僕は夜月と一緒に食堂棟へと向かった。

夕食はもう始まっているようだった。食堂の北側の壁は全面、明かり取りの硝子《がらす》窓になっていて、今は暗闇を映しているけれど、昼間はさぞ開放的だろう。広い室内にはテーブル席がいくつかあって、客たちはそれぞれそこに着いて料理に舌鼓を打っていた。席はあらかじめ決められているようで、僕たちは『朝比奈様・葛白様』と、僕と夜月の名前のプレートが置かれている席に座った。それを見た迷路坂さんが、さっそく料理を運んでくる。

「『シェフの気まぐれオードブル～南欧、西欧、北欧の風とともに～』でございます」

いきなり謎の料理を出された。どこの国の料理なのかわからない。

「多国籍だよね。このスパニッシュオムレツがスペインでしょ？　それでこのカルパッチョがイタリアで、このニシンを使った何かが北欧？」夜月はそのニシンを使った何かを食べる。そして目を丸くした。「何この料理――、めちゃくちゃ美味《うま》いやんけ」

「えっ、まじで」

「食べてみ。舌が原形がなくなるくらいトロけるから」

原形がなくなるのは嫌だが。

僕は夜月と同じく、そのニシンの料理を食べる。そして思わず「はわわ」となった。

「何だこの料理――、めちゃくちゃ美味いじゃねえか」

「舌がトロけるでしょ」

「トロけるトロける。今まで食べた魚料理の中で一番美味しいかもしれん」

料理にテンションが上がった僕は思わず「シェフを呼んでくれ」モードになっていた。近くで給仕していた迷路坂さんを指パッチンで呼び寄せる。

やって来た迷路坂さんに言った。

「料理、とてもおいしいです」

「はぁ、そうですか」

素っ気ない感想を返された。僕はとても傷ついた。

そんな僕をほったらかして、夜月と迷路坂さんが会話を始める。

「この料理って、支配人さんが作ってるんでしたっけ？」

「はい、詩葉井が作っております。手前味噌ですが、彼女は都内の一流シェフにも劣らない腕前でして」

「野菜もすごく新鮮ですよね。このトマトとか」

「ああ、それは詩葉井の妹さんが送ってくださったものです。詩葉井には双子の妹がいて、山梨で農家をやっているんです」

二人の会話は弾んでいた。不思議だった。僕との会話はあんなに弾まなかったのに。

そこで僕はふと、前から気になっていることを訊ねてみた。

「迷路坂さんと詩葉井さんって、どういう関係なんですか？」

「どういう関係とは？」

「いや、このホテルを二人で切り盛りしているくらいだから、昔からの知り合いなのかなと思って」

辺鄙《へんぴ》なところにあるホテルだし、迷路坂さんはこの館に住み込みで働いている。だから赤の他人ではなく、何かしらの繋がりがあるのではないかと思ったのだ。

そんな僕の勘は当たったようで、

「はい、確かに以前からの知り合いです」と迷路坂さんは言った。「詩葉井は私の高校時代の恩師なんです。卒業してからもちょくちょくと会っていたのですが、ある日彼女が学校を辞めてホテル経営を始めると聞いたので。何となく私も手伝うことになったんです。ちょうど、ニートだったので」

ニートだったのか、と僕は思う。

「それにしても凄《すご》いですよね」とニシンを食べながら夜月が言った。「詩葉井さん、まだ三十歳くらいでしょう？　それなのにこんな大きな館を買うお金があるなんて」

そう感心していた夜月はふと、何かに気が付いたような顔をする。人差し指を立てて、おずおずと訊いた。

「もしかして、宝くじが当たったとか？」

「いえ、違います」と迷路坂さんは首を振った。「でも、それに近いものがあります」

「近いもの？」

「詩葉井は昔からかなりモテるんです。特に年上から」迷路坂さんはそう告げた後、少し声を潜めて言う。「私が高校を卒業したくらいのころに、詩葉井は四十ほど年の離れたお金持ちと結婚して、その一年後に彼と死別して数十億の遺産を手にしました。そのお金でこの館を買って、今は気ままにホテル経営をしているというわけです」

「なっ、なるほど」と夜月は言った。「詩葉井さんにそんな過去が」

「はい、詩葉井は魔性の女です」と迷路坂さんは言った。「教師時代も男子生徒と付き合ったりと、いろいろとやらかしております。でも不思議と、生徒に好かれるいい教師でした」

迷路坂さんは、最後にそうフォローして去っていった。フォローになったのかどうかは謎だったが。

＊

夕食後に自室で風呂に入った後で、ロビーの自販機で何か飲み物を買おうと西棟の廊下を歩いていると、怪しげな人影を見かけた。朝ドラ女優の長谷見梨々亜だ。彼女はトランシーバーのような機器を手にして、真剣な表情でそのアンテナをいろんな方向に向けていた。

「あのう、何をやってるんですか?」

「ふにゃっ」

いきなり後ろから声を掛けられた梨々亜は、とてもびっくりしたようだった。深呼吸をしながら僕を見て、そして不思議そうな顔をする。

「誰ですか?」

「ただの宿泊客です」

「どうしてただの宿泊客ごときが、梨々亜に声を掛ける権利を持ってるの?」

なんか、凄いことを言われてしまった。そんな僕の表情を見て、梨々亜はさすがに反省したらしい。慌てて取り繕ったように言う。

「なーんてね、冗談よ。どんどん話しかけてきて。ほら、梨々亜、ファンサービスの塊だから。『長谷見・ファンサービス・梨々亜』に改名しようと思ってるくらいだから」

「はぁ」

「はぁ……、って。反応薄いなぁ。もしかして、緊張してる? わかるよ、梨々亜って国民的女優だもん。平均視聴率25パーセントの女だもん」

「はぁ」

「げしっ」

「ぐはっ」

何故だか思いっきり脛を蹴られてしまった。何なんだ、この女。週刊誌に訴えてやろうか？

謝る気などさらさらない梨々亜が、悶絶《もんぜつ》する僕を見下ろす。

「週刊誌にタレこんだら殺すから」

梨々亜はにこやかに笑って言った。……、何なの、この女。性格悪すぎだろ。

「……、それで」僕がようやく痛みから復帰すると、梨々亜は見下すように訊いてきた。「君、どうして梨々亜に話しかけてきたの？　サインとか？　それとも写真？　脛を蹴った口止め料の代わりに、そのくらいのお願いなら聞いてあげてもいいけど」

「違いますよ」と僕はふて腐れて言った。この女のサインとか、もう絶対にいらないし。「単に何をやってるのか気になっただけですよ。そんな変な機械を持って」

僕は彼女が手にしたトランシーバーのような機器を指差す。サイン目当てではないと知った梨々亜はちょっとだけムッとして、「なーんだ、そんなことか」と興味がなさそうな顔をする。

彼女はトランシーバーのような機器を翳《かざ》して言った。

「これはね、盗聴器を発見する機械よ」

「盗聴器を発見する機械」

何故、そんなものを。

そんな僕の疑問が伝わったのか、梨々亜は深い溜息をつく。

「あのね、梨々亜は国民的女優なの」

「はぁ」

「また脛を蹴られたい？」

「蹴られたくないです」

「本当に？　本当は梨々亜に蹴られたくて、わざとそんな態度を取ってるんじゃないの？」

とんだ言いがかりだった。本当に――、とんだ言いがかりだった。

「まぁ、とにかく」と梨々亜は言う。「とにかくね、そんな国民的女優でデビュー曲が二億回再生の梨々亜は常にマスコミから狙われているの。ストーカーまがいのファンからもね。だから、常に警戒する必要がある。旅行や仕事でホテルに泊まる時には、いつも部屋に盗聴器や隠しカメラがないか、この機械を使って確認しているの」

彼女はトランシーバーのような機械を振った。

僕は「はぁ」と言いかけて、慌てて「なるほどっ！」と言い直した。できるだけテンション高くだ。「その機械で盗聴器や隠しカメラが発する電波を拾うってわけですねっ！」

「そうよ、わかってるじゃない下僕」

「……、下僕じゃないです」

「じゃあ、召使い？　まぁ、とにかく、これさえあれば盗聴器やカメラを簡単に発見することができるってことよ。今日もがっつり調べたから――、三十分くらいかけて」

「なっ、なるほど」暇なやつだと思う。そんな時間があるなら、バラエティ番組のアンケートでも書いていればいいのに。

でも、そこでふと思う。

「そういう雑事だったら、マネージャーさんにやってもらえばいいのに。わざわざ梨々亜さんがやらなくても」

そう言うと、梨々亜は憐《あわ》れな子を見るような目をした。僕は梨々亜に憐れまれていた。

彼女は溜息をつく。

「何言ってるの？　真似井さんにやらせるわけないじゃない」

ああ、なるほどと僕は思う。少し梨々亜を見直した。

「確かに真似井さんは忙しそうですもんね。梨々亜さんは、そんな真似井さんの負担を少しでも減らそうとしているんですね」

すると梨々亜はきょとんとした。そして呆れたように僕に言う。

「いや、単に真似井さんを部屋に入れるのが嫌なだけだから。だってあの人、重度のアイドルオタクなのよ？　今でも休みの日は握手会とかに行ってるし。気持ち悪いでしょ？　そんな人間を自分の部屋に入れるなんてこと、梨々亜がするはずないじゃない。何されるかわかったもんじゃないし。むしろあの人が一番盗聴器仕掛けそうだし」

梨々亜の真似井に対する信頼度はゼロだった。僕は彼女を見直したことを後悔した。

梨々亜は僕との会話に飽きたようで、再びトランシーバーのような機器を片手に盗聴器を探し始めた。僕はそんな彼女に「じゃあ、また」と言った。無視されるかと思ったが、梨々亜は「おやすみ、下僕」と返してくれた。

＊

ロビーで自販機に硬貨を入れて、フルーツ牛乳を購入する。それを飲みながらロビーに置かれたテレビのチャンネルを回していると、この近くで大きなバス事故が起きたというニュースが流れていた。死者も二人出たらしい。その名前をアナウンサーが読み上げる。「亡くなられたのは、中西千鶴《なかにしちづる》さん、黒山春樹《くろやまはるき》さん――、」後ろから「えっ」という声がした。振り返ると、迷路坂さんだった。

迷路坂さんは、珍しく驚いているようだった。僕は眉をひそめて言う。

「もしかして、知り合いですか？」

「知り合いというか」彼女は少し口ごもる。そして困惑した声で言った。「二人とも、今夜ここに泊まりに来る予定だったお客様です。到着が遅いと思っていたら、まさかこんなことになっていたなんて」

その言葉に、僕は目を丸くする。宿泊する予定だった客が死んだ？

僕たちの会話を聞いて、ロビーにいた他の客たちも集まってきた。「本当ですか、それは」と探偵の探岡が言った。「信じられません」とイギリス人のフェンリル。「こんなこともあるんだね」とのんびりとした口調で誰かが言う。この人は――、確か医師の石川だったか。

「なになに、どうしたの？」そこに、今ロビーにやって来た夜月も加わった。事情を聞いた彼女は、やはり目を丸くする。

その時、玄関の方から、コツリと足音が聞こえた。

張り詰めた空気の中で、皆の視線がいっせいにそちらに向く。そして事故のニュースに戸惑っていた僕たちは、そこからさらに動揺した。唐突に現れたその男によって。

皆の視線の先――、
そこにいたのは三十歳くらいの男だった。玄関の方からやって来たところを見ると、おそらくこの館の宿泊客だろう。今夜この館に泊まる客は、全部で十二人のはずだ。

既に館には九人いて、泊まる予定だった二人が事故で死んだ。となると、今現れたこの男は、十二人目の宿泊客ということになる。遅れてやって来た、最後の客。

問題なのはその出《い》で立ちだ。

男はカトリックの司祭が着ていそうな宗教服を身に付けていた。真っ白な服で、その左胸の部分には十字架が描かれている。ただ、磔《はりつけ》にされているのはキリストではなく、肉のない骸骨だった。

僕はその十字架のイラストを見たことがあった。ある教団のロゴマークだ。そっと、その教団の名前を呟く。

「『暁の塔』」

僕の言葉に、また皆の間に緊張が走った。「ねぇ、『暁の塔』って」と夜月が言った。「あの死体を崇《あが》めている――、」

正確にはその認識は間違っている。彼らが崇めているのは死体ではなく殺人現場だ。『暁の塔』は最近信者を増やしている宗教団体で、でも新興宗教ではなくその歴史は意外に古い。十七世紀ごろにフランスで生まれ、嘘か本当かはわからないが、世界で十万人近い信徒がいるらしい。日本にも戦後まもなく伝わってはいるのだが、勢力を拡大し始めたのは三年前から――、日本で初めて密室殺人が起きたあの三年前からだ。『暁の塔』は殺人現場を信仰の対象にする。その現場を写真に撮って、御神体の代わりにするのだ。殺人現場には被害者の負のエネルギーが充満する。それを信者たちの祈りによって浄化することにより、負を正へと反転させて幸福を得ようという教義だ。

そして彼らが崇める殺人現場のうち、最高峰とされるものが密室殺人現場だった。というよりも、三年前の密室殺人事件を切っ掛けに、そういう教義が付け加えられた。理由は閉ざされているからだそうだ。閉ざされ怨念が溜まりやすい分、浄化した際に得られる幸福エネルギーも大きくなる。

『暁の塔』は三年前からの密室ブームに乗って、国内での勢力を拡大させていった。その一方で悪い噂も絶えない。崇拝の対象となる密室殺人現場を増やすために、信者たちが自ら殺人を犯しているという話もあるほどだ。

僕たちは迷路坂さんと宗教服の男の世間話に耳を傾けていた。男は神崎《かんざき》という名前で、『暁の塔』の神父であるらしい。「神父の神崎か」と夜月が呟くのが聞こえた。

フロントでチェックインの手続きを進めながら、迷路坂さんが訊く。

「神崎様は今回はどのような目的で当ホテルに？　やっぱり、あの密室現場ですか？　雪城白夜が起こした『雪白館密室事件』の現場を見に？」

「いえ、違います」神崎は穏やかな口調で首を振る。「あそこでは人は亡くなられておりませんから。我々の信仰の対象にはならないんですよ」

「なるほど、ではどのような目的で？」

「タレこみがあったんです」

と神崎は言った。やはり、穏やかな声で。

「今夜この館で、密室殺人が起きると」

＊

目覚めると、時刻は朝の八時だった。カーテンを開けると庭の白が映る。昨日の昼に降った雪だ。積もっている量は変わりないので、夜間には降らなかったのだろう。

僕は部屋の洗面台で顔を洗った後、服を着替えて隣室の夜月を訊ねた。扉をノックすると、寝癖頭の彼女が姿を現す。彼女は不機嫌に言った。

「……、何、こんな朝っぱらから」

「いや、一緒に朝食を食べに行こうと思って」

「香澄くんは頭がおかしいの？」

心外なことを言われた。夜月は溜息をついて言う。

「こんな朝っぱらから朝食なんて食べるわけないじゃん。休みの日の朝食はね、昼過ぎに食べるものなの」

それはもう昼食なのでは？

「屁理屈こねるな、バカ」

そう言い放たれて、バタンと扉を閉められる。僕はとても悲しかった。

仕方なく一人で食堂に向かうと、そこにはもう既に何人もの人たちが集まっていた。朝食は洋食を中心にした簡単なバイキング形式らしく、品数は十品くらい。僕はそこからオムレツやウィンナーをよそい、英国風の朝食プレートを作り上げる。

どこに座ろうかときょろきょろしていると、一人で朝食を食べている彼女の姿を見かけた。僕はその向かいの席にお盆を置く。

「おはよう」と僕は言った。

「うん、おはよう」と蜜村は返した。

そんな蜜村のプレートには、オムレツと目玉焼きがそれぞれ二つずつ載せられていた。卵だらけだ。そういえば彼女は昔から卵料理が好きだったか。一緒に中華系のファミレスに行った時も、きくらげの卵炒《いた》めと、かに玉チャーハンを食べていたし。

そんな思い出に浸《ひた》っていた僕に、蜜村は訝し気な視線を向ける。

「どうしたの、にやにやして」

「いや、相変わらず卵料理が好きなんだなと思って」

「私、前世がニワトリなの」

「そうだったのか」

「そうよ、年を取って卵が産めなくなって、最後は唐揚げにされてしまったの」

「悲しい前世だな」

「ええ、だから来世はいっぱい産めるように、こうして栄養を溜めているのよ」

「来世もニワトリになる気なのか？」

「残念ながらね。私はニワトリと人間に交互に生まれ変わる体質だから」

蜜村は真顔でそんな冗談を言う。僕は何だか懐かしい気分になった。そういえば、彼女とは中学の時もこうして下らない話をよくしたか。

＊

朝の十時ごろ、僕と蜜村がロビーで携帯用のオセロで遊んでいると、少し焦ったような顔で夜月がそこにやって来た。

「もしかして、もう朝食終わっちゃった？」

どうやら今起きてきたらしい。僕はオセロをひっくり返しながら、「もう終わったよ」と言った。「朝食は八時から九時までだったから」

「それ、本気で言ってるの？」真顔でそう返された。本気も何も、昨日フロントでチェックインした際にそう説明を受けたはずだが。

夜月は悲しそうな顔でグゥとお腹を押さえる。

「でも、私、お腹が空いたよ」

そのタイミングで僕のオセロが蜜村に大量にひっくり返される。僕は「あっ」と声を上げた。「真っ白じゃん」と夜月が言った。確かに盤面は真っ白で、僕の黒石は全滅していた。……、オセロでここまでの大敗が本当にあり得るのだろうか？

「ねぇ、そんなことより朝食」

「我慢しろよ」僕は不機嫌に夜月に言う。「十二時には昼食の時間だし」

「そんな、オセロの大敗を私に当たらなくても」

「大敗じゃない。本当に紙一重だったんだ」

「紙一重」蜜村が盤面を見ながら、訝し気な顔をした。

そんな僕らを見かねて、カウンターにいた詩葉井さんがやって来た。「あの、何かお出ししましょうか？」と親切にも言ってくれる。「バイキングの残り物になってはしまいますが」

「えっ、本当ですかっ？　やったっ！」夜月は厚顔無恥に喜んだ。こういう大人にはなりたくないなと思った。

そこで、詩葉井さんは思い出したように言う。

「そういえば、朝比奈様の他にも一人、朝食に現れなかったお客様がいるのです」

夜月の他に、もう一人？

「寝坊ですか？」と僕は訊く。

「そうかもしれません。でも、少し妙なのです」

「妙？」

「そのお客様の部屋の扉に、何故だかトランプが貼り付けられているのです」

その言葉に、僕は眉を寄せる。それは確かに妙だが――、

「誰かの悪戯かな？」夜月がそう興味を示す。「それとも、その部屋に泊まっている人が自分で貼ったとか？」

「でも、いったい何のために？」そのどちらのケースであったとしても、意図がよくわからない。

僕はしばし首を捻った後で、肝心なことを迷路坂さんに訊き忘れていたことに気が付いた。なので、こう訊ねる。

「そのトランプが貼られた部屋に泊まっている客というのは誰ですか？」

「神崎様です」

「神崎？」誰だろう。

「昨日の夜、最後にやって来た」

ああ――、と僕は思い出した。あの『暁の塔』の神父か。

オセロをしまっていた蜜村が「昨日の夜にやって来た客?」と首を傾ける。そういえば、神崎がやって来た時、蜜村はその場にいなかったのだったか。

「じゃあ、とりあえず様子を見に行ってこようか」夜月がそう提案する。「現場百遍って言うしね、行けば何かわかるかも。私の名探偵としての勘がそう言ってるよ」

「夜月さんは名探偵だったのね」蜜村がそう相槌を入れる。

「いつになくやる気だな」僕は訝し気な視線を夜月に向けた。正直、夜月はこの手の謎に関心がないタイプだと思っていたが。雪城白夜が残した『雪白館密室事件』の謎にも、まったく興味を示さなかったし。

すると夜月は照れくさそうに頬を掻《か》いて、「実は最近、人生で初めて『日常の謎』の小説を読んだんだよね」そんな大胆な告白をした。

「だから、一度言ってみたかったんだ。『私、気になります』って」

＊

神崎の泊まる部屋は東棟の三階にあった。二階と同じく毛足の長い絨毯が敷かれた廊下を、僕と夜月と詩葉井さん――、そして蜜村の四人で進んでいく。

神崎の部屋は『雪白館密室事件』の現場となった部屋の真上に位置していた。そしてその部屋の扉には、詩葉井さんの言った通り一枚のトランプがテープで貼り付けられていた。数字の面を表にしている。トランプはハートの『A』だった。

「確かに妙ですね」僕は改めてそんな感想を述べると、トランプを扉から剝がした。数字が書かれたのとは逆の面には、ウサギとキツネがお茶会をする奇妙な絵が描かれていた。どうやらプリントではなく手描きであるらしい。高級な絵葉書のように水彩で描かれていて、右隅には作者のものと思われるサインまで入っていた。

「高そうなトランプだね」と夜月が言った。

「確かに、悪戯にしては奇妙かも」カードを覗き込んで蜜村も言う。

そのタイミングで、扉の向こうから男の悲鳴が聞こえた。耳をつんざくような音量で、居合わせた僕たちは皆びくりと肩を震わせる。僕は咄嗟《とっさ》に扉のノブを摑んだ。回して内開きの扉を押すが、びくりともしない。鍵が掛かっている。

「部屋の鍵は？」と僕は訊く。「神崎様が持っています」と詩葉井さんは答えた。それはそうだ——、と遅ればせながら気付く。ここは神崎の部屋なのだ。鍵は神崎が持っているに決まっている。

「じゃあ、マスターキーは？」

続く僕の質問に、詩葉井さんは首を横に振った。

「東棟の部屋にはマスターキーはないんです。西棟にはマスターキーがありますが、西棟と東棟では鍵の体系が異なっていますので。だから、西棟のマスターキーでは、東棟の部屋の鍵は開けられません」

その話を聞いて、僕は少し妙な気分になった。あれ？　この説明、前にも聞いたことがあるような。

「じゃっ、じゃあ、合鍵は？」焦ったように夜月が言う。「合鍵はないんですか？」

「合鍵はありません」詩葉井さんはまた首を振った。「この雪白館の鍵はすべて、極めて特殊なものが使われていますから。合鍵を作ることは不可能なんです」

「ということは、部屋に入るには、窓を破るしかないということですか？」蜜村がそんな風に言うと、「いえ、それもできません」と詩葉井さんは苦い顔をした。

「窓には格子が嵌まっていて、人が出入りすることはできないですから」

「じゃあ、いったい、どうやって中に入れば……」

その場に沈黙が落ちる。……、となると、残る手段は、もう――、

「おいっ、何があったんだっ！」

そのタイミングで東棟の廊下に探岡がやって来た。迷路坂さんや他の客たちもいる。神崎を除く、今この館にいる全員が集まったことになる。

僕は彼らに状況を説明した。扉に貼られていたトランプのこと。中から聞こえた悲鳴のこと。扉の鍵を開ける手段はなく、窓からの出入りもできないこと。

となると、部屋の中に入る唯一の方法は——、

「扉を破るしかないということか」と探岡は言った。そして詩葉井さんに視線を向ける。「かまいませんか？」

詩葉井さんは、こくりと頷く。

「やむをえません。お願いします」

僕と探岡で扉の前に陣取る。そしてノブを捻ったまま勢いよくぶつかった。扉が軋みを上げる。その数が十回に届いたところで、ようやくと扉は開いた。その勢いで僕と探岡は部屋の中に転がり込む。

室内は真っ暗だった。やがて天井の照明が灯る。迷路坂さんが点けてくれたようだ。

部屋の中に神崎はいない。

「もしかして、あっちの部屋じゃないですか？」そう言ったのは、梨々亜のマネージャーの真似井だった。彼の指は入口から見て左手の壁に設えられた扉を差していた。どうやら神崎の泊まっているこの部屋は、客室が二部屋ある構造らしい。つまり、あれは隣室に移動するための扉。今はその扉は開きっぱなしになっている。扉は壁の中央よりも右側に——、つまり、入口から見て奥側に設置されていた。

皆で恐る恐るその扉に進む。最初に隣室を覗き込んだのは僕だった。隣室の照明は、入口のある主室の照明と連動しているようで、主室の電気を点けたことで今は隣室の

照明も灯っている。

だから、それはよく見えた。

灯りに照らされた男の姿――、それは宗教服を着た神崎の死体だった。

誰かの叫びが室内に響く。それは梨々亜の声だった。その悲鳴は、昨夜の生意気な彼女の姿とは似ても似つかないもので――、
でも、その悲鳴は僕の耳から逃げていく。梨々亜が叫ぶよりも一瞬早く僕はそれを見つけていて、だから周囲の音が希薄になるほど僕の思考は混乱していた。

「冗談だろ？」そう呟いて、死体から少し離れた位置に落ちていたそれを拾い上げる。

その僕の姿を見た探岡が慌てたように近づいてくる。そして僕と同じセリフを放った。

「冗談だろ？」

ああ、確かに、これは何かの冗談だろう。だって、今僕が手にしているのは――、
しっかりと蓋の閉められた、カメラのフィルムケース大のプラスチック製の小瓶。

そしてその小瓶の中には鍵が入っている。確かめるまでもなく、この部屋の鍵だろう。

「模倣犯か」と探岡が言う。僕はこくりと頷いた。

ああ――、確かにこれは模倣犯だ。ただし、トリックのわからない――、未解決事件をもとにした。

僕は鍵の入った瓶を睨《にら》んで言う。

「この事件は『雪白館密室事件』の再現です」

＊

神崎の胸にはナイフが刺さっていた。首に索状痕《さくじょうこん》などはなさそうだし、これが死因と見て間違いないだろう。仰向《あおむ》けになった死体の胸に垂直に突き立てられたナイフは、刃渡り三十センチほどもあり、その刃が主室と隣室を繋ぐ扉の方を向いてキラキラと輝いている。刃渡りや形状から見て料理用のナイフではなさそうなので、犯人が館の外から持ち込んだものだと推察された。

死体は『雪白館密室事件』と同じく、主室と隣室を繋ぐ扉のちょうど正面に位置していて、その死体の向こうには暗室で使うような分厚い遮光カーテンが掛かった窓があった。カーテンと床の間には一センチほどの隙間があるが、光量に乏しく、陽の光はほとんど入ってこない。これだと、主室までは明かりは届かないだろう。時刻が正午近いというのに、部屋の中が深夜のように真っ暗だったことにも納得がいく。

カーテンを開くと、格子の嵌まった窓があった。『雪白館密室事件』の現場にあった窓と寸分違わぬものだ。スライド式の開閉窓は今は開かれた状態だったが、格子がある以上、そこから人が出入りすることはできない。また、正方形の格子の一つ一つのサイズは小さく、そこから部屋の鍵を出し入れすることもできそうになかった。

そして、『雪白館密室事件』と同じく、死体の傍にはボイスレコーダーが置かれていた。再生すると男の悲鳴が聞こえる。最初に聞いた時には神崎の声かと思ったが、どうやら別の誰かのものらしい。映画か何かの音声を録音したものだろう。

次に、僕は自身が手にしたプラスチック製の小瓶を見つめた。その蓋には、やはり『O』型の突起が付いている。僕は瓶の蓋を開けて中から鍵を取り出した。いちおうこの鍵が本物かどうかを確かめておく必要がある。なので僕は扉の傍まで移動し、その鍵穴に鍵を挿した。鍵を捻ると、くるりと回った。やはり鍵は本物だった。

「とにかく、警察を呼ばないと」やがて、思い出したように真似井が言った。その傍らでは梨々亜が、ひくひくと泣き声を上げていた。「そっ、そうですね、警察に」と詩葉井さんがやはり思い出したように言った。

僕たちは全員でロビーへと移動する。皆で警察に電話を掛ける詩葉井さんを見守っていると、彼女はやがて目を丸くした。動揺したように受話器を置いて言う。

「電話が通じません。もしかしたら、電話線が切れているのかも」

「あるいは切られたか」顎に手を当てて探岡が言う。皆の視線が集まると、探岡は肩を竦めた。「十分に考えられることだろ? クローズドサークルの定番だ」

「クローズドサークル？」と夜月が訊ねる。

「ああ、知らないのか。珍しいな」と探岡は言った。「外界から閉ざされた館や孤島で殺人事件が起きるジャンルのことだよ。そういうケースでは大抵の場合、警察に連絡できないように電話線が切られるんだ」

夜月は不思議そうな顔で言う。

「警察が来ると、犯人にとって何か不都合なんですか？」

「当然だ。警察が介入すると、犯人は自由に動けなくなるからな。次のターゲットを殺せなくなる」

「それって……」梨々亜の顔が青くなる。「犯人はあの神父さんの他にも誰か殺すつもりってこと？」

「当然だ。じゃないと電話線を切る意味がない」

梨々亜の顔が真っ青になった。彼女は焦ったようにスマホを取り出して、震える指で画面を操作した。「警察に……、警察に連絡しないとっ！」でもやがて血の気を失ったように「圏外……」と呟いた。

「陸の孤島やんけっ！」

梨々亜はロビーの床にスマホを叩きつける。「落ち着いてくださいっ！　梨々亜さん」真似井が慌てて彼女をなだめた。そしてイラだったような視線を探岡に向ける。

「あなたもっ！　あまり周りを怖がらせるような言動はやめてくださいっ！　まだ連続殺人になるって決まったわけじゃないでしょうっ！」

探岡は困ったように肩を竦める。

「ああ、確かにそれはすまなかった。少し配慮が足りなかった」彼はそう言いつつも、やはり強気な口調で続けた。「でも残念ながら、これが連続殺人になるっていうのは、ほぼ確実なんだよな」

「その根拠は？」と真似井。

「扉に貼られていたトランプだよ」探岡はそう告げて、その視線を僕に向けた。「少年、さっき部屋の扉にトランプが貼られてたって言ってただろ？　そのトランプを見せてくれないか？」

「ああ、はい」と僕はポケットに入れっぱなしになっていたトランプを取り出す。ハートの『A』。裏には水彩絵の具でウサギとキツネがお茶会をする様子が描かれている。

トランプを受け取った探岡は、その表と裏を交互に見回す。そして「やはり間違いなさそうだな」と言った。「さっき壁にトランプが貼られていたと聞いた時にピンと来たんだ。そして実物を見て確信したよ。これはトランプ連続殺人事件で使われたのと同じトランプだ」

首を傾ける者がいる一方で、顔を青ざめさせる者もいた。僕は後者だった。トランプ連続殺人事件――、五年ほど前に起きた未解決の連続殺人事件だ。被害者の数は三人で、現場には必ずトランプが一枚残されていた。僕は記憶の隅を探る。事件の詳細を思い出そうとしたところで、涼やかな声がそこに重なった。

「五年前の四月二十一日。神奈川県の路地で男性が撲殺されました」

皆の視線が、発言者の彼女に集まる。銀色の髪の美しい少女――、フェンリル・アリスハザードは、はにかんだように笑う。「たまたま、憶えていたんです」そして静謐《せいひつ》な声でその続きを語り始めた。

「被害者の男性は名刑事として知られ、その実力もさることながら、とにかく幸運に恵まれた人でした。過去には偶然居酒屋で未解決事件の犯人と出くわして、酔っぱらった相手が『俺は実は人を殺したことがあるんだ』と自慢げに話してきたこともあるそうです。だから、警察関係者の間では彼は有名人でした。でもそんな彼の栄光は、殺される半年前に彼が起こした交通事故によって崩れ去ります。脇見運転による死亡事故――、男性は警察を辞めることになりました。当然彼はその遺族に恨まれているはずですから、警察はその線から捜査を進めていきました。でも、結局犯人は捕まらなかった。そしてこの事件には一つ奇妙な点があったんです」

フェンリルはそこで言葉を切って、探岡が手にしたトランプを指差す。

「それは死体の傍らに、一枚のトランプが落ちていたこと。トランプの数字は、ハートの『6』でした」

滔々《とうとう》と語るフェンリルに、皆は唖然《あぜん》とした視線を向ける。彼女は照れくさそうに笑った。「たまたま、憶えていたんです」そんなたまたまがあるのだろうか？

こほんと息をついて、フェンリルは事件の説明を続けた。

「次に事件が起きたのは、五年前の七月六日。千葉県のアパートの駐車場で、三十代の中国人男性の絞殺体が発見されます。男は大学に勤める研究者で、幼いころから非常に優秀な人物だったそうです。でも逆に学歴のない父親のことは軽蔑《けいべつ》していて、もう十年以上も中国には帰っていないそうでした。その日は大学から帰宅したところを何者かに襲われて殺されたようです。凶器は荷造り用のビニール紐で、男性の死体の傍には、ハートの『5』のトランプが落ちていました」

そう事件の概要を告げる。「その四ヶ月後に」と彼女は言った。

「三番目の――、つまり、最後の事件が起きます。日付は五年前の十一月十二日。都内のマンションで会社経営者の男性が何者かに毒殺されました。胃の中からは松茸《まつたけ》に似た新種の毒キノコが検出され、何者かにそのキノコを盛られたものと考えられています。男性の経営する会社は、社員に過度な労働をさせる――、いわゆるブラック企業というやつで、彼は多くの人から恨みを買っていたと推察されました。でも、やはりこの事件も未解決。そして彼の死体の傍には、ハートの『4』が残されていました」

語り終えたフェンリルの言葉に、皆が一様に顔を曇らせる。つまり、五年前に三人もの人間を殺した殺人犯が、今になってこの館で再び事件を再開させたということか。

「まぁ、そういうことだ」と探岡が言った。そして肩を竦めてフェンリルをねぎらう。

「大したもんだな、当時けっこう話題になっていたとはいえ、細かいところまでよく憶えている。まぁ、俺も憶えていたが」探岡は本当なのか、ただの見栄なのか判別のしづらいことを言う。

「でもでも、だからって今回の殺人が、そのトランプ連続殺人事件と同一犯とは限らないんじゃ」と梨々亜が言った。「模倣犯って可能性も……、ううん、きっとそう。だってこんなの、同じ種類のトランプを買ってくれば簡単に真似できるんだからっ！」

「確かに、その可能性もあるな」と探岡が言う。

「いいえ、その可能性はありません」フェンリルは首を横に振る。「犯行に使われたトランプは一点もので、同じものは存在しませんから。世界でワンセットしかないんです。他人が同じトランプを入手して、模倣犯を装うことはできません」

その説明を聞いて、探岡は肩を竦めた。

「確かに、その通りだ」

「でもでも、今回使われたトランプが贋作《がんさく》って可能性もあるでしょう？　犯人が偽物のトランプを用意して、それを使ったという可能性も」

「その可能性もあるな」と探岡。

この探岡という男は、いったいどっちの立ち位置なのだろう。

「では、確かめてみますか？」とフェンリルはスマホを取り出し、あるアプリを起動させる。フェンリルが翳した画面を見て、皆は戸惑いの表情を浮かべる。

「そのアプリは？」と夜月が言った。

「美術品の真贋鑑定アプリです」とフェンリル。「鑑定したい美術品を撮影してこのアプリに掛けると、それが本物かどうかを鑑定してくれるんです。このアプリの中には真作（本物）の美術品の写真データが入っていて、ＡＩを使ってそのデータと照合するという仕組みです。どんなに腕の良い贋作師でも、真作と完璧に同じものを作ることはできませんから。真作の写真データさえあれば、真贋を鑑定することは容易というわけです」彼女はスマホを操作しながら言う。「そしてこのアプリの中には、五年前のトランプ連続殺人事件で使われたトランプの写真データも入っています。ジョーカーを含めた、五十三枚分すべて。トランプに描かれたお茶会の絵は水彩画で、一枚一枚が微妙に異なっていますから、真贋を鑑定するには五十三枚分のデータが必要というわけです。ちなみにアプリに入っているトランプの写真は、五年前の事件が起きるずっと前に——、美術商によって撮影された写真です。犯人がトランプを手に入れるずっと前に撮られた写真ということですね。当時、警察がこのアプリを使って、現場に残されたトランプの真贋を判定したという話はあまりにも有名で」

「確かに、有名だな」と探岡。

「では、探岡さん」

「なんだ、疑ってるのか？　俺はちゃんと知ってるぞ」

「いえ、そうではなく。トランプの真贋を確かめたいので、それを貸していただけませんか？」

フェンリルは探岡が手にしているトランプに視線をやった。ハートの『A』――、今回の事件で扉に貼られていたトランプだ。探岡は面喰《めんく》らったように「ああ、これね」とフェンリルに渡す。彼女はそれをスマホで撮った。すぐにピロリという音が鳴る。

「判定結果が出ました。本物のようですね」

場の空気が一気に重くなる。

五年前の連続殺人事件――、その犯人がこの館で、再び殺人を再開したのだ。

「五年前と合わせると、これで被害者の数は四人になります」とフェンリルは言った。

「今までに使われたトランプは全部で四枚。数字は『6』、『5』、『4』――、そして『A』と、カウントダウンにしては数字が飛んでいて何の法則があるのかはわかりませんが、一つだけ共通点があります。それは使われたトランプのマークがすべてハートであるということ。なので、もし犯人がハートのトランプしか使わないと仮定すると、残りのトランプの枚数は九枚――、ジョーカーを加えると十枚です。そしてここからが重要なのですが、今この館にいる客と従業員を合わせた人数は――、」

「十一人だ」と僕は呟く。背筋がぞっと寒くなった。残りの人数が十一人で、犯人が持っているトランプの残数が十枚。それは、つまり――、

「犯人は自分以外の全員を殺すつもりということか」

探岡がそう言って、また皆の表情が固まる。誰も発言しないまま十秒近い時間が過ぎて――、

「ふざけるなっ！」

唐突な怒鳴り声が、場の沈黙を引き裂いた。皆の視線が彼に向く。怒鳴ったのは、貿易会社の社長の社だった。

社は怒気に歪《ゆが》めた顔で、のしのしと探岡に歩み寄る。そして乱暴にその胸倉を摑んだ。「ぐわっ！」探岡がそう呻《うめ》くのも聞かず、力いっぱい壁に叩きつける。そして窓の割れそうな怒声で言った。

「さっきから適当なことばかり言いやがってっ！　バカにしてんのかっ！」

「いっ、いや、俺は」探岡が慌てたように言う。「ただの客観的な証拠に基づく論理

的な推理を」

「何が論理的な推理だっ！　そういう言い方が人をバカにしてるって言うんだよっ！　このクソボケ探偵野郎が。言っとくけど、俺はお前なんかより全然頭がいいんだからなっ！　慶應《けいおう》を出てるんだから」

「俺は東大です」

「……、クソがっ！」

社は探岡をぶん殴る。なんか、もうめちゃくちゃだ。詩葉井さんが慌てて止めに入る。

「社様っ、落ち着いてくださいっ！」

「お前もお前だっ！　支配人っ！」

「えっ、私ですかっ？」

「そうだっ！　こんな携帯の電波も届かないようなところでホテル経営なんてしやがってっ！　こんな事態も想定してなかったのかっ？　殺人鬼が館に紛れ込んで電話線が切られるような事態をっ！」

「そっ、そんな事態、想定できるはずがありませんっ！」

「屁理屈をこねるなっ！」

大声でがなり立てる。その迫力に皆が臆する中で、さらなる怒声がそこに割り込んできた。目を泣き腫らした梨々亜だった。

「ちょっと、そんなどうでもいいことで揉めるのやめてよっ！　時間の無駄だからっ！」

その発言に社は、次のターゲットを梨々亜に決めた。

「何が時間の無駄だっ！　バカにしてんのかっ！」

「バカにしてねぇよっ、ジジイ。ぶっ殺すぞっ！」

「……、ぶっ殺すって」

「いいから少し黙れよっ、ジジイ。迷惑なんだよっ、てめぇが喋ると」

梨々亜は肩を怒らせて捲し立てる。そして一度息を吐いて、少し冷静になったように言った。

「……、とにかく、梨々亜はもうこんなところにいるのはごめんだから。こんな館で殺人鬼と一緒に過ごすなんて、命がいくらあっても足りないよっ！」

そう告げて急ぎ足で玄関の方に向かおうとする。その背中を真似井が止めた。

「りっ、梨々亜さんっ、どこに行くんですかっ！」

「決まってるでしょっ！　山を下りるのっ！」

「山を下りる？」

「ここは陸の孤島だけど、本物の孤島ってわけじゃないっ！　一時間も歩けば車道に出るっ！　そこでヒッチハイクして車を拾えば」

確かに、梨々亜の言うことは正論だった。電話線が切断されて、連続殺人の兆候が見られ始めた今、それがもっとも現実的で唯一の手段に思えた。

だから、僕も梨々亜に同意する。

「詩葉井さん、僕も彼女の意見に賛成です。みんなで山を下りましょう」

その言葉に、梨々亜は嬉しそうな笑みを浮かべた。

「やるじゃない、下僕」

「下僕じゃないです」

僕たちは最低限の荷物を持って玄関に集合した。皆で館を出て下山する。館を囲む塀の門を潜り、それから五分ほど歩いて、僕たちは山を切り裂く深い谷へと到着した。

でもすぐに違和感を覚える。あれ、となった。何かが足りない——、谷に。何が足りないのだろう？　ああ——、そうか、
橋か。

「橋が——、ない」

梨々亜が呻くように言った。いや——、正確に言えば橋はあった。ただ、原形を留めていないだけで。

橋は燃え落ちていた。随分前に燃えたようで、もうその熱は感じられない。おそら

く、昨夜のうちに火が放たれたのだ。

「陸の孤島」

夜月がそう呟いた。

こうして雪白館は、外界と隔絶された。

＊

皆は意気消沈して、再び雪白館のロビーに戻った。僕たちはこの館に閉じ込められてしまったのだ。

「館に食料はどれくらい残っているんですか？」と僕は訊いた。

「ここにいる皆さんが半月は暮らせる量はあると思います」と詩葉井さんは言った。

となると、半月は生きられるということか。それだけ時間があれば、さすがに誰かが異変に気付いて助けに来てくれると信じたいが。

そこで僕はふと気が付く。

「今日以降にここに宿泊する予定の客はいないんですか？　館にやって来たその人たちが橋が燃え落ちているのを見つけたら、警察に連絡してくれると思うんですが」

梨々亜がハッとしたように言った。

「その通りね、ナイスアイデアよ、下僕」

梨々亜は期待するように詩葉井さんを見た。詩葉井さんは「確かに今日以降に宿泊する予定のお客様はいます」と言った。皆の顔に輝きが戻る。でも詩葉井さんは苦い顔で続けた。

「でもそのお客様は、きっと来られないと思います」

「どっ、どうして」と梨々亜。

「それが……、何というか」

「ちょっと奇妙なお客様だったんです」と迷路坂さんが会話を引き取った。彼女は淡々と語る。「実はそのお客様は、昨日からこの館を一週間、全室貸し切りにしているんです。それも半年以上前に予約をされて」

「半年以上前に貸し切りに？　それっておかしくない？」と夜月が言った。「私がここに予約を入れたのは一ヶ月前だけど、その時は普通に予約が取れましたよ？　先約で貸し切りになっているんだったら、私が予約することはできないはずじゃ」

「それがそのお客様の奇妙なところです」と迷路坂さんは言った。「そのお客様は、予約の際にこんな風におっしゃられたのです。貸し切り期間の間に別の客からの予約が入った場合は、その客の予約を優先して泊まらせても構わない。ただし、貸し切り期間の間に、客が途中で帰ったり、新たな客がやって来たりするのは勘弁だ。そういう客の予約は断ってくれ――、と」

その説明に、僕は眉を寄せる。つまり、貸し切り期間である七日間――、それ以外の客に関しては予約することができるけれど、それ以上の長期滞在客に関しては予約を断られてしまうということか。元々、この館は一週間以上の長期滞在客しか泊まることができないので、僕と夜月はその七日間、ずっとこの館に滞在する予定だった。他の客たちもそうなのだろう。だから、貸し切り期間中にもかかわらず、予約することができた。でも、明日以降にこの館に泊まりたいという客の予約は断られてしまうわけで――、

「それって、つまり――、」僕は呻く。

「はい、その貸し切りをしたお客様を除き、この館には一週間誰も来ないということです。そのお客様は本来なら昨日到着する予定だったのですが、昨日の朝に突然『一日遅れる』と連絡がありまして。でも先ほど詩葉井が言ったように、そのお客様が実際に今日、ここを訪れることはないでしょう。だって――、わかるでしょう？　そのお客様の正体は、おそらく――、」

電話線を切り、橋を落とした犯人ということか。

犯人は館に助けが来ないように、館を全室貸し切りにした。

「ふざけるなっ！　どうしてそんな予約を受けたんだっ！」社がまた怒り始めた。迷

路坂さんは淡々とそれに返す。

「お金は事前に全額振り込まれておりましたので。ちゃんとしたお客様だなと思って」

「何がちゃんとしたお客様だっ！　どう考えても怪しいだろうがっ！」

「今考えるとそうですが。その時はこんな事態になるなんて想像してなかったので」

「想像しろっ！　頭を使えっ！」

「人の想像力には限界があります」

「バカにしてんのかっ！　俺は慶應だぞっ！」

「私は東大です。中退ですけど」

「……、お前も東大なのかよ」

社はがっくりと肩を落とす。そしてガタリとロビーの席から立ち上がった。彼の部屋のある西棟の方に向かったかと思うと、すぐに荷物を抱えて戻ってくる。詩葉井さんが慌てて言った。

「やっ、社様、いったいどちらへ？」

「帰る。もうこんなところにいるのはごめんだ」

「帰るって、橋は落ちてますよ？」

「そんなことはわかっているっ！　でも、森の中を通って迂回《うかい》すれば谷は越えられるだろっ？　つまり、山は下りられるってことだっ！」

「まっ、待ってくださいっ！　危険ですっ！　森は大変険しくて、とても歩いて抜けられるような道じゃ」

「それでもこんな館に殺人鬼と一緒にいるよりは安全なんだよっ！　いいから、俺は行くっ！　離せっ！」

「お待ちくださいっ！」

そんな二人のやり取りを呆気に取られて見つめていると、「大荒れだな」と笑いながら探岡が近づいてきた。そして社に殴られた頬をさすりながら言う。「きっと、ああいうやつが序盤で殺されるんだよ」

随分と恨みの籠った言い方だった。むしろ探岡自身が社を殺しそうな勢いだ。

「そんなことより、そろそろ行かないか？」と探岡は言った。

「そろそろ行く？」僕は首を傾けた。「探岡さんも下山するつもりなんですか？」

「そんなわけないだろ、あんなバカと一緒にするな」探岡は社の方に、小馬鹿にしたような視線を向ける。そして肩を竦めて言った。「電話線が切れて警察は呼べない。そして俺たちは閉じ込められた」

「立派なクローズドサークルですね」

「となると、やることは一つしかない」

「なんでしょう」

「決まってるだろう?」と探岡は笑う。「俺たちで現場を調べるんだよ。そして事件を解決する」

＊

こうして探岡探偵団は組織された。メンバーは探偵の探岡と助手(?)の僕。そして――、

「おい、あんたも来てくれ」探岡は、社と詩葉井さんの大立ち回りを穏やかな表情で見ている男に声を掛けた。三十代前半の男――、石川だ。……、どうしてこの人は、あの大立ち回りをこんなにも穏やかな表情で見ていられるのだろうか?

彼はやはり穏やかな表情で「僕?」と首を曲げた。探岡はこくりと頷く。

「あんた、確か医者だっただろう? 検死はできるはずだ」

「確かにできるけど、専門外だよ? 本職は心臓外科医だ」

「心臓の手術よりは検死の方が簡単だろう」

「確かにそうだけど……、怒《おこ》られるよ、監察医に」

石川はそう言って、可笑《おか》しそうに笑う。何が面白かったのかはわからないが。

こうして探岡探偵団は医師の石川をメンバーに加え――、

「私も探岡探偵団に加わってもいいですか？」

フェンリル・アリスハザードが仲間にして欲しそうな目でこちらを見ていた。探岡は露骨に嫌そうな顔をした。どうやら探岡団長はフェンリルのことが苦手らしかった。トランプ連続殺人事件の解説の際に見せた彼女の知識量を警戒しているのかもしれない。団長は自分よりも優秀なメンバーが団員に加わるのを嫌がる。

でも、結局は、

「わかった、ついて来い」団長はフェンリルの加入を認めた。懐の深さを見せたのだ。

こうして探偵団は四人になった。

そして僕たちは再び東棟の三階――、神崎の部屋に戻った。宗教服の上からナイフで胸を一突きされた死体。その死体を石川が調べる。

その光景を眺めながら、僕は何だか非現実的な――、不思議な気分を感じていた。成り行きとはいえ、まさか自分が捜査に参加し、検死に立ち会うことになろうとは。普通なら、まずありえない――、橋が焼け落ち、外部との連絡手段も断たれ――、密室探偵の助手まがいのことをやることになった今みたいな立場に置かれなければ。

やがて検死を終えた石川が、その結果を口にする。

「死亡推定時刻は、今日の午前二時から四時の間ってところだね」

「ド深夜か……、まぁ、想像通りだな」

探岡は、ふむと思案する。その横で僕も考えた。そんなにも深い時間ならば、アリバイのある人間は少ないだろう。アリバイを頼りに犯人を絞り込むのは難しそうだ。

そんな思案する僕らを他所《よそ》に、フェンリルが死体に近づき、その傍にしゃがみ込んだ。そして無造作に死体に触れる。「……、何をやってるんだ?」と探岡が言った。

フェンリルはにっこりと笑みを浮かべた。

「いえ、私も検死を行おうと思いまして」

探岡は眉をしかめて彼女を見た。

「いや、できるのか、検死」

「腕に覚えがあります」

「えっ、まじで?」

「こう見えて、今まで二百体近い死体を検死したことがあります。たぶん、十七歳の女の子としては、世界で一番検死の経験が豊富なのではないかと」

フェンリルはそう告げて、さっそく死体を調べ始めた。その背中に石川が告げる。

「でも、死亡推定時刻は僕が言った時間で間違いないと思うよ」

すると、フェンリルは振り返って言った。

「医学の世界にはセカンドオピニオンという言葉があると聞きました」

「あるね、日本ではあまり浸透してないけど」

「私は検死の世界にもセカンドオピニオンが持ち込まれるべきだと思うんです」

「つまり、僕の検死が間違っている可能性を考慮して？」

「違います。石川さんが犯人である可能性を考慮して、です」

フェンリルは邪気のない笑みで言った。

「クローズドサークル状況で医者が犯人の場合、間違った死亡推定時刻が提示されて、犯人の偽のアリバイを作ったり、あるいは特定の人間のアリバイを意図的に消すことが可能です。そういう事態を避けるために、検死は常に二人体制――、クローズドサークル下ではそうあるべきだと思うんです」

「なるほどね、確かにその通りだ」石川はそう肩を竦めた。そして穏やかに笑って言う。「存分に調べてくれ。それが僕の無罪を証明することになる」

「無罪の証明にはなりませんよ。正しい検死結果を述べつつも、石川さんが犯人というパターンもあります」

「ああっ、そうか。確かにその通りだ」

石川は感心したように言う。そして「なかなか容疑者圏内から出られない」と楽しそうに笑う。……、何だろう、この人。妙に緊張感がない。

石川に言われた通り、フェンリルは存分に死体を調べた。やがてその結果を告げる。

「死亡推定時刻は、昨夜の二時から四時の間です」

彼女は石川と同じ検死結果を告げる。少なくともこれで石川が嘘の検死結果を告げている可能性は消えたわけだ。

フェンリルは言う。

「死後硬直と死斑から見て、この死亡推定時刻で間違いないでしょう。本当は直腸温度も調べたいのですが、あいにく道具を持ち合わせていないので」

「いや、お前、いったい何者だ？」探岡が怪訝な視線を向ける。フェンリルは小さく笑って言った。「何者というのは？」「いや、だって」

探岡が語勢を強める。

「どう考えてもおかしいだろう。未成年が検死ができたり、トランプ連続殺人事件に妙に詳しかったり」

その問いに、フェンリルは笑った。

「私はただの一般市民ですよ。人より少しだけ殺人事件と法医学に詳しい女の子。まぁ、もっとも――」

彼女は胸元に手を入れて、取り出したそれを僕らに見せた。

「信じる神様は――、あなた方とは違うかもしれませんが」

彼女が取り出したのは、首から下げた銀のロザリオだった。僕はその十字架に磔にされた『それ』を見つめる。

手足を杭《くい》で打ち付けられて――、うなだれた骸骨の像。

「『暁の塔』？」

彼女の浮かべた柔らかな笑みが、途端に得体の知れない微笑に映る。銀髪の――、美しい少女は僕らに告げた。

「改めて自己紹介いたします。私はフェンリル・アリスハザード――、宗教団体『暁の塔』の五大司教の一人です」

「五大司教？」

その言葉に、石川が首を傾けた。だが僕と――、そして探岡もすぐにピンと来た様子だった。『暁の塔』には教団を統べる教皇の下に五大司教と呼ばれる幹部が存在する。つまり彼女は十七歳の若さにして、『暁の塔』次期教皇候補の一人というわけだ。

フェンリルは同じ教団の神父である神崎の死体を見下ろす。

「神崎のことは残念でした」そう、悼むように目を伏せる。「でも彼は人生の最後に、とてつもない功績を果たしたのです。見てください――、この完璧な密室を」

その声は静謐で――、そしてとても誇らしく聞こえた。

「私はこれほどまでに完璧な密室を今まで見たことがありません。神崎が死したこの現場は、きっと多くの人たちに、たぐいまれなる幸福を与えてくれることでしょう」

彼女はスマホを取り出し、神崎の死体をパシャリと撮った。

『暁の塔』は殺人現場の写真を御神体として崇める。死者の無念を祈りにより晴らすことにより、その負のエネルギーを反転させて幸福へと変えるのだ。

確か、そういう教義だったはずだ。

＊

フェンリルが現場から去った後も、僕たちはしばらく茫然《ぼうぜん》として部屋の壁や絨毯を見つめていた。やがて探岡がハッとして、現場検証を再開した。僕もそれに続く。

「なぁ、ふと思ったんだが」と死体の傍にしゃがんだ探岡が言った。「この事件――、自殺という可能性は考えられないか？」

その言葉に僕は首肯した。

「偶然ですね、僕も同じことを考えていました」

『暁の塔』はその教義ゆえに殺人現場――、特に密室殺人現場を欲している。だから、その状況を装うために自殺した――、推理としては十分に成り立つような気がする。

でも――、

「いや、自殺はありえないよ」と石川は否定した。断定する彼に僕は問う。

「その根拠は？」

「死体の傷かな」と石川は言って、神崎の上着の袖を捲った。そこにはナイフで切り裂いたような大きな傷痕があった。

「ほら、これを見て」仕事柄、血を見慣れている石川は平然とした顔で言う。「胸の刺された箇所の他に、こんな場所にも傷がある。きっと犯人が傷つけたんだね。そしてこの傷は、神崎さんの死後に付けられたものだ」

「生活反応が見られないってことか」と探岡。

「うん、そうだね、傷が開いたままだ」

二人の会話を聞きながら、僕もふむと頷いた。

人間の体は怪我《けが》をすると、自然とその傷口が閉じるようにできている。血を止め、傷を修復するためだ。これを生活反応という。

でも死んだ人間からは、その生活反応が失われる。死後に肉体が傷ついた場合、その傷は開いたままになるのだ。だから死体の傷口を調べれば、その傷が生前と死後のどちらに付けられたものかを判別できるというわけだ。

「でもわからないのは」と石川が言う。「犯人がどうして神崎さんを殺した後に、わざわざその腕をナイフで傷つけたのかということだよ。はっきり言って、何の意味もない行為だからね。どうしてわざわざ犯人はそんなことを」

「うーん、確かに」と探岡は唸った。「ホワイダニットだな。謎だ」

でも、僕はすぐにピンと来た。「いや、理由は簡単ですよ」そんな風に二人に告げる。「石川さんは腕の傷を見て、すぐに自殺の可能性を否定しました。でも、それが犯人の狙いだとしたら？　犯人は被害者が自殺したという――、密室の王道パターンの一つを潰すために死体の腕を傷つけたんですよ」

密室もののミステリーで最も興醒《きょうざ》めするのは、被害者が他殺を装って自殺したというパターンだ。だから、犯人はそのパターンを潰した。被害者の死後に腕を傷つけることによって、これが確かに他殺であるということを僕たちに示したのだ。

「なるほどなぁ」石川は呆れたように笑う。「徹底してるね。過去の『雪白館密室事件』を模倣したこととい、この事件の犯人はよっぽど密室にこだわりがあるみたいだ」

「確かに変質的だな」と探岡も言った。「まぁ、だからこそ挑みがいがあるというものだが。あっ、そうだ少年。今のホワイダニットの答え――、当然俺も思いついていたからな。見せ場を譲っただけだ」

思いっきり「謎だ」と言ってた気がするが。まぁ、いい。

「まぁ、とにかく頑張って」石川がそんな僕たちに肩を竦めて言う。「僕はそろそろ戻るよ。やれることはやったしね。密室は門外漢だし、役に立てるとも思えないから」

石川はそう告げて現場を後にした。去りゆく彼の背中に、僕たちは手を振る。

「さて」と探岡が伸びをした。「それじゃあそろそろ、本格的に密室の謎解きに入るか」

その言葉に、僕は笑う。

「犯人探しより密室ですか？」

「まぁ、見た感じ、犯人に繋がりそうな手掛かりもないしな。それに、俺はフーダニットよりもハウダニットの方が得意なんだ」

なるほど、と僕は頷く。では、お手並み拝見と行こうじゃないか。

それからしばらくの間僕たちは、現場の状況を一つ一つ確認していった。現場は過去に『雪白館密室事件』が起きたのと同じ間取りの部屋で、家具や内装もほぼ同一。床に敷かれた絨毯の毛足の長さや、入口の扉の下に隙間があることも同じだ。もっと言えば、廊下に敷かれた絨毯の毛足の長さまで一緒だった。

そして現場に残された遺留品も『雪白館密室事件』と同一だった。悲鳴が録音されたボイスレコーダーに、鍵の入ったプラスチック製の小瓶。

僕はその小瓶を持って廊下に出た。探岡も付いてくる。扉を閉めた状態で、瓶が扉の下の隙間を通らないか検証する。結果はもちろん無理だった。小瓶のサイズは扉の下の隙間よりも大きく、どうしても引っ掛かってしまう。

「となると、やはりこれの出番だな」探岡はポケットから釣り糸を取り出した。「準備いいですね」と僕は感心する。探岡は口元で笑った。

「もともと俺がこの館を訪れたのは、『雪白館密室事件』の謎を解くためだからな。釣り糸ぐらい用意するさ。頭の中で仮説を立てても、実験できないんじゃ意味がない」

僕はこくりと頷いた。確かにその通りだ。

それから僕たちはあれこれと実験した。死体の傍に小瓶を置いて、扉の下から通した鍵を、釣り糸を使ってその瓶の中に入れようと試みたり。あるいは瓶の蓋に釣り糸を巻き付けて、遠隔でその瓶の蓋を閉めようとしてみたり。結果はどちらも散々だった。何度試しても鍵は瓶の中に入らなかったし、糸を操作しても瓶の蓋を閉めることはできなかった。それでは別のアプローチを――、とも考えたが、扉は『雪白館密室事件』の現場と同じく、部屋の中から施錠する際にも鍵が必要となるタイプで、これでは鍵のツマミに物理的な力を加えて施錠させる類のトリックが使えない。つまり、やはり密室を作るには、扉の外から鍵を使って施錠するしかないということだ。

気が付くと陽が落ちて、廊下の窓に映る景色は真っ暗になっていた。僕たちは悩んでいた。でも瓶が扉の下の隙間を通らない以上、犯人は施錠に使った鍵を部屋の外から、何らかの方法で室内にある瓶の中に入れなければならない。まさに不可能犯罪だ。

「そもそも、何で犯人はプラスチック製の瓶を使ったんでしょう？」と僕は首を捻る。硝子製の瓶ではなく、プラスチック製の瓶を使った――、そこにも何か意味があるのだろうか？　それとも、ただの気まぐれ？

「あっ、わかった、もしかして」

探岡は小瓶を押し潰して変形させて、扉の下の隙間に通そうと試みた。なるほど、と僕は思う。確かに硝子と違い、プラスチックは変形する。単純な発想ではあるが、それゆえに盲点であるとも言えた。

でも——、

「むぅ」探岡はすぐに諦めた様子だった。プラスチックは硬く、押し潰しても変形しない。無理に力を込めると割れそうだ。なので、この線もなさそうだ。

「うーむ」と僕は唸った。「どうしたものか」

「何が、どうしたものか——、よ」

聞こえた声に振り返ると、そこには蜜村がいた。彼女は小さく溜息をつく。

「呆れた——、まだやっていたのね」

僕と探岡は顔を見合わせる。確かに、まだやっていた。もう日没も過ぎているのに。

「仕方がないだろ」と僕は言った。「僕たちには密室の謎を解くという使命があるんだ。そして、それはみんなのためでもある。だから、もっとねぎらってほしい」

「はいはい、ねぎらってあげるわよ。もし、本当に謎が解けたらね」蜜村はあしらうように言った。「そんなことよりも、もう夕飯の時間だって。みんな食堂に集まっているわ。あなたたち以外はね」

僕と探岡は顔を見合わせた。互いにお腹をグゥと撫でる。

夕食にあり付きたいのはヤマヤマだが――、

「僕たちは謎が解けてから食べるよ」と僕は言った。

「断食でもするつもり？」と彼女は呆れる。

「死なない程度に頑張るよ」

「何時間かかる予定なの？」

「日付が変わるくらいには」

「それ、詩葉井さんに迷惑でしょう」

「確かに」

「何が確かによ、偉そうに」

「うーん、どうしよ。あっ、じゃあさ」

「うん？」

「君も手伝ってくれないか？　この密室の謎を解くのを」

そう告げた僕の言葉に、彼女の目が丸くなる。「だって――、」と僕は続けた。

「君なら解けるんじゃないのか？　この密室殺人事件の謎を」

見開いた彼女の目が、すぐに不機嫌なものに変わる。

「……、どういうつもり」と蜜村は言った。「いったい、何が目的なの？」

僕は小さく肩を竦める。するとそんな僕たちの会話に探岡が割って入った。

「確かに、どういうつもりだ？」と彼は言った。「冗談はよしてくれ。彼女にこの密室の謎が解ける？　そんなわけがないだろう」

「でも彼女、とても頭がいいんです」と僕は言った。「全国模試で一位を取ったこともあるし。なぁ？」

「なぁ、って。それって中学の時の話でしょう？」

「それでも凄い」

「そうかもだけど」

そんな僕たちのやり取りを見て、探岡が小さく噴き出した。

「あーっ、確かに。それは凄いよ。全国模試で一番なんて、俺でも取ったことがないくらいだ」彼はそう告げて、口元に小馬鹿にしたような笑みを浮かべる。「でもな、勉強ができることと、本質的な頭の良さは別なんだ。勉強ができても何の役にも立たないやつなんて、俺はいくらでも知っている」

それは探岡のことなのでは？　と僕は思った。でも蜜村の受け取り方は違ったようだ。クールな見た目に反して彼女は意外と沸点が低い。明らかにイラッとした態度で僕に訊く。

「誰だっけ、この人」

「探岡さんだよ。何度か会ってるだろ」

「ああ、死体が発見された時にトンチンカンなことばかり言ってた人ね。あまりにも知的レベルが低いから、自然と記憶から消去されてたわ。憶えておくだけ無駄だって」

探岡の顔がカッと熱くなる。彼も煽《あお》られてイラついたのか、怒気を含んだ声で言う。

「俺も君のことなんて忘れていたよ。つい、さっきまでな」

「大丈夫、私の方がずっと長く忘れていたから」

「いやいや、俺の方が」

「いいや、私の方が」

まるで小学生の喧嘩《けんか》だった。とても勉強ができる人たちの会話とは思えない。……、勉強と実際の頭の良さが違うというのはこういうことか。

しまいには探岡は「とにかくっ、俺の方が君よりもずっと頭がいいんだからなっ！」みたいなことまで言い始めた。

「あっ、そうだ、じゃあ、勝負しよう。どちらが早くこの密室の謎を解けるか。負けた方が勝った方に土下座で謝る――、これでどうだ？」

その言葉に蜜村は、横柄に肩を竦めた。

「ええ、いいわ。でも、いいのかしら？　それって、あなたが私に土下座するって意味になるけれど」

「おっと、自信満々だな」

「ええ、もう勝ち確定よ。だって――、」

と彼女は言う。

「私はこの密室の謎を既に解いているのだから」

その言葉に、僕と探岡の思考は一瞬停止した。蜜村はそんな僕たちを見て、不思議そうに首を傾ける。

「むしろ私には、どうしてあなたたちがこんな三流の密室に手こずっているのか、本気で意味がわからないのだけど」

*

密室トリックの再現実験をするために、僕たちは神崎の部屋の真下――、かつて『雪白館密室事件』の現場となった部屋へと移動した。神崎の部屋の扉は死体発見の際に僕たちが体当たりで破っているので、扉の鍵は壊れていて、蝶番《ちょうつがい》も緩くなっている。蜜村はできるだけ正常な状態のドアでトリックの再現がしたいようだった。『雪白館密室事件』の現場の扉も十年前の事件の際に破られているけれど、事件後にすぐに修復されて、今は正常に開閉ができる。間取りも神崎の部屋と同じなので、確かにトリックの再現を行うには最適な場所と言える。

でも、実際にその再現を行う蜜村は随分と不機嫌だった。売り言葉に買い言葉で、密室の謎が解けていると吐露したことを後悔しているようだった。

「おまけに、みんな集まってきてるし」

蜜村は嫌そうに周囲を見た。彼女の言う通り、今この部屋には雪白館の客と従業員のほぼ全員が集まっていた。探岡が呼んだのだ。

「ギャラリーがいた方が盛り上がると思ってな」

彼はしれっとそう言ったが、その魂胆は見え見えだった。大勢の前で的外れな推理をさせて、恥を掻かせたいのだろう。果たしてその願望は叶《かな》うのか、それとも――、
蜜村は溜息をつく。

「じゃあ、そろそろ始めましょうか」彼女は諦めたように言った。ギャラリーたちを見渡して、まずは前口上から始める。「皆さんもご存じでしょうが、今日の未明、この館で宿泊客の一人――、神崎さんが殺されました。死因は刺殺――、そして現場は密室だった。しかも十年前に起きた『雪白館密室事件』のコピーキャットというおまけつきです。でもそれは逆に言えば、『雪白館密室事件』の謎が解ければ、この事件の謎も解けるということ。なのでトリックの再現実験は、『雪白館密室事件』が起きたこの部屋で行います。まぁ、本当は現場の扉が壊れてるからなんですけど。――、

じゃあ、皆さん、とりあえず奥の部屋へ」

蜜村の指示で僕たちは、入口のある主室から、十年前の事件でナイフの刺さった人形が発見された隣室へと移動する。その部屋には死体役である熊のぬいぐるみと、食堂から持ってきたと思しき包丁が置かれていた。その傍らにはボイスレコーダーと、部屋の鍵が入った小瓶も。

蜜村はその小瓶を拾い上げた。蓋を開けて、中から鍵を取り出す。

「十年前の事件の際に、現場に居合わせた作家や評論家たちは、皆、口を揃《そろ》えて『これは完璧な密室だ』と言ったそうです。私は雪城白夜は読んだことがないので十年前の事件には門外漢ですが、私の知人に詳しい人がいて、彼がそう教えてくれました」

その知人というのは、もちろん僕だ。この部屋にギャラリーが集まるまでに空いた時間で、彼女とそんな世間話をしたのだ。

「でも、私は疑問に思うんです。完璧な密室――、そんなわけがないでしょう。むしろ数多のヒントが散りばめられた――、解かれやすい密室です。そのヒントを一つずつ紐解いていけば、自ずと犯人が仕掛けたトリックの痕跡が見えてくる」

蜜村はそう告げた後、手にした瓶と鍵を一度ポケットにしまう。そして、両手の指を合わせて九本立てた。

「ヒントは全部で九つです。

①悲鳴が録音されたボイスレコーダー。
②格子の嵌まった窓。
③瓶の蓋に付いた『O』型の突起。
④死体に刺さったナイフ。
⑤瓶よりも幅が狭い扉の下の隙間。
⑥毛足の長さが七センチの廊下の絨毯。
⑦照明の落とされた真っ暗な部屋。
⑧毛足の長さが一センチの部屋の絨毯。
⑨プラスチック製の瓶

「意外とヒントが多いっ！」と夜月が唸る。「でも、何を意味してるのかよくわかんないよ」

「絨毯の毛足の長さとか意味があるのでしょうか？」とフェンリル。

「部屋の電気が消えていたこととかも重要とは思えないけど」と梨々亜。

蜜村は長い黒髪をくしゃりと掻いた。

「では一つ一つのヒントについて説明していきましょう。じゃあまずは、『①悲鳴が録音されたボイスレコーダー』から。葛白くん、これには何の意味があると思う？」

「えっ、僕？」

いきなり名指しされてびっくりしてしまう。蜜村はそんな僕に肩を竦めて、「推理の聞き役がいた方が話しやすいから」と言った。なるほど、と僕は思う。つまり、アシスタント代わりということだ。

僕はご期待にそえるように、ふむと考える。そしてこんな意見を述べた。

「それはやっぱり、部屋に死体があることを教えるためだろ。つまり死体を発見させるために、犯人はボイスレコーダーを仕掛けた」

蜜村はこくりと頷く。

「ええ、そうね。そして現場の窓は『②格子の嵌まった窓』で人の出入りができないから、部屋の中に入るには扉を破るしかない」

「それって、つまり」

「ええ、そうよ。犯人は扉を破らせるためにボイスレコーダーを仕掛けたの。そしてこの扉を破らせるという行為が、今回の密室を作る上で大きな鍵になるのよ」

蜜村はそう告げた後、ポケットからプラスチック製の小瓶を取り出した。

「じゃあ、次は『③瓶の蓋に付いた『O』型の突起』の説明ね。この突起は、こうやって使う」彼女は今度はポケットから、三メートルくらいの長さのゴム紐を取り出した。太さが五ミリほどある太い輪ゴムを切断して紐状にし、それをいくつも繋げて作ったもののようだ。彼女はそのゴム紐を小瓶の蓋に付いた『O』型の突起の中に通すと、格子窓に近づいて床の絨毯に膝をつく。そしてそのゴム紐の先端を、一番床に近い位置にある正方形の格子（『格子A』とする）に通し、一度窓の外に出した後、ゴム紐の先端を隣の格子（『格子B』とする）に通して部屋の中へと引き戻した。ゴム紐が格子窓の縦枠の一つをぐるりと迂回した形になる。さらに蜜村はポケットから細い棒状の重りを取り出すと、ゴム紐の両端をその重りに、しっかりと結び付けた。両端が同じ重りに結ばれたことで、ゴム紐は巨大なゴムの輪へと姿を変える。

「そして、この棒状の重りを窓の外に垂らします」

宣言通り蜜村はその重りを、『格子B』から窓の外へと出した。この部屋は館の二階にあるので、重りは地面に着くことなく、窓の外に垂れ下がった状態になる。彼女はその後でゴム紐を通したプラスチック製の小瓶を、窓の外に垂らした重りと対極になる位置へ——、つまり、窓から一番遠い位置へとスルスルと移動させる。

これで巨大なゴム紐の輪は、片端にプラスチック製の小瓶を通し——、窓の格子を挟んだもう片端に、棒状の重りを結び付けた状態になった。そしてそのゴムの輪の中には、格子窓の縦枠（格子窓の縦のフレーム）がある。蜜村が試しにゴムの輪を窓から遠ざかる方向に引っ張ると、ゴムの輪の端っこが格子に引っ掛かって、ゴムがびよーんと伸びていく。

蜜村は一度頷くと、神崎の死体が発見された時と同じようにカーテンを閉めた。カーテンと床の間には一センチ程度の隙間があるから、床に這《は》うように伸びたゴムの輪にカーテンが触れることはない。

「じゃあ、次は『④死体に刺さったナイフ』ね」

蜜村はそう言って、死体役の熊のぬいぐるみの傍にそっと屈み込んだ。そして床に置かれていた刃渡りが三十センチほどもある、ナイフのように鋭く研がれた大振りの包丁を手に取ると、その包丁を床ごと貫くように熊のぬいぐるみに突き立てた。熊のぬいぐるみは、主室と隣室を繋ぐ扉のちょうど正面に置かれていて、そこに突き立てられた包丁も、扉に向けてキラリとその刃を向けていた。

そして、その熊のぬいぐるみの向こう側には、格子の嵌まった窓がある。扉とぬいぐるみと窓が、ちょうど一直線に並んだ状態になっていた。

蜜村が手にしているゴムの輪は、その輪で囲っている格子窓の縦枠に引っ掛かることで伸びて、ほとんど直線に近い状態になっていた。輪ではなく、平行に走る二本の紐のように見える。彼女はその二本の紐で、ぬいぐるみに刺さった包丁を挟むような状態にした。つまり、細長く伸びたゴムの輪で、輪投げのように包丁を囲った。そして、輪の先端に通された小瓶を持って後ろ向きに歩き出す。

「この状態のまま、廊下に出ます」

そう言って、宣言通りに部屋の出口に向かって歩いていく。窓の格子に引っ掛かったゴムの輪は、蜜村が移動した分だけ伸びてその長さを増していき、部屋の出口に着くころには、ゴムは元の長さの三倍以上になっていた。

彼女はそのまま廊下に出た。皆もそれに付いていく。

ゴムはピンと張り詰めていた。途中で、主室と隣室とを隔てる扉のドア枠に接して、折れ線を描いている。現場である隣室から主室に行くには、主室の左側の壁にある扉を通らなければならない。だから隣室から主室を経由して廊下に向けてゴムを伸ばすと、どうしてもゴムは主室と隣室を隔てる扉のドア枠に触れて折れ線を描いてしまう。ちなみに死体発見時には二つの部屋を隔てる扉は開きっぱなしだったので、今回も同じく開きっぱなしの状態にしておく。

「じゃあ、このまま部屋の入口の扉を閉めます」

廊下に出た蜜村はそう言って、部屋の入口の扉を閉めた。伸ばしたゴムは扉の下の隙間を通って廊下に出ている状態になる。彼女はゴムを手にしたまま、もう片方の手で部屋の鍵を取り出し、それで扉を施錠した。

彼女は皆に告げる。

「これで扉は施錠されました。そしてこの鍵は、この段階で瓶の中に入れます」

彼女はゴムが通された瓶の蓋を開けた。そして瓶に鍵を入れ、また蓋を閉める。

「あとはこの鍵の入った瓶を死体の傍まで戻せば密室は完成です」

確かにその通りだ。でも問題はここからだ。この密室の最大の謎はもちろん、鍵の入った瓶をどうやって室内に戻すかだ。

「それは、こうやって戻します」

蜜村は扉の傍に屈んで、扉の下の隙間に瓶を通そうとした。でも瓶は扉の下部に引っ掛かって通らない。それを見て探岡が噴き出した。

「おいおい冗談だろう？　どれだけ頭が悪いんだ？」彼は愉快そうに言う。「『⑤瓶よりも幅が狭い扉の下の隙間』――、瓶は扉の下の隙間を通らない。自分で言ったことを忘れるなんて、ニワトリ並みの記憶力だな」

「だって私、前世がニワトリだから」

「はぁ？」

「冗談よ。それにあなたは勘違いしているわ。私は扉の下の隙間から瓶を通そうとしてるんじゃない。瓶が隙間を通らないことを利用して、こうして瓶を扉に引っ掛けているのよ」

そう言って、蜜村は瓶から手を離す。瓶はゴムの張力に引っ張られ、今にも部屋の中に戻りそうだった。でも戻らない。瓶よりも幅が狭い扉の下の隙間に引っ掛かっているからだ。蝶番とは逆の位置――、扉の左隅に引っ掛かっている。

そして蜜村は屈んだまま、扉の周囲の絨毯を両手で撫でた。犬や猫にするように、わしゃわしゃする。「『⑥毛足の長さが七センチの廊下の絨毯』」と彼女は言った。

「これでどうかしら？」

僕は目を丸くした。毛足の長い絨毯を扉に向かって撫でつけたため、扉に引っ掛けた瓶がその毛に埋もれ、綺麗《きれい》に覆い隠されていた。実際に屈んで手で触れない限り、そこに瓶が隠されていることに気付くことは困難だろう。

「これで下準備は完了です」扉の傍から立ち上がって蜜村は言った。「さて、死体発見時に私たちは体当たりでドアを破ったわけだけど。ねぇ、葛白くん――、もし今同じことをしたら、いったいどうなると思う？」

「どうなるって」

僕は戸惑いながら言った。今の状態で扉を破る――、つまり内開きの扉を開いたならば――、
それは、ああなるんじゃないのか？　つまり、この密室トリックは――、

「じゃあ、実際に試してみましょうか」蜜村は再び扉の傍に屈むと、絨毯の中から瓶を取り出し、蓋を開けて鍵を手に取る。そしてその鍵で扉を開錠した後、再び鍵を瓶の中に戻した。きっちりと蓋を閉めた後、周囲にぐるりと視線をやって、やがて夜月に目を留める。

「夜月さん」

「はっ、はい」

「少し手伝ってもらってもいいですか？」

蜜村はそう言って、手にした瓶を夜月に渡す。そして扉の方を示して、夜月にこう説明した。

「今から私たちは部屋の中に戻りますが、夜月さんには廊下に残ってもらって、トリックを再現するためのお手伝いをしてもらいたいんです。つまり、アシスタント役ですね。具体的には、私たちが部屋に入ったら、その瓶をまた扉の下の隙間に引っ掛けてください。そして私が声を掛けたら、勢いよく扉を開く。お願いしてもいいですか？」

「瓶を引っ掛けて、扉を開く」夜月はそう呟いた後、手にした瓶を見つめて言った。「まぁ、別に構わないけど」

蜜村はそれに頷いた後、再び部屋の扉を開けて僕たちを招き入れた。そして、一人廊下に残った夜月がそっとその扉を閉じる。カチリという、瓶を扉の下の隙間に引っ掛ける音が聞こえた。

僕は改めて部屋の中の様子を見やる。

室内には床を這うように伸びたゴムが張られていた。ゴムの片端は廊下の瓶に――、そしてもう片端は格子窓の縦枠の一つに引っ掛かっている。そして、その伸びたゴムの輪の途中には、熊のぬいぐるみに突き立てられた包丁の刃がある。

　蜜村は主室と隣室を隔てる扉の前で足を止めた。死体発見時と同じく、扉は開け放たれている。蜜村は扉を正面に見据えたまま、扉から遠ざかるように壁際へと移動した。皆も彼女の周囲に集まる。「じゃあ――」と蜜村は言った。

「じゃあ、夜月さん――、扉を開けてください」

　その合図から一拍空けて――、
　勢いよく扉が開かれる。

　まるで放たれた矢のように――、あるいは地を走る鼠《ねずみ》のように。扉に引っ掛かっていた鍵入りの瓶はそのつかえを失って、張りつめたゴムに引かれるように瞬間的に加速した。それは目にも留まらぬ速度で絨毯の上を駆け抜けて――、途中でギュンとカーブを描き隣の部屋へと吸い込まれた。その勢いのまま、ゴムの輪が通された包丁の刃へと飛んでいく。そして瓶が包丁に引き寄せられたことによって、瓶の蓋に通されていたゴムの輪が包丁の刃に当たった。刃渡り三十センチの鋭い刃でゴムの輪はぷつりと切断され、一本の長いゴム紐へと変わり、そのゴム紐の先端から瓶の『O』型の金具がするりと抜け落ちる。ゴム紐はそのまま窓から垂らした棒状の重りに引っ張られるようにして、床とカーテンの間のわずかな隙間を潜り、二階の窓の格子から部屋の外へと消えていく。

第１の密室トリック

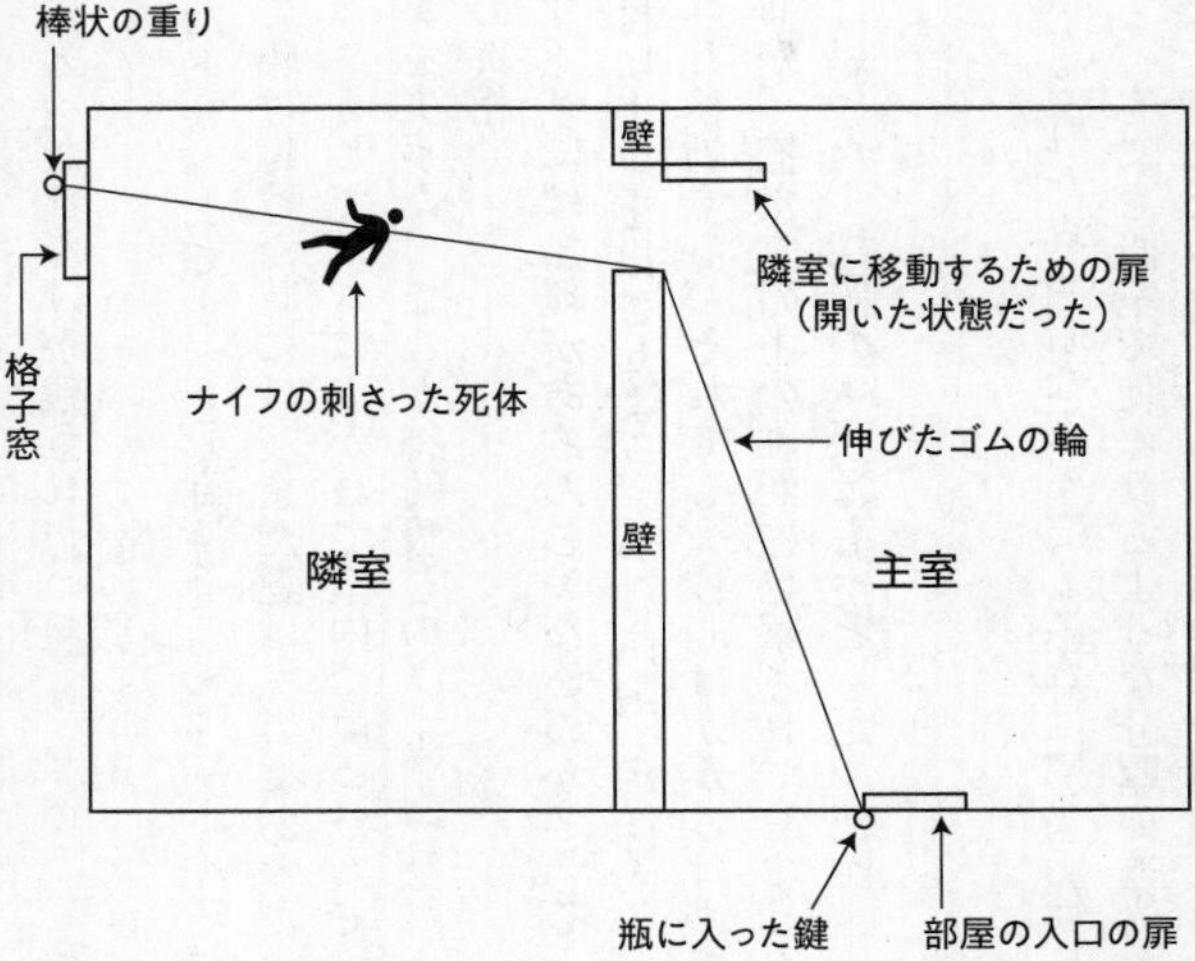
棒状の重り
壁
隣室に移動するための扉
（開いた状態だった）
格
子
窓
ナイフの刺さった死体
伸びたゴムの輪
壁
隣室
主室
瓶に入った鍵
部屋の入口の扉

部屋の中には、瓶に入った鍵だけが残された。

そう——、鍵だけが。

「これが犯人の使ったトリックです」と蜜村は言った。「ボイスレコーダーの音を聞いて、私たちが部屋に駆け付けた時には、まだ鍵は室外にあった。でも扉を破って開け放った瞬間に、鍵はこうしてゴムに引かれて室内に戻ったんです」

僕たちは驚きに言葉を失った。これが神崎殺しの——、そして十年前の『雪白館密室事件』のトリックの真相。

「でもでも、そのトリックには無理があるんじゃないのか？」そう言ったのは探岡だった。彼は何とか蜜村にボロを出させようという口調で告げる。「確かにゴムで引かれた瓶は一瞬で隣室へと移動する。それでも一秒弱はかかるはずだ。その際、高速で絨毯の上を移動する瓶が、俺たちの中の誰かに目撃されてしまうんじゃないのか？」

確かに——、と僕は思った。探岡の主張はもっともだ。だが——、

「だからこその、⑦よ」

「⑦？」

「ええ、『⑦照明の落とされた真っ暗な部屋』」と蜜村は言った。「死体発見時、部屋の電気は消されていて、窓にも暗室で使われるような分厚い遮光カーテンが掛かっていたから、部屋の中は真っ暗だった。さらに部屋の扉を破った二人——、葛白くんと

探岡さんの背中がブラインド代わりになって、廊下にいる私たちの視界を塞ぐ結果になった。だから、まず見えない。そして扉を破った二人は、明かりの灯った廊下から真っ暗な部屋の中へ。暗闇に目が慣れるまでには時間が掛かるし、扉を破った直後だから足元を気にする余裕もない」

探岡は、ぐっ、と唸った。蜜村は畳みかけるように言う。

「そして『⑧毛足の長さが一センチの部屋の絨毯』。瓶が床の上を移動する音は、その絨毯に吸収される。勢い余った瓶が壁や窓の格子にぶつかったりしたら、さすがにその音までは消すことはできないけれど、扉を破った直後だもの。その大音量の後に聞こえた些細な音なんて、意識の片隅に消えていくわ。つまり、聞こえていないのと同じということ。そして、⑨――、」

蜜村は皆を見渡し言った。

「犯行に使われた瓶は『⑨プラスチック製の瓶』だった。床を滑らせたり壁にぶつかったりしても決して割れることはない。これが硝子製の瓶だったら確実に割れるでしょうけどね。――、以上が密室トリックの真相です。御静聴ありがとうございました」

＊

「あの子、いったい何者なの？」

蜜村の推理が終わった後、夜月にそう訊ねられた。僕は肩を竦めて「ただの一般人だよ」と言う。夜月は当然、納得いかないような顔をする。

「本当かな」

「本当だよ」

もちろん、嘘だけど。いや、嘘ではないか。蜜村漆璃はただの一般人で、特殊な職業に就いていたりとか、特別な教育を受けていたわけではない。

ただ一つ――、人とは違う過去があるだけだ。

三年前の冬、中学二年生の女の子が父親を殺した容疑で逮捕された。現場の状況的に少女が犯人であることは疑いようがなかったけれど、裁判の結果、彼女は無罪になった。何故か？　現場が密室だったからだ。

三年前の冬――、日本で最初の密室殺人事件。

その被疑者の名前は蜜村漆璃。かつて僕の同級生だった女の子だ。

回想1　三年前・十二月

　文芸部の部室に向かうと、そこには誰もいなかった。手持ち無沙汰に文庫を繰るけれど、彼女がやって来る気配はない。珍しいな、と僕は思う。中学一年の春に蜜村と出会って、もう二年近くになるけれど、彼女が部活を休んだことはほとんどなかった。いつも僕より早く部室に来ていて、推理小説を読んでいたり、ボードゲームの箱を抱えて、遊び相手の僕が来るのを待ちわびていたりした。文芸部の部室には何故だか大量のボードゲームが置かれていて、僕と彼女は百円玉をチップ代わりによくそれで遊んでいた。

　僕はボードゲームが積まれた山と向き合い、今日蜜村とどのボードゲームで遊ぶかを考えていたのだけど、いつまでもやって来ない彼女にしびれを切らし、家に帰ってしまうことにした。文芸部の部室は狭いけれど、一人きりで過ごすと何故だか物寂しい感じがした。

　その日、家に帰るとテレビで殺人事件のニュースをやっていた。都内で男が殺されて、その娘である中学二年生の少女が事情聴取を受けているというのだ。それだけで話題性には事欠かないが、事件にはもう一つの要素があった。男が殺されたのは彼の住居の一室で、その扉は内側から鍵が掛けられ、施錠可能な唯一の鍵も室内から発見されたのだという。つまり、現場は密室だった。僕の記憶だと、今まで日本で密室殺人が起きたことは、ただの一度もなかったはずだ。つまり、これは日本で最初の密室殺人で——、僕はそのことにとても興奮した。早く学校に行って、蜜村とこの話をしたいと思った。

でも翌日学校に行くと、教室はある噂で持ちきりだった。昨日ニュースで見た殺人事件の容疑者として、蜜村が逮捕されたというのだ。質《たち》の悪い冗談だと思った。でも蜜村の教室を訪ねると、そこに彼女の姿はなかった。

連日連夜、蜜村のニュースは流れた。僕の知らない蜜村の情報も流れた。例えば、彼女の両親が離婚していること。彼女は母親に引き取られたこと。だから父親と別居していて名字が違うこと。そして父親に引き取られた蜜村の妹が、父親が殺される二週間前に家の二階から転落死していること。

事件の概要も、徐々に明らかになっていった。

現場となったのは都内の一軒家で、西洋建築の——、館と言っても差し支えのないほどの豪邸だった。離婚前に蜜村が彼女の父親や妹と暮らしていた館だ。事件当日、館の門に設置された防犯カメラに蜜村の姿が映っていて、彼女が事件当日にその館を訪ねたことは間違いなかった。そしてもう一つ、彼女の逮捕のきっかけになった証拠がある。父親の胃の中から、彼自身の爪が発見されたのだ。神経質の人間がクセでそうするように、父親は自身の爪を噛《か》み、その切れ端を飲み込んでいた。その爪からは蜜村の皮膚片と血痕が検出された。実際彼女の手の甲には、爪で引っ掻かれたような痕があった。

警察は蜜村と父親がもみ合いになり、その時に付いた傷だと判断した。蜜村が父親を殺す際に、抵抗されて付いた傷なのだと。対して蜜村は父親ともみ合いになったことは認めたものの、殺していないと主張した。彼女が父親と取っ組み合いになり現場から立ち去った後で、さらに別の人間が父親のことを殺したのだと。館には執事やメイドなどの使用人が五人ほどいたが、被害者の死亡推定時刻には偶然、全員が館を留守にしていた。館の敷地内に出入りするための門は監視カメラに見張られていたので、使用人が――、あるいは強盗などの第三者が現場に出入りするには、館の敷地を囲む塀を乗り越えるしかない。塀の高さは十メートルほどで決して越えられない高さではないけれど、警察は初めからその可能性を考慮していないようだった。蜜村は両親が離婚してからの二年間、一度もその館を訪れていない。つまり、事件が起きたその日は、二年ぶりの来訪だった。二年ぶりにやって来て、父親とトラブルになって手の甲を引っ掻かれ、さらにはちょうどその日に限って、別の誰かが十メートルの塀を乗り越えてその父親のことを殺したのだと――、それはあまりにも都合がいい話だし、そんな主張を認めるのならば、刑事事件の大半が立証困難になってしまう。

それに父親には爪を嚙む癖がなかった。ましてや血の付いた爪だ。その爪を嚙み千切って飲み込むなど、通常では考えられない行為だ。父親が爪に残った証拠を蜜村に消されないために、食いちぎって胃の中に『隠した』――、そうとしか考えられない。

対して蜜村は「父親にはそういう性癖があったのでは」と主張した。つまり、娘の血の付いた爪を嚙み、飲み込むという性癖だ。もちろんこの主張は警察や検察に一笑にふされ、裁判でも弁護側の論拠としてはあげられていない。

結局、蜜村は最後まで自分が犯人であることを認めなかった。なので、僕には本当に彼女が犯人なのかどうかがわからなかったし、仮に犯人なのだとしてもその動機がわからない。週刊誌の報道によれば、事件の二週間前に転落死した蜜村の妹は、本当は事故死ではなく父親に殺されたのではないかという話だった。蜜村はその復讐に父親を殺したのだ。でも警察は一度もそんな情報など発表していないので、週刊誌がでっち上げたデマ――、そう考える人も多くいた。

事件当時、十四歳――、未成年だった蜜村は、家庭裁判所の判断で刑事処分相当となり、少年審判ではなく大人と同じ刑事裁判で裁かれることとなった。東京地方裁判所で行われた第一審――、そこで検察と弁護側は密室を巡り意見を戦わせることになる。

マスコミ各社が報道した通り、現場は完璧な密室だった。父親の死体が発見されたのは彼の私室で、そこに出入りするための唯一の扉には一切の隙間がなかった。鍵はおろか、糸すら通すことはできない。窓は嵌め殺しで侵入は不可能。現場となった父親の部屋には合鍵やマスターキーは存在せず、唯一の鍵は室内の――、死体の傍に置かれた執務机の引き出しの中から見つかった。さらにその引き出しは施錠されていて、その机の鍵は父親の死体のポケットの中に入っていた。

鍵には部屋番号を示すキーホルダーが付けられていて、鍵本体には部屋番号は刻印されていないため、キーホルダーを付け替えれば、他の部屋の鍵をあたかも現場の鍵のように偽装することは可能に思えた。でも実際には死体発見時に、現場に居合わせた執事とメイドたちがその鍵が本物であることを確認している。実際にその鍵を使って、扉の施錠ができるかを確かめたのだ。なので現場の机の引き出しに入っていた鍵はやはり本物で、それが偽物とすり替えられていたという可能性はありえなかった。検察はあらゆる可能性を考慮したが、結局現場の密室状況を打破することはできなかった。結果、蜜村は第一審で無罪を勝ち取り、二審と三審もその判決に追従することになる。

第2章　密室トリックの論理的解明

その夜、食堂に集まった皆は一様に晴れやかな顔をしていた。密室の謎が解かれたことにより、ホッと一息ついたようだ。もっとも犯人はまだ捕まってないから、事件は未解決なのだが。皆そのことは頭の隅に追いやり、ひと時の平和を享受していた。

そんな穏やかな空気の中、探岡だけがむすっとしていた。時おり蜜村に恨みの籠った視線を向けている。先に密室の謎を解かれたことが、たいそう不満な様子だった。

そんな中、僕はあることに気付く。なので食事が終わった後、迷路坂さんに訊ねた。

「そういえば、社さんはどうしたんですか？」

食堂には宿泊客が揃っていたが、貿易会社の社長である社の姿だけが見当たらなかった。僕の質問に、迷路坂さんは「ああ」と答えた。

「社様なら帰られました」

思わず、「はぁ？」と声が出た。僕は眉を寄せて言う。

「帰ったって、橋は落ちたままでしょう？」

「はい、そうです」と彼女は頷く。「だから、森の中を突っ切っていきました。今日の昼ごろ——、蜜村様の推理が始まるよりもずっと前のことです。私と詩葉井も随分と止めたのですが、目を離した隙に森に駆け出してしまって。すぐに追いかけたのですが、行方知れず。あれ以上深く森の中に入ると私たちの方も危険なので、仕方なく私たちは捜索を諦め、館へと戻ってきました」

「……」

えーっと、つまり、社は今——、

「ほぼ確実に、遭難しています」と迷路坂さんは淡々と告げた。「素人が地図もなしに下りられるような山ではないですから。でも警察に連絡しようにも、その手段がありません」

「電話線が切られてますからね」

なんてこった、と僕は思った。まさかこんな形で登場人物が減るとは思わなかった。

僕は深く溜息をついた。

「どうして社さんは、そこまでしてこの館から逃げようとしたんでしょう？」

「さぁ、私に訊かれましても。でも、まぁ——、心当たりがあったんじゃないですか？」

「心当たり？」

「自分が殺される心当たりです」

その言葉に、僕は少しゾッとする。つまり社は、これからまだ殺人事件が起きると踏んでいたわけだ。

「そういえば」と僕は不安を誤魔化すように話題を変えた。「後で防犯カメラの映像を見せてもらえませんか？　館を囲っている塀の入口に仕掛けられていたやつです」

雪白館は高さ二十メートルの塀で四方を囲まれていて、塀の中に出入りするには一つしかない門を潜るしかない。そしてその門には、防犯カメラが仕掛けられていた。

迷路坂さんは首を傾ける。

「構いませんが、どうしてですか？」

「外部犯の可能性を消すためです」

橋が落とされたことにより、この館はクローズドサークルになった。でも、だからと言って必ずしも僕らの中に犯人がいるとは限らない。この館の周囲に誰かが潜み、神崎を殺したという可能性もあるのだ。でも塀の門のカメラを調べれば、外部犯の可能性を消すことができる。門を通らなければ、館にいる神崎は殺せない。つまり第三者が犯人の場合、その人物は必ず門を通って――、防犯カメラにその姿が映るということだ。なので防犯カメラに第三者の姿が映っていない場合、犯人は必ず僕たちの中にいるということになる。

そんなことを説明すると、迷路坂さんにこんな屁理屈を立てられた。

「でも犯人がずっと前から塀の中に潜伏している可能性もあります」

彼女の主張はこうだった。曰《いわ》く、防犯カメラの映像は一週間ほどで上書きされて消去される設定になっているらしい。なので一週間より前に第三者が塀の中に忍び込んだ場合、その映像は既に上書きされて消えているということだ。そして犯人はそれから一週間ほど、塀の中に潜伏した後で神崎を殺害した。

随分と荒唐無稽な話だが、可能性として否定できないのが辛いところだった。僕が渋い顔をしていると、「ご安心ください」と迷路坂さんは言った。

「防犯カメラの映像は毎日、私がチェックしていますから。このホテルが開業してから二年以上の間ずっとです。休暇で館を離れる時なんかも、後でまとめてチェックしています。だから不審な第三者が門から入った場合、必ず私はそれに気付くはずです」

なるほど、と僕は思った。そしておずおずと訊ねる。

「それで、不審な第三者はいましたか？」

「幸い、いませんでした」と彼女は告げる。「昨日の分の映像も確認しております」

「なるほど、じゃあ、第三者が犯人の可能性は完全に否定できますね。いや、待て、このホテルが開業する前から犯人が忍び込んでいる可能性も」

「屁理屈ですね」

「でも可能性はあるでしょう?」

迷路坂さんは首を振った。

「ないですよ。二年以上潜伏するには、二年分の食料が必要になるでしょう? 毎日、館の食料庫から、大人一人分の食料が減り続けたら確実に気が付きます」

「でも、犯人があらかじめ二年分の食料を外から持ち込んだという可能性も」

「それだとかなりの大荷物になりますよね?」迷路坂さんは間髪入れず、そんな風に反論する。「庭にその量の荷物を隠せるような場所はありませんから、犯人は当然、館のどこかにそれを隠したということになる。でも館は一年に一度の間隔で、私と詩葉井で大掃除をしているんです。毎年春ごろに館をくまなく掃除しますので、犯人が二年分の食料を持ち込んだとすればそのタイミングでまず見つかるかと」

「うーん、なるほど」

と僕は唸った。つまり、これで第三者が犯人である可能性は確実に否定できるということだ。すなわちそれは、僕たちの中に犯人がいるということを意味している。

そして彼女と話している最中に思いついたのだが。

「迷路坂さん、昨夜の防犯カメラの映像に誰か映っていませんでしたか?」

「? どういうことですか」

「ほら、昨夜、橋が燃やされたでしょう? 橋に火を点けるには、塀の外に出なければならない――、つまり、防犯カメラに犯人の姿が映っているかもということです」

迷路坂さんは記憶を辿るようにしばらく考えた後で、やがて首を左右に振った。

「いえ、映像には誰も映っていませんでした」

「うーん、ということは」

犯人はこの館に到着する前に吊り橋に時限式の発火装置か何かを仕掛けておき、それで火を点けたということか。すなわちそれは、今回の殺人が計画的な犯行であることを意味している。突発的な殺人ならば、あらかじめ橋に発火装置を仕掛けておくことはできないからだ。

「タイマーの付いた、機械式の発火装置か何かでしょうか？」と迷路坂さんは言った。

その言葉に「そうかもしれませんが、もっと簡易的な方法もあります」と僕は返した。「例えば、黄燐《おうりん》を使った発火装置とか。黄燐は空気に触れると発火する性質があるから普段は水中に保存するんですが、その性質を利用して時限発火装置を作ることができるんです。例えば、黄燐を水を含んだ脱脂綿で包んでおけば、時間が経つと脱脂綿に含まれた水分が蒸発して、黄燐が空気に触れて発火する。つまり、時限式の火種になるというわけです」

「なるほど、確かにそれならば、専門的な技術や知識が無くても作れそうですね」

迷路坂さんはそう言って頷いた後、「つまり、誰にでも橋を燃やすことはできたということですか」そんな風に顎に手を当てて、考え込むような顔をするのだった。

＊

目が覚めたのは朝の五時で、それから五分くらい布団にくるまっていても再度眠りは訪れなかった。ロビーへと向かった。まだ誰も起きていないだろうが、部屋でぼんやりしているよりは時間が潰せると思ったのだ。

でもロビーに向かうとそこには既に先客がいた。梨々亜とそのマネージャーの真似井――、そして驚くことに夜月もいる。彼女は朝が苦手なのに。

「ねぇねぇ、香澄くん、凄いんだよっ」夜月は興奮した様子で、僕のことを手招きした。そして真似井に視線をやる。「真似井さん、昔、占い師をやってたんだって」

話の流れが見えない。そう思ってテーブルに視線をやると、そこにはタロットカードが並べられていた。何となく、状況が読めてきた。夜月はこのカードで真似井に占いをしてもらっていたということか。そしてその腕前に驚嘆した。

「下僕、あなたも座りなさい」と梨々亜が言った。「あなたの、つまらない将来を真似井が占ってあげるから」彼女は酷いことを言う。

僕は溜息をついた後、指示通りに席に着いた。「何か占ってほしいことはありますか？」という真似井の言葉に、僕はしばし考えて、最初に思いついたことを言う。

「ずばり、今回の事件の犯人は誰か、とか？」

するとと梨々亜に脛を蹴られた。「下らねぇこと言ってんじゃねぇよ、下僕」と彼女は冷たい声で言う。「素直に恋愛運とかにしとけ」

「はい」

「じゃっ、じゃあ、恋愛運でいいですね」ガラの悪い梨々亜を見ながら、真似井が焦ったように言う。梨々亜は昨日あたりから猫を被るのはやめたようだが、それでも一般人の僕の脛を蹴るのはマネージャー的にはハラハラものなのだろう。

タロットを切る、シャッシャッという音が響く。テーブルにカードを並べて「逆位置」だの「塔」だの言っていた真似井は、やがてこんな風に告げた。

「頑張れば、いけます」

ざっくりしていた。非常にざっくりした回答だった。

「じゃあ、香澄くんの占いも終わったし、モノポリーでも再開しますか」

夜月がそう言って、テーブルにモノポリーをセットする。聞けば、真似井の占いコーナーが始まるまでは、元々三人でモノポリーをしていたらしい。夜月は偶然に――、本当に偶然に早起きをしたらしいのだが、ロビーに行くと既に梨々亜と真似井が起きていて、二人でモノポリーをしていたそうだ。夜月もそこに混ぜてもらったらしい。

「でも、モノポリーなんて誰が持ってきたんだ？」僕がそう訊ねると、「何故だかロビーに置いてあったのよ」と梨々亜が言った。「館の備品みたいね。他にもジェンガに麻雀にビンゴゲーム——、何故だかドミノまで置かれてたし。前に大学のドミノ同好会が泊まりに来て、忘れて帰ったりしたのかな？」

梨々亜の微笑《ほほえ》ましい推理に、僕は思わず笑ってしまった。「あっ？」と梨々亜に睨まれる。そして険のある声で宣言された。

「今からお前のこと、モノポリーでボコボコにしてやんよ」

＊

僕たちがモノポリーをしていると、だんだんとロビーに他の宿泊客たちが集まってきた。迷路坂さんも起きてきて、皆にドリンクを振る舞ってくれる。「食事はまだですか？」そう訊いたのはフェンリルで、「申し訳ございませんが、八時からです」迷路坂さんはロビーと食堂棟とを隔てる扉の前を指差した。僕たちがいるテーブルのすぐ近くにある扉だ。そこには通行止めの立て看板が出されていて、『夜十一時～朝八時の間は入棟禁止』と書かれていた。「それは残念だなぁ」と石川が暢気《のんき》に呟いた。

やがて蜜村も起きてきた。彼女はゲームに興じる僕たちを見て、「何をしているの？」と首を曲げた。僕が「モノポリーだよ」と答えると、彼女は「ふーん」と言った。

結局、蜜村も混じり、僕と夜月と梨々亜と真似井を含めた五人でゲームをすることになった。そうして遊んでいる間に、時刻は八時になった。迷路坂さんが食堂棟に続く扉の前に置かれた立て看板を撤去する。僕はグゥとお腹を押さえた。ゲームで頭を使ったせいか、お腹が空いていた。蜜村も同じく空腹なようだった。

＊

僕たちはロビーと食堂棟を繋げる扉を開けて、ぞろぞろと中に入っていく。そこは二十メートルほどの短い廊下になっていて、突き当たりには一枚の扉があった。僕たちはその扉を潜り、食堂の中へと入る。そして、すぐに違和感を覚えた。

まず食堂に、朝食のバイキングが用意されていなかった。そして芳醇《ほうじゅん》なパンの香りの代わりに、強烈な鉄錆《てつさび》の臭いがする。自然と視線をそちらに振る。そこにはロビーから運んできたと思しき一人掛けのソファーが置かれていて、そのソファーに深々と腰かけた一体の死体があった。死んでいたのは詩葉井さんだった。

死体の傍には一枚のトランプ――、ハートの『10』が落ちていた。

皆は呆然《ぼうぜん》とした様子で詩葉井さんの死体を眺めていた。彼女の上着の胸の辺りは真っ赤な血で染まっていて、どうやら鋭い刃物で何度も刺されたようだった。そしてその凶器は、詩葉井さんの座っているソファーのすぐ手前に転がっていた。薙刀《なぎなた》のように柄の長い斧《おの》——、いわゆるハルベルトと呼ばれる武器だ。ハルベルトは斧の反対側に鋭い矛が付いていて、詩葉井さんはその矛で何度も胸を刺されたようだった。柄から垂直に生えた、槍のように鋭い矛。それを見た蜜村が、ぽつりと呟く。

「どうして犯人は斧ではなく、矛の方を使って詩葉井さんを殺したのかしら?」

その問いが聞こえたのは僕だけで、当然、僕はそれに対する答えを持ち得なかった。

詩葉井さんの死体は、食堂の南側の壁(食堂の出入口がある側の壁)の、壁際近くに置かれていた。ソファーに座らされた体は東側——、食堂の出入口の方にその正面を向けている。そして、南側の壁の——、死体のちょうど右横に位置する場所には食器棚が設えられていた。死体から二メートルほど離れたその棚にも、かすかに血が飛んでいる。

そして凶器のハルベルトは、詩葉井さんの座るソファーの手前に、柄尻(刃物が付いたのとは逆側の柄の端っこ)を壁側に向けるようにして転がっていた。その柄尻には藍色に染められた飾り布が付いている。ハンドタオルくらいの大きさの布だ。触れると、水で湿っている。蜜村もそれに触れて、首を横に傾けた。

第２の殺人（食堂の殺人）の現場

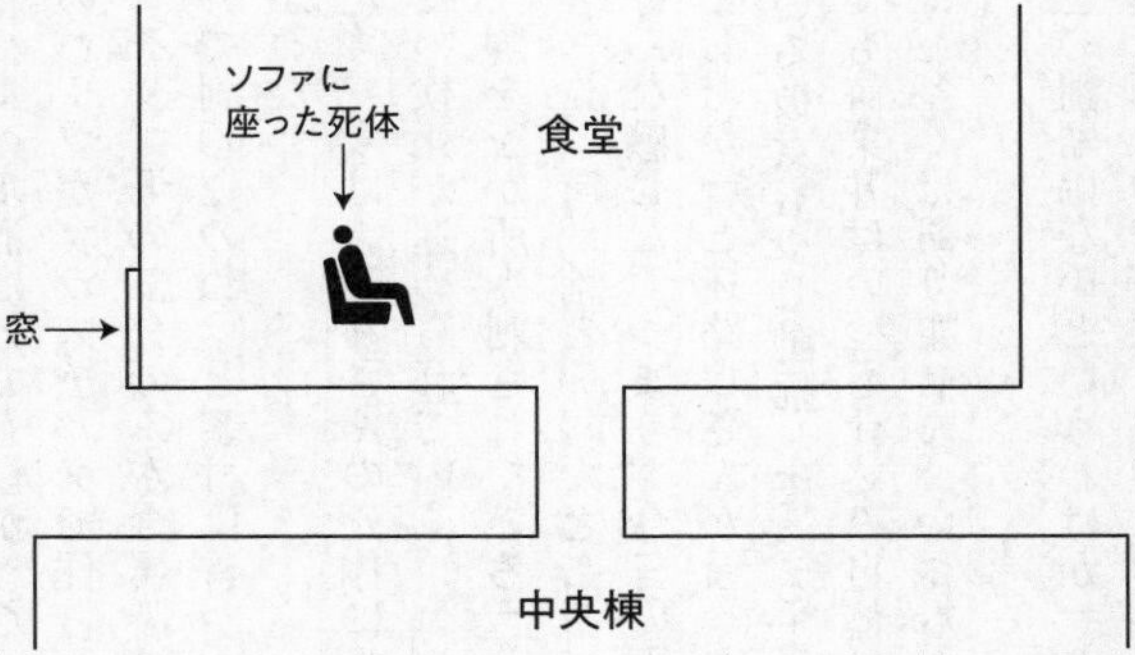

実際に手にしてみると、ハルベルトはとても軽かった。どうやら舞台などで使う模造品のようで、ほとんどのパーツがプラスチックで作られているようだ。これならば、男女問わず扱えるだろう。そして矛の部分のみが金属製の刃物に交換されていた。

「だから、犯人は矛の部分で刺したのね」と蜜村は言った。「斧の部分は模造だから、それで殺すことはできなかった」

ハルベルトを調べ終えた後、僕は詩葉井さんの死体に視線を向けた。医師の石川とフェンリルによって、彼女の検死が進められていく。

「死因はやはり刺殺だね。胸を五か所も刺されている」と石川は言った。

「死亡推定時刻は、今から一～二時間前といったところでしょうか？」とフェンリル。

「うん、僕の見立てでもそんな感じだ。つまり、今日の六時から七時の間だね」

「キッチンの方を見てきましたが」と迷路坂さんが言った。詩葉井さんが殺されたことで、いつも淡々としている彼女も少し動揺しているようだった。「朝食の準備は行われていませんでした。でも詩葉井はいつも仕込み自体は前日に済ませているので、朝に行う作業自体はそれほど多くはありません。いつもだいたい六時から七時の間に作業を始めます」

「つまり、死亡推定時刻との齟齬《そご》はないというわけか」と石川が言った。

その話を聞きながら、僕は頭の中で情報を整理する。詩葉井さんは六時から七時の間に、彼女の泊まる西棟から食堂へとやって来て、朝食の準備を始める前に殺された――、そんな風に考えれば確かに死亡推定時刻との違和感はない。いや――、待て。その逆だ。そこには違和感しかなかった。

「迷路坂さん」と僕は言う。呼ばれた彼女は首を曲げる。

「何でしょう？」

「確認したいんですが、この食堂棟には裏口とかはないんですよね？」

意図をはかりかねるように、迷路坂さんは少し間を開ける。

「……、食堂棟というより、この館自体に裏口の類はいっさいありません。窓もあの通り嵌め殺しですし」

食堂の北側の壁は全面、明かり取りの窓になっていたが、確かにその窓は開閉することができない嵌め殺しの作りだった。食堂には西側の壁の隅――、南西の角に当たる部分にも窓があったが、そちらも同じく嵌め殺し。人が出入りすることはできない。

「つまり、食堂に向かうには、中央棟のロビーから移動するしかないと？」

「はい、前にも話しましたが、ロビーを通らずに食堂棟に入ることはできませんから」

僕は唸った。ということは、どういうことだ？　もしかして、この状況は――、
ちょいちょいと、夜月が僕の裾を引っ張る。

「香澄くん、どうしたの？」心配そうに彼女は言う。「調子が悪いんだったら、休ん

でいた方がいいよ？」

「いや、大丈夫。考えごとをしていただけだから」

僕はそう告げて、皆を見渡した。そして「重要なことに気が付いたんです」そんな風に言葉を告げる。

「重要なこと？」問い返したのは石川だった。「それはいったい」

「僕は今日、朝の五時に目が覚めたんです」早く目が覚めて、そのまま寝付けなかったのだ。「だから、起きてロビーに向かったんです。そしたら夜月と梨々亜さんと真似井さんがゲームをしていて、そこに混ぜてもらうことになったんです」

「うん、確かにそうだった」と梨々亜が言った。「でも、それがどうかしたの？」

「僕たちがゲームをしていたのは、食堂棟に向かうための唯一の扉の、すぐ近くにあったテーブルです」と僕は言った。「僕たちは五時から——、梨々亜さんたちはそれ以前からあの場所に陣取っていました。そして時おりトイレなどで席を外す人もいましたが、僕は一度も席を立たずに五時からあの場所にずっといた。八時に迷路坂さんが食堂棟に向かう扉の前に置かれた立て看板を撤去するまでの間、ずっとです。つまり、僕は朝の五時から八時までの間、意図せず扉を監視していたということになる。そしてその間、誰も食堂棟に向かう人間はいなかった」

「それは、つまり」とフェンリルが言った。「食堂棟は、ある種の密室だったということですか？」

「はい、いわゆる『広義の密室』というやつですね」

この国で密室殺人が多発するようになってから、法務省は密室の種類を三つに分類することにした。『完全密室』と『不完全密室』――、そして『広義の密室』だ。『完全密室』と『不完全密室』は合わせて『狭義の密室』とも呼ばれる。

『完全密室』の定義は、室内で殺人が起き、部屋のすべての扉と窓が施錠された状態であること。いわゆる、もっともスタンダードなタイプの密室だ。

対して『不完全密室』の定義は、室内で殺人が起き、部屋のすべての扉と窓が施錠に準じた状態であること。内開きの扉の前に障害物があり、その障害物のせいで扉が開かなかったりとか――、窓は開いているんだけど、高層階にあるゆえに誰も出入りできなかったりとか。この手のタイプの密室が『不完全密室』と呼ばれている。

そして『広義の密室』の定義は、『完全密室』と『不完全密室』の定義のどちらにも当て嵌まらないこと。例えば雪密室に代表される足跡のない殺人だったり、現場となった広場への侵入経路が、カメラによって監視されて通れない状態だったりするものがこれに当たる。ただし『不完全密室』との境界は曖昧だ。例えば窓の開いた部屋で殺人が起きたとして、その窓の外には雪が積もり、通ると足跡が残るため、人の出入りができなかったとする。この場合、窓が開いているので『不完全密室』と定義するか——、それとも雪密室の亜種なので『広義の密室』と定義するか。その判断は難しく、専門家によって意見が分かれたりする。

「とにかく、今回の犯行現場である食堂棟は朝の五時から八時までの間、その『広義の密室』で」と僕は言った。「それはその時間帯、犯人と被害者である詩葉井さん自身も食堂棟に移動できないということを意味しています。にもかかわらず、詩葉井さんは朝の六時から七時の間にその密室の中で殺された。では、いったい犯人はどのようにして詩葉井さんを殺したのでしょう？」

「それは——」と石川は考え込むようにして言った。「やっぱり、朝の五時よりも前に食堂棟に移動して殺したんじゃないのかな？　食堂棟がその『広義の密室』になっていたのは、朝の五時から八時までの間なんだろう？　だったら、五時よりも前の時間帯なら食堂棟に移動できる。犯人はそうやって五時よりも前に詩葉井さんを食堂に呼び出して、彼女を殺害した」

「でも、朝の五時以前というのは、人を呼び出す時間としては早すぎる気がします。詩葉井さんは、どうしてそれに応じたのでしょう？　それに仮に詩葉井さんがその時間に食堂にやって来たとしても、彼女が殺されたのはそれから一時間以上後の、朝の六時から七時の間。その時間帯は既に食堂は『広義の密室』になっているから、今度は犯人が食堂から脱出できないという問題が発生します」

僕のその言葉に、石川が「うーん」と唸る。すると代わりに迷路坂さんが「犯人が食堂から脱出した方法はわかりませんが」と会話に参加する。

「詩葉井が朝の五時以前に食堂にいた理由はわかりますよ。以前にもお伝えした通り詩葉井の部屋は西棟にありますが、食堂棟にも仮眠室があるんです。詩葉井は仕込みで夜遅くなった時などは、自室には戻らずその仮眠室で眠ることもありました」

「つまり、昨日もそうだったと？」

「はい、その可能性は高いかと」

ならば、確かに詩葉井さんが食堂にいた理由については説明を付けることができる。

となると、残った謎は犯人が食堂から脱出した方法だけだが――、
すると、そのタイミングで意外な人物が「あっ」と声を上げた。

「もしかして、そういうことですか？」そう口にしたのはフェンリルで、その言葉に興味を惹かれた石川が彼女に訊ねる。

「フェンリルさん、どうしたの？」

「いえ、なんというか、まぁ」

彼女はこほんと息をつく。銀細工のような髪の毛がさらりと揺れた。

「私、誰が犯人なのかわかってしまったかもしれません」

＊

「この事件のポイントは、やはり朝の五時から八時までの間、食堂棟へと続く唯一の扉が葛白さんたちによって監視されていたことです」とフェンリルは言った。「だから、先ほどから話に出ている通り食堂棟は『広義の密室』で、その間、犯人を含めた誰一人としてその密室の中に出入りすることはできませんでした。だから、仮に犯人が五時よりも前から食堂棟の中にいたとしても、犯人は詩葉井さんを殺した後、そこから脱出することはできない。でも、実際にはそれを成す方法が一つだけあります。トリック――、と呼べるほどのものではないですが。ずばり、食堂棟の『広義の密室』が解除された後にそこから脱出すればいいのです」

「『広義の密室』が解除された後で、食堂棟から脱出する？」と僕。

「はい、扉が監視されている間は、犯人は密室から脱出することはできませんが、朝の八時になった時点で監視は解除されたでしょう？　その時点で食堂棟は『広義の密室』ではなくなるので、それ以降の時間帯なら犯人はそこから脱出することができる。きっと犯人は食堂のテーブルの下にでも隠れていて、私たちが死体に気を取られている隙に食堂を出てロビーに戻ったのです」

確かに、皆は死体に目を向けている間、食堂の出入口には背を向けた状態だった。そのタイミングならば、確かに食堂棟から脱出することは可能だ。

「なるほど」と僕は口にする。だんだんとフェンリルの言いたいことがわかってきた。「となると犯行が可能な人間は限られてきますね。犯人が食堂棟から脱出できるのは朝の八時以降。つまり朝の八時以前に、食堂棟以外の場所で姿が目撃されている人間は自動的に容疑者から外れる」

「その通りです」とフェンリルは頷く。皆は一様に、記憶を辿るような顔をした。僕も頭の中を整理する。元々この館には、客と従業員を合わせて十二人の人間がいた。そのうち神崎と詩葉井さんが殺され、社が下山したことにより、今は九人に減っている。ではその中で、朝の八時以前に食堂棟に確実にいなかった人間は誰か？

「まず、僕だな」と僕は言った。僕は朝の八時以前にはロビーにいた。「そして僕と一緒にゲームをしていた夜月と梨々亜さんと真似井さんも外れる」

容疑者が一気に四人減った。これで残る人数は五人。

「私もロビーにいました」と迷路坂さんが言った。「皆様に飲み物を振る舞っておりました」

確かにそうだった。これで残る人数は四人。

「私もロビーにいたわ」と蜜村は言う。「私も途中からモノポリーに混ぜてもらったし」

　その通りだ。残り三人。

「僕もいたよ」と石川が言って、「私もです」とフェンリルも手を上げる。……、この二人に関しては記憶が曖昧だ。いたような気もするし、いなかったような気もする。

「ううん、確かに二人ともロビーにいたわ」と蜜村が言った。「私、憶えているもの」

「そうだったか」

　となると、残りは一人。残ったのは――、

「探岡さんか」

　そう言って、僕は周囲を見渡す。そしてそこで気が付いた。

「そういえば、探岡さんはどこに行ったんだ？」

　姿が見当たらない。というよりも、僕は今日探岡の姿を見かけただろうか？

「私は見てないけど」と夜月が言った。「梨々亜も」と梨々亜。他からも一様に見ていないという声が返る。今この場にいる誰一人として、今日彼の姿を見かけた者はいなかった。

「ということは」

　僕はフェンリルに視線を向けた。彼女はこくりと頷きを返す。

「犯行が可能だったのは探岡さんしかいない。つまり詩葉井さんを殺したのは探岡さんということになります」

僕は信じられない思いだった。でも、それは事実なのだろう。となると一刻も早く彼を探し出さなければならない。

「探岡様の部屋は、東棟の一階です」と迷路坂さんが言った。「訪ねてみましょう。彼はそこにいるかもしれません」

迷路坂さんを先頭に、石川、フェンリル、真似井が食堂を出ていく。夜月と蜜村もそれに続き、僕もその背中を追うように食堂を出た。食堂棟と中央棟を繋ぐ二十メートルの廊下を進む途中で、背後から嘆くような声が聞こえた。振り返ると、涙ぐんだ梨々亜がいた。

彼女は頭を抱えて言う。

「……、嫌だ、もう帰りたい」

僕もまったく同じ気分だった。

＊

東棟の一階には絨毯が敷かれておらず、床は飴色のフローリングだった。磨き込まれた床を早足で歩く。探岡の部屋は一階の中ほどにあった。そして、その部屋の前に辿り着いた僕らは、思わず言葉を失った。探岡の部屋の扉には、ハートの『7』のトランプが貼り付けられていた。

「まさか、探岡さんも」困惑したように夜月が言った。迷路坂さんがノブを摑んでその扉を開けようすると、ガチャリとデッドボルト（扉を施錠した際に、扉の縁から飛び出す閂《かんぬき》のこと）が引っ掛かる音が周囲に響く。

「鍵が掛かっています」と迷路坂さんは言った。そのまま手の甲で扉を何度かノックする。「探岡様、いらっしゃいますか？　探岡様」

「返事はないね」と石川が言った。「やはり、もう――、」

「どうしますか？　また扉を破りますか？」真似井がそう提案すると、迷路坂さんは少し考えた後で、「いえ」と首を横に振った。

「庭から窓側へと回り込みましょう。ここは一階ですし、窓を覗けば部屋の中の様子がわかるかもしれません」

僕たちはそれに頷いて、全員で再びロビーのある中央棟へと戻った。そして玄関から外に出る。雪の積もった庭を走り、探岡の部屋の窓がある場所に向かった。そして皆でその窓に張り付く。嵌め殺しの窓を通して、室内の様子を覗き見た。

そこには男が倒れていた。探岡だった。廊下と同じ飴色の床に血溜まりができていた。

＊

部屋の中に入るために僕たちは窓を割ることにした。掃除用のモップを持ってきて、その柄の部分の先端で窓硝子を何度も突く。硝子を割って人が通れるスペースを開けた後で、僕たちは窓枠を越えて探岡の部屋の中に入った。僕は石川と一緒に、床に倒れている探岡に近づく。そして彼がこと切れていることにすぐに気が付いた。

探岡は拳銃で額を撃ち抜かれていた。服装は寝間着姿で――、犯人と揉みあったからなのか、上着のボタンが一つ外れていた。床には空薬莢《からやっきょう》が転がっているので、おそらくオートマチックの拳銃が使われたのだろう。リボルバーの拳銃では使用済みの薬莢が自動で排莢《はいきょう》されないため、現場に空薬莢が残される可能性が低いからだ。

僕はふむと頷いて、迷路坂さんに視線を向ける。

「この部屋、防音はどうなっていますか？」

「防音性はかなり高いと聞いております」と迷路坂さんは答える。「この部屋は、元々は雪城白夜がオーディオルームとして使っていた部屋らしいですから。だから、部屋の中で発砲があったとしても、その銃声が部屋の外に漏れる可能性はないと思います」

迷路坂さんのその説明に、僕は「なるほど」と言葉を返す。となると、銃声の聞こえた時間を頼りに、犯行時刻を絞り込むことはできないということか。犯人がこの部屋が防音であることを事前に知っていたかどうかは定かではないが、確か探岡は今回雑誌の取材でこの館を訪れていると言っていた。となると今回、探岡の宿泊予約を行ったのは、その雑誌の記者である可能性が高い。そしてその記者が犯人が扮《ふん》した偽物の記者なのだとしたら、探岡を意図的にこの防音仕様の部屋に泊めることは難しくない。だって部屋の予約を行う際に、「東棟の〇〇号室に泊まりたい」と希望を伝えるだけでいいのだから。

そこで僕の思考を遮るように、誰かが「あっ」と声を漏らすのが聞こえた。夜月の声だ。彼女は部屋に置かれた液晶テレビの前に立っていて、そのテレビが載せられている台座の上を指差していた。

「鍵が」

夜月の指差す先には一本の鍵が置かれていた。

「この部屋の鍵ですね」と迷路坂さんが実際に鍵を手に取って言う。「部屋番号が刻印されています」

僕はふむと頷いて、皆を見渡して言った。

「夜月がテレビ台に近付く前に、彼女の他にそこに近づいた人はいませんでしたか?」

その質問に、皆は首を横に振る。夜月が不思議そうな顔で、「どうしてそんなこと訊くの？」と言った。「いや――、」と僕は曖昧な返事を返す。もしかしたら、誰かが死体発見時のどさくさに紛れて、テレビ台に鍵を置いたのではないかと思ったのだ。でも誰もテレビ台に近付いていないのであれば、その可能性は考慮しなくていい。つまり僕らがこの部屋に入る前から、鍵はずっとその場所に置かれていたということだ。

僕はそう結論付けた後で、この部屋の唯一の出入口である部屋の扉へと近づいた。皆がこの部屋に入ってから、まだ誰も扉に近づいていない。でもその扉は、確かに内側から施錠されていた。

「密室か」

扉は施錠され、窓は嵌め殺しで開かない。そして唯一の鍵は部屋の中にあった。

「完全密室ですね」とフェンリルが言った。そして扉に近づいて、その下部に視線を向ける。「しかもこの扉の下には隙間がない。密室自体の強度では、神崎が殺された第一の殺人よりも上です」

確かに彼女の言うように、扉の下には隙間がなかった。つまり鍵をドアの下から室内に戻す方法は使えないということだ。

フェンリルは銀の髪を掻いて、石川へと視線を向けた。

「石川さん、検死を始めましょう。面白いことがわかるかもしれません」

「面白いこと？」と石川が首を曲げる。

「ええ、面白いことです。彼の死亡推定時刻によっては――、ですが」

フェンリルはそう言って、探岡の死体を調べ始めた。彼女が検死を行った後で、その役目を石川が交代する。二人が告げた死亡推定時刻は、今日の午前二時から三時の間だった。そして僕は、先ほどフェンリルが意味深に告げたことの意味を知る。

「そういうことか」と僕は呟く。それを聞いた夜月が気になったように、「どうしたの？」と訊いてくる。僕は彼女に――、皆にそのことを伝えた。

「詩葉井さんの死亡推定時刻は、今朝の六時から七時の間だ。探岡さんが二時から三時の間に既に死んでいたとすると、探岡さんに詩葉井さんを殺すことはできなくなる」

「ということは」と夜月が言った。「詩葉井さんを殺した人間は、別にいるということ？」

「でもでも、それっておかしくない？」と梨々亜が首を曲げる。「詩葉井さんを殺せたのは、探岡さんだけのはずでしょ？　探岡さんが犯人じゃないなら、いったい誰が詩葉井さんを殺したっていうの？」

確かに、梨々亜の言う通りだった。食堂棟は巨大な密室状態で、僕たちは全員その密室の外にいたのだから。

「これで『広義の密室』が復活しましたね」フェンリルは嬉しそうに言った。「そして探岡さんが殺されたこの部屋も完璧な密室。一夜にして密室殺人が二つも起きるなんて——、本当に素晴らしいです。この館に来て良かった」
高揚で、彼女の肌にかすかな赤みが差す。そして彼女はスマホで現場の撮影を始めた。僕は思わずその腕を摑んでいた。「痛いです」フェンリルは眉を寄せる。そして次の瞬間、僕は宙に浮いていた。投げ飛ばされたことに気が付いたのは、床に背中を付けた後だった。

＊

「香澄くん、大丈夫？」夜月が背中をさすってくれる。「見事に投げ飛ばされたわね」と蜜村も心配（？）してくれた。

僕を投げ飛ばしたフェンリルは、その場でツンとそっぽを向いていた。どうやら謝る気はないようだ。

僕はむぅと唸りつつ床から立ち上がると、今までの状況の整理をしてみることにした。詩葉井さんと探岡が殺された、二つの異なる密室状況。そのうち詩葉井さんが殺された現場については、少し思うことがあった。なので、僕は石川に訊いてみる。

「詩葉井さんの死亡推定時刻が間違っているという可能性はありませんか？」

現場が密室状態となったのは、ロビーと食堂棟を隔てる扉が監視されている間に彼女が殺されたからだ。もし詩葉井さんが殺されたのが扉が監視されるよりも前だとしたら、現場は密室でもなんでもなくなってしまう。

「ちょうど僕も同じことを考えていたんだ」と石川は言った。「でも検死ミスなんかはしてないと思うよ。それにフェンリルさんも僕と同じ死亡推定時刻を出してたし」

「でも、二人とも間違えたという可能性も」

石川は「うーん」と唸る。そして、肩を竦めて言った。

「じゃあ、もう一度調べてみようか？ その方がみんなも納得できると思うし、僕もちょっと不安になってきたから」

＊

僕たちは全員で食堂に戻り、再び詩葉井さんの死体を調べることにした。検死を行っていた石川はやがて顔を上げ、その表情に苦笑いを浮かべる。

「変わらないね。やっぱり、死亡推定時刻は今朝の六時から七時の間だ」

これで現場が『広義の密室』であることが確定した。僕は眉を寄せて唸った。この館に来てから三日で、三つの密室殺人が起きた。いくら密室殺人が多発している世の中だと言っても、このペースは少し異常だ。

「石川様、私にも詩葉井の遺体を調べさせてもらってもいいですか？」

そう言ったのは迷路坂さんだった。石川が首を傾ける。

「もちろん、いいけど。どうして？」

「いえ、ちょっと」

迷路坂さんはそう告げて、死体の傍に屈みこむ。そして詩葉井さんの体を触った。やがて探り当てたように、上着の内ポケットからそれを取り出す。

彼女が手にしていたのは鍵だった。

「西棟のマスターキーです」と迷路坂さんは言った。

そういえば、神崎や探岡が殺された東棟とは違い、西棟にはマスターキーが存在するのだったか。

「この鍵は私が預かっておきます。マスターキーは一本しかないので、無くすと大変ですから」迷路坂さんはそう言って、マスターキーを自分のポケットにしまう。そして死体の傍から立ち上がろうとしたところで、その動きを途中で止めた。

「おや？」と彼女は首を曲げた。「何か落ちてますね。封筒でしょうか？」

迷路坂さんの視線は、死体から五メートルほど離れた場所にあるテーブルの下へと向いていた。確かに、そこには封筒が落ちている。テーブルクロスの陰になっていて、今まで気が付かなかったが。

僕はそのテーブルに近づくと、屈んで封筒を拾い上げる。何も書かれていない白い封筒だ。中には折り畳んだ一枚の紙が入っていた。

取り出して、目を通す。

それは詩葉井さんの遺書であり、殺人の告白だった。

＊

詩葉井さんの遺書にはこのような内容が綴られていた。彼女がトランプ連続殺人事件の犯人であること。神崎と探岡を殺したのも彼女であること。彼女はその罪を悔い、自殺することを選んだこと。要約するとこんな感じだ。遺書はパソコンで書かれていたが、末尾には手書きで『詩葉井　玲子』と署名がされていた。

「詩葉井の字です、間違いなく」遺書を確認した迷路坂さんはそう言った後、混乱したように首を振った。「それにしても、信じられません。詩葉井が犯人だったなんて」

「確かにそうですね」と真似井も言う。「それに自殺しただなんて。詩葉井さんはハルベルトの矛の部分で刺殺されたんじゃないんですか？」

「それは間違いないと思うけど」と石川は肩を竦める。「でも必ずしも他殺だとは言い切れない。例えば、矛に近い部分の柄を持てば、自分自身に矛の刃を突き刺すことは可能だろうし。……、柄が長いから、かなり刺しづらいだろうけど」

確かに、ハルベルトの柄の長さは二メートルほどあり、自殺に使うための刃物としては、いささか長すぎるような気がした。ハルベルトは持ち運びやすいように柄の部分が分解できるタイプのようで、例えば自殺するにしても、もう少し柄を短くした方が遥かにやりやすいような気がする。

「でも、結局、自殺なんでしょ？」梨々亜がそんな風に言った。「現場は完璧な密室で、直筆の署名が入った遺書まで発見されたんだから。これが自殺でなかったとしたら、犯人はどうやって詩葉井さんを殺して、どうやって遺書を用意したっていうの？」

彼女のその言葉に、場にシンとした沈黙が流れる。でも、やがて「確かに、その通りかもしれませんね」と迷路坂さんが口を開いた。

「後味の悪い結末ですが、そう考えるより他にありません。皆さん、詩葉井が本当にご迷惑をお掛けしました」

エプロンドレスの裾をぎゅっと握り、迷路坂さんが深々と頭を下げる。今度は、重々しい空気が流れた。梨々亜が「べっ、別に迷路坂さんが謝らなくても」と慌てたように口にする。

そんな中、誰かが僕の上着の裾をちょいちょいと引っ張った。裾を引っ張ったのは夜月で、彼女は襟元をパタパタしながら、眉根を寄せて僕に言う。

「……、ねぇ、この部屋、少し暑くない？」

言われてみると、確かに部屋の温度は随分と高いような気がした。真夏のように、もわんとしている。暖房が利きすぎているようだ。

「えーと、エアコンのリモコンは」夜月は食堂をきょろきょろとした。やがて、それを見つけて、トテトテと駆けていく。リモコンは、食堂の北側の窓際のテーブルの上に置かれていた。夜月はそのリモコンを手にすると、「あれ？」と声を漏らす。

「設定温度は普通だけど。何でこんなに暑いんだろう？」

＊

探岡の殺害に使われた拳銃は詩葉井さんの部屋から見つかった。オートマチックの拳銃で、サイレンサーは付いていない。念のため拳銃とマガジンを分けて保管することにして、マガジンは迷路坂さんが――、そして拳銃本体は何故だか梨々亜が預かることになった。梨々亜曰く、「梨々亜が、世界で一番信用している人間は梨々亜だから」とのこと。真似井が「いや、梨々亜さん、危ないですよ。他の人に預かってもらいましょう」と諭したのだが、梨々亜は「梨々亜が、世界で一番信用している人間は梨々亜だから」と頑《かたく》なに譲らなかった。

詩葉井さんの自殺によって事件が解決したことにより、皆はどこか安心したような表情を浮かべていた。迷路坂さんが簡単な朝食を作ってくれたので、それを食べた後、一人、また一人と各々の部屋へと戻っていく。僕も自分の部屋へと戻り、そのまま昼食や夕食の時間を除き、ずっと部屋でうだうだしていた。でも風呂上がりにふと思い立って、探岡の部屋を調べてみることにする。犯人が自殺したことにより事件自体は解決したが、まだ解決していない謎もある。探岡の部屋が密室だったこと——、そして現場に残されたトランプについてもだ。トランプ連続殺人事件は五年前に三件起きていて——、そして詩葉井さんの自殺を含めるとこの館でも三件起きたことになる。合わせて六件だ。現場で見つかったトランプはすべてハートだが、数字はどれもバラバラで、僕はやはりこれらの数字に何かしらの法則性があるのではと考えていた。

トランプ連続殺人事件が最初に起きたのは五年前で、元刑事が殺されたその現場にはハートの『6』が残されていた。続く事件で中国人が殺された時にはハートの『4』が——、三番目の事件でブラック企業の社長が毒殺された時にはハートの『5』が残されており、ここでトランプ連続殺人事件は一度休止状態に入る。

そしてこの館で再び事件は起こり、神崎が殺された時にはハートの『A』——、詩葉井さんの自殺現場にはハートの『10』が残されていた。そして、探岡の殺害現場で見つかったトランプはハートの『7』。これらの数字が持つ意味について、詩葉井さんの遺書には何も書かれていなかった。この部屋の密室の謎と同じく、未解決となったままだ。何かの暗号だったのか。あるいは被害者同士の見えない繋がり――、ミッシングリンクを示唆《しさ》していたのか。

僕はくしゃりと髪を掻いた。

あらためて探岡の死体があった場所を見やる。死体は既に別の場所――、死体が傷むのを避けるために、食堂棟にあるワインセラーへと運ばれている。今は死体があった位置に、ナイロン製の紐で人の形の白線が引かれていた。探岡は壁のすぐ近くで、両足を壁に向かって投げ出すようにして倒れていた。両足と壁との距離は十五センチほどしか離れていない。大の字に広げた両手は壁と平行になっていた。探岡が両足を向けている壁には常夜灯が取り付けられており、この常夜灯は事件発覚時には確か灯っていたはずだ。ただし常夜灯は光量に乏しく、真下まで移動しなければ文字も読めないくらいの明るさだった。

僕は常夜灯のある壁の、向かい側の壁についても調べてみることにした。そこには弾痕と血痕が付いている。倒れた探岡の背後に当たる位置だ。弾丸は壁を貫通せずにめり込んでいるようだった。探岡の頭を貫通したことで威力が削《そ》がれたのだろう。

「呆れた、何やってるの」

その声に視線を向けると、部屋の入口に蜜村が立っていた。僕は肩を竦めて言う。

「見ての通りだよ。密室について調べている」

「事件はもう解決したのよ」

「そうなんだけど、やっぱり気になって。僕は目の前に解けない謎があると気になるタチなんだ」

「何が解けない謎があると気になるタチよ、偉そうに」蜜村は呆れたように言った。

「それじゃあ、あなたの人生は気になってばかりじゃない」

「素敵な人生だと思うけどな」

「素敵だけど報われない人生ね。与えられた試練と能力が見合ってないのよ」

彼女は、いつにもまして辛辣だった。僕は渋い顔をしつつも、強がって彼女に言う。

「でも大丈夫、僕には頼りになる友人がいるから」

蜜村はきょとんとした顔をする。そして「友人?」と自分の顔を指差した。僕は
「そう、友人」と頷きを返す。僕はその友人に向かって言った。

「だから、この密室の謎を解くのをちょっと手伝ってほしいんだ」

途端に彼女は顔をしかめた。そして不機嫌な口調で言う。

「また私を巻き込む気なの?」

「巻き込むも何も、君は既に巻き込まれている。事件にも、クローズドサークルにも」

「何がクローズドサークルにもよ、偉そうに」蜜村は眉を寄せて僕を見た。「それに

あなた、いつも人に手伝ってもらおうとばかりして。少しは自分で解決しようって気概がないの？」

「あいにく、僕は問題集なんかで詰まると、すぐに答えを見ちゃうタイプなんだ」

「典型的なダメ人間ね。一番嫌いなタイプだわ」

「そんなこと言って、単に自信がないだけじゃないのか？　この密室の謎を解く自信が」

その言葉に、彼女が一瞬イラッとしたのがわかった。彼女は僕を睨んで言う。

「もしかして、挑発してる？」

「うん」

「私が毎度挑発に乗る安い女だと思ってる？」

「うん」

「あいにく、私も大人になったのよ。そんなに毎度乗せられて探偵ピエロになるつもりはないわ」

探偵ピエロってなんだろう。

蜜村はふぅと溜息をついた。そして穏やかな口調で言う。

「でも謎が解けないと思われたままだと癪《しゃく》だから、その挑戦は受けてあげる」

いや、結局受けるのかよっ！　全然成長してねぇじゃねぇかっ！

そんな僕の感情をよそに、彼女はぐるりと部屋を見渡した。そして探岡の死体を象《かたど》った白線に目を留めて言う。

「探岡さんの死体、壁に向かって両足を投げ出しているわね」

「ああ」

「壁と足との距離は十五センチくらい」

「うん」

「床には空薬莢が落ちていて」

「そうだな」

「そして壁には常夜灯」

「常夜灯」

「探岡さんの死体が見つかった時には、確かこの灯りは点いていたわね。つまり犯行が行われた時刻にも、この常夜灯は灯っていたということになる」

蜜村はそう告げた後、くるりと踵《きびす》を返して反対側の壁へと移動する。彼女はその壁をじっと見つめた。

「銃弾はこちらの壁に残っているのね」

「？　当たり前だろ」

「それを当たり前と思うかどうかが、事件解決の分かれ道かもね」

彼女は長い黒髪をくしゃりと掻いた。そして僕に向かって言う。

「だいたい、わかったわ。どうやら、あまり大したトリックは使われてないみたいね」

僕は目を丸くした。

「本当に、もうわかったのか？」

「ええ」

「いくらなんでも速すぎない？」

「私にとっては標準的な速度よ。葛白くんにとっては光速かもだけど」

確かに光の速さだった。彼女は光速探偵ピエロだった。

「となると、私の予想だと、たぶん——、」蜜村はそう言って床に膝をつくと、ベッドの下を覗き込んだ。そして「あっ、やっぱり」とベッドの下の隙間に手を伸ばす。

「ほら、こんなのが落ちていたわ」

彼女が得意気に見せたのは、糸くずのついた小さなボタンだった。

「何だ、そのボタン」

「探岡さんの寝間着のボタンじゃないかしら？」と蜜村は言った。「ほら、探岡さんの寝間着のボタンが一つ外れていたでしょう？　たぶん、そのボタンよ」

「つまり、探岡さんが犯人と揉み合いになった際に、ボタンが千切れてベッドの下まで転がったということか」

「さぁ、どうかしら？」

蜜村は意味深に肩を竦める。しびれを切らして、僕は言った。

「で、どんなトリックが使われたんだ？」

「教えてほしい？」

彼女は性格の悪いことを言う。そして口元で小さく笑った。

「心配しなくても、今から説明してあげるわ。それもロジックを使って――、極めて論理的にね」

＊

「この事件現場には、たくさんのヒントが残されています」と蜜村は言った。「そしてそのヒントを組み合わせると、自ずと使われたトリックが浮かび上がってくるという仕組みです」

その芝居がかったセリフ回しに、僕は頭を悩ませる。抗議するように彼女に言った。

「もっとわかりやすく言ってくれ、探偵ピエロ」

「誰が探偵ピエロよっ！　……、でもいいわ、ＩＱテスト全問不正解の葛白くんにもわかるように説明してあげる」

さりげなく僕の不名誉な過去が捏造《ねつぞう》されていた。それは、まぁいいが。

「で、ヒントとは？」

「一つ目は、探岡さんが壁に向かって両足を投げ出して死んでいたことよ。そして足と壁との距離は十五センチ程度しかなかった」

「ああ、そういえば、さっきもそんなことを言ってたよな」

「うん、そうね――、じゃあ、このヒントが何を意味しているのか？　それはずばり、探岡さんが壁のすぐ近くで撃たれたということよ」

「……、ふぅむ」

僕は死体の位置を示す白線に目を向けた。そして、それはそうだろうと思う。

「まぁ、それは当たり前のことだよな」

「そうね、当たり前のことよ。でも次の事実と組み合わせると、おもしろいことが見えてくるの」

蜜村は常夜灯があるのとは反対側の壁――、つまり探岡が両足を投げ出していたのとは、反対側の壁を指差した。

「探岡さんを撃ち抜いた銃弾は、こちら側の壁にめり込んでいた」と彼女は言った。

「これが何を意味しているかわかる？」

僕は首を傾けた。正直、わからない。わかるのは、銃弾が飛んできた方向くらいか。

だから素直にそのことを蜜村に告げた。すると彼女は意外な答えを返してくる。

「そうよ、銃弾の飛んできた方向がわかる。そしてそれさえわかれば、この密室に存在する大きな違和感に気付くことができるの」

「大きな違和感」

僕は部屋の中をぐるりと見渡した。何の違和感も覚えなかった。どうやら僕の違和感センサーは壊れているようだった。

「つまり、こういうことよ――、何か書くものないかしら？」

きょろきょろとする蜜村に、僕はポケットからメモ帳とペンを取り出して彼女に渡す。蜜村はそれで簡単な図を描いた（一八九ページ参照）。

「こういう位置関係になるわね」

「めちゃくちゃ簡単な図だな」

「なかなか、絵心あるでしょう？」彼女はどこか得意気に言う。「つまり普通に考えればこういうことになるわね。拳銃を持った犯人は『常夜灯のある壁』を背にして探岡さんを撃った。その銃弾が探岡さんを撃ち抜き『弾痕の残された壁』に刺さった」

僕は、ふぅむと唸る。

「それも当たり前のことなのでは？」

「ううん、ちっとも当たり前じゃないわ。だって犯人が、壁を背にして探岡さんを撃ち殺すことは絶対に不可能だから」

僕はその言葉にこそ、強烈な違和感を覚えた。絶対に不可能？　どうして絶対に不可能なんだ？　壁を背にした犯人が拳銃を探岡に向ける——、そしてその引き金を引く。ただそれだけのことなのに、何故できないのかがわからない。

「それができないのよ。何でかっていうと」蜜村は壁に近づいて、そっと自らの体重を預けた。そして拳銃を構えるふりをする。「基本的なことだけど、壁を背にして誰かを撃つには、その撃ち手は壁とターゲットの間に立たなければならない」

彼女の銃口が僕に向く。彼女はそのまま僕に言った。

「じゃあ、葛白くん——、私に近づいてみてくれる？」

銃を向けられた僕は、言われた通り蜜村に近づく。彼女から三歩ほど離れた位置に止まった。

「もっとよ、もっと近づいてみて」

僕はもう二歩ほど近づく。蜜村は「もっと」と言った。

訝し気な視線を彼女に向ける。

「いったい、どのくらい近づけばいいんだ？」

そうね、と彼女は笑う。

「だいたい、壁から十五センチくらいの距離までかしら？」

第3の密室（銃弾の密室）の現場

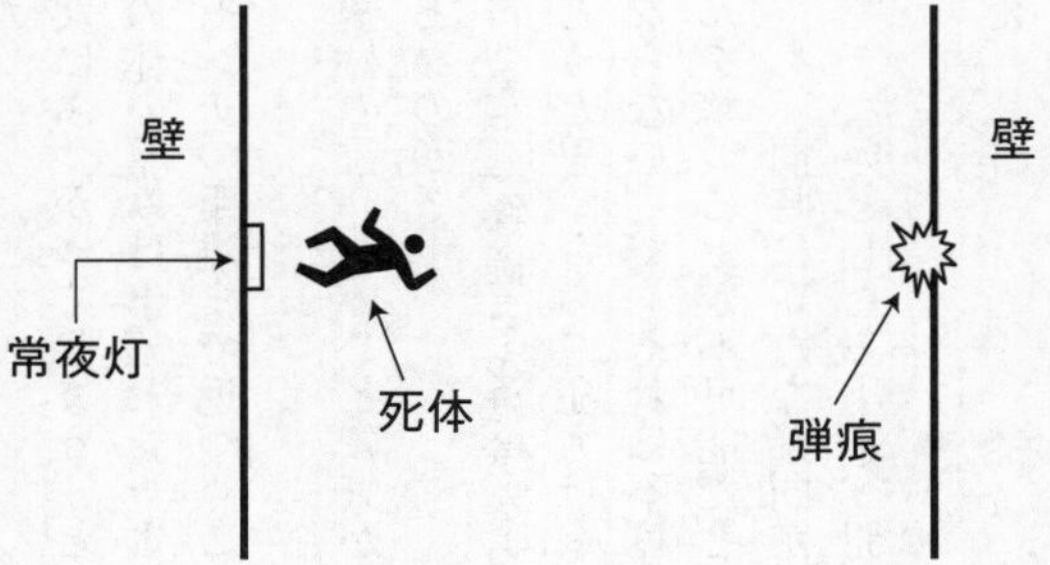

無茶言うな、と僕は思った。

そんなに近づいたら、彼女にぶつかってしまう。というより、むぎゅっと押しつぶしてしまう。そもそも人間の体の厚みは十五センチよりも大きいのだ。彼女がそこにいる限り、僕が壁から十五センチの距離まで近づくことは不可能だった。

「あっ」

そこでようやくと僕は、蜜村の言いたいことに気が付いた。

「もしかして、そういうことなのか？」

「ええ、そうよ」と彼女は言った。「探岡さんは壁から十五センチの距離に倒れていた。だから犯人が探岡さんを撃とうと思ったら、犯人は壁と探岡さんの間の――、十五センチの隙間に入らなければならない。でもそれは不可能でしょう？　それはすなわち、犯人が壁を背にして探岡さんを撃つことが不可能だということを意味しているの」

その言葉に僕は頷いた。でも、同時に新たな疑問が浮かんでくる。犯人が壁を背にして探岡を撃ち殺すことができないとしたら――、犯人はどうやって犯行を成し遂げたというのだろう？

そこで、ハッと気が付いた。

「もしかして、隣の部屋から壁越しに撃ったのか？」

犯人が隣の部屋から撃った銃弾が、壁を貫通し、探岡の頭を撃ち抜いた。これなら犯人は、壁と被害者の間にあるわずかな隙間に体を潜り込ませる必要がないので、壁の近くに立っている被害者を撃ち殺すことが可能になる。

「でも――」蜜村は探岡が両足を投げ出していた壁に視線を向けて言う。「壁にはどこにも、銃弾が貫いた跡なんてないけど」

「それを言われると弱い」

「弱いのね」

「でも、それだといったいどうやって――」

僕は再び頭を悩ませることになった。壁を背にした犯人が探岡を撃ち殺すことは不可能。壁を貫通させて撃ち殺すことも同じく不可能。これではまるで、犯人が拳銃で探岡を撃ち殺すこと自体が不可能に思えてしまう。

そんな風に蜜村に告げると、

「そうね、実際にその通りなんじゃないかしら?」と彼女は言った。「葛白くんの言う通り、犯人には拳銃で探岡さんを撃ち殺すことは不可能だった。だから、こう考えるしかない。犯人は探岡さんを――、拳銃で撃ち殺してなんかいない」

その言葉に啞然とする。いや、それはありえないだろう。だって、現に探岡は頭を撃ち抜かれているのだから。

「本当に?」と彼女は笑う。「本当に探岡さんは、拳銃で頭を撃ち抜かれたの？　別に拳銃を使わなくても、弾丸で探岡さんの頭を貫かせることは可能でしょう？」

しばし頭を悩ませて、やがて「まさか」と気が付いた。

蜜村は、こくりと頷く。

「考えられる可能性は一つしかない。銃弾が暴発して、探岡さんの頭を貫いたのよ。犯人の仕掛けた、銃弾暴発トリックによってね」

＊

「銃弾暴発トリック？」

僕のその言葉に、蜜村はこくりと頷いた。そして「やりようは、いくらでもあると思うけど」と人差し指を立てて言う。

「例えば、黄燐を使ったんじゃないかしら？」

「黄燐を？」

「ええ、黄燐は空気と反応すると発火する性質があるから、普段は水中に保存するでしょう？　だから、その性質を利用して時限発火装置に用いることもできるの。例えば、少量の黄燐を濡れた脱脂綿で包んで、それを乾燥剤と一緒に一センチ四方のサイズのビニール袋に入れる。こうしておけば、いずれ脱脂綿に含まれた水分が蒸発し、黄燐が空気に触れて発火する――、つまり、時間差で着火する火種になるというわけよ。そして、その火種を薬莢の中に入れておけば、時間が来ると火種が発火し、薬莢内の火薬に燃え移って銃弾が暴発する」

僕は蜜村の語った特殊な仕掛けを頭の中でイメージした。拳銃を使わずに、弾を飛ばすことができる特殊な銃弾。それはある種のブービートラップのようなもので――、同時に密室の謎に対する明快な答えでもあった。何故、探岡は密室となった部屋の中で射殺されたのか？　それは探岡自身が部屋の鍵を閉めたからで、彼はそうして密室状態となった部屋の中で、犯人の仕掛けた銃弾によって命を奪われたのだ。

頭の中に漂っていた靄《もや》が、一息に晴れていくのを感じる。

でも――、僕は同時に彼女のその推理に違和感を抱かざるを得ないのだった。そこには、どうしようもない破綻《はたん》がある気がする。なので、僕はその疑問を彼女に訊ねた。

「このトリック、本当に実行可能なのか？」

すると蜜村は肩を竦めて、「と、言いますと？」と言った。僕はそれに「確率の問題だよ」と返す。

「探岡さんは頭を撃ち抜かれていたんだ。でも黄燐を使った時限発火装置を用いる以上、銃弾が暴発する正確な時間は犯人にはわからないだろう？　けど犯人が探岡さんの頭を撃ち抜くためには、銃弾が暴発する正確な時間を見極め、その時間に探岡さんを、銃弾を仕込んだであろう壁の近くまで誘導する必要がある」

　でもそんなことは絶対に不可能だ。すなわちそれは、蜜村の語ったトリック自体が不可能であることを意味している。

だけど蜜村は特に動揺することなく、「うん、そうね」と言葉を返した。「だから、きっと逆なんじゃないかしら？」

「逆？」

「ええ、逆よ。犯人には銃弾が暴発する正確な時間はわからなかった。だからこそ探岡さんの頭を銃弾が撃ち抜くことになったのよ」

　その言葉に僕は眉をしかめた。何だか哲学的だ。

「それはどういう」

「ヒントは、ベッドの下に落ちていたボタンよ」

「ベッドの下に落ちていたボタン？」

「犯人はたぶん銃弾をベッドの下に仕込んでいたんじゃないかしら？」と蜜村は言った。「ベッドの下の床に、銃弾を立てた状態で置いておく。円柱型の銃弾が、床に対して垂直になるような状態ね。あとは黄燐を包んでいる脱脂綿に含ませる水分の量を調節して、夜間に銃弾が暴発するようにしておけば、銃弾はベッドの天板を貫いて寝ている探岡さんの背中に直撃することになる。拳銃を使って発砲しない分、弾は真っ直ぐ飛ばないけれど、ベッドから床までの数十センチの距離ならさすがに外れることはない。だから犯人の仕掛けたトリックは完璧のはずだった。でも思わぬ誤算が起きたことで、銃弾は犯人の意図せぬ形で探岡さんの命を奪うことになった」

「犯人の意図せぬ形？」僕は首を傾ける。

「そう、探岡さんが寝間着のボタンを落としたせいでね」蜜村は先ほどベッドの下から拾ったボタンを僕に見せた。「探岡さんは、たぶん夜中にトイレか何かの用事でベッドの外に出た。その際に、元々、ほつれて外れかけていた寝間着のボタンが床に落ちてしまったの。そしてそのボタンがベッドの下へと転がった。探岡さんはボタンを探そうとベッドの下を覗き込む。そこで彼は見つけたのよ――、自身を殺すために仕掛けられた、床に立てられた銃弾を」

僕はその光景を想像する。きっと探岡はボタンのことなど忘れて銃弾に手を伸ばす。

「でも夜だから、部屋の電気は消えていた」と蜜村は言った。「常夜灯は点いていたものの、部屋は薄暗い状態だったの。だから探岡さんは、自分が拾った物体が何なのかよくわからなかった。何だか銃弾っぽいってことくらいしかわからない。だから探岡さんは壁に設置された常夜灯に近づいたの。でも常夜灯は光量に乏しくて、真下まで移動しないと文字も読めないくらいの明るさだった。だから、探岡さんは常夜灯の真下――、壁から十五センチほど離れた場所まで移動する。そして、銃弾を常夜灯の灯りに翳した。でもそこで不幸な偶然が起きた。探岡さんが銃弾を灯りに翳したタイミングで、その銃弾が暴発して探岡さんの頭を貫いたのよ」

だから探岡はベッドの上ではなく、壁際で撃たれることになった。それで結果的に犯人が拳銃を使って探岡を撃ち殺すことが不可能という状況が生まれ、蜜村にトリックの真相を気付かれる切っ掛けを与えてしまったというわけか。

「だから犯人の当初の計画だと、空薬莢はベッドの下から発見されるはずだった。ベッドの下に隠れた何者かが、眠っている探岡さんの背中を撃ち抜いたように見えるはずだったの」

でも幾多の偶然が重なって、結果が変わってしまったというわけか。

僕は、ううむと唸った。確かに蜜村の推理ならば、現場に残ったあらゆる状況に対して説明を付けることができる。

僕は素直に納得したが、同時に新たな疑問がいくつか浮かんできた。なので、一つ一つ解消していくことにする。

まず最初に気になったのは——、

「犯人はいつベッドの下に銃弾を仕込んだんだろう？」そんな疑問を彼女に訊ねた。

すると蜜村は顎に手を当て、「正確な時間はわからないけれど」と言葉を返した。

「どこかのタイミングで探岡さんを言いくるめて、部屋に上げてもらったんでしょうね。それは昨日の夜かもしれないし、一昨日の昼かもしれない。ただ、トリックの性質上、弾丸を仕込んでから暴発するまでの時間が短いほど、トリックの実現は容易になる。黄燐が発火するまでの時間が計算しやすくなるからね。だから、やっぱり、弾丸を仕込んだのは昨日の夜だと考える方が自然かしら？」

彼女の答えに、僕はなるほどと頷きを返す。確かに『三十時間後に暴発する弾丸』よりも、『三時間後に暴発する弾丸』の方が作りやすいだろう。となると蜜村の言う通り、犯人は昨夜、探岡の部屋を訪ね、その際に弾丸を仕込んだと考えて良さそうだ。

僕はそう納得しつつ、「じゃあ、次の質問なんだけど」と続けざまに彼女に訊ねた。

「銃弾に残される線条痕の問題についてはどんな風に考えてるんだ？　銃弾が拳銃の銃身を通る際に、銃身に刻まれたライフリングと接触してできる傷のことだな。君が言ったトリックだと、探岡さんを殺した銃弾は拳銃を使わずに撃ち放たれたことになる。これだと銃弾に線条痕が残らないから、後から警察が調べたら、銃弾が拳銃を使わずに撃たれたことが簡単にバレてしまうんじゃないのか？」

そんな僕の疑問に対して、蜜村は「何だ、そんなこと」と肩を竦めた。そしてあらかじめ答えを用意していたかのように、淀《よど》みなく口にする。

「そんなの、別に何の問題もないでしょう？　犯人は新品の銃弾を使ったんじゃなくて、線条痕の付いた使用済みの銃弾を使ったと考えればいい。薬莢も同じく使用済みのものを使った——、薬莢の雷管の部分に撃鉄で叩いた跡が付いたね」

僕はその答えに知らず、「確かにな」と声を漏らした。言われてみれば、確かに何の問題もない。光速探偵ピエロの彼女は、とてもディベートが強かった。もしかしたら光速探偵ピエロではなく、光速ディベートピエロなのかもしれない。

「でも、このトリックだと現場に残された薬莢の中に黄燐の痕跡が残るだろう？」と僕は言った。「後から警察が調べたら、今度こそトリックがバレてしまうんじゃ」

「いや、薬莢の中身なんて警察は調べないでしょう」蜜村は、そう即答する。「トリックから逆算でもしない限り化学分析なんてしないはずだし、犯人は後から隙を見て、現場に残された薬莢を別の薬莢にすり替えるつもりだったのかもしれない。黄燐の含まれていない、通常の薬莢とね。ここはクローズドサークルで、警察が来るまではまだまだ時間があるんだから」

確かにそう言われてしまうと、薬莢に黄燐の痕跡が残るリスクはほとんどないように思える。僕はそう感心しつつ、気付くと頭の中に用意していた疑問がほとんど解消されていることに気が付いた。残る疑問は一つだけ。なので、それを彼女に訊ねる。

「じゃあ、最後の質問だけど、犯人はどうやってその特殊な銃弾を館に持ち込んだんだ？　そんな、いつ暴発するかわからない銃弾なんて危なくて持ち運べないだろう」

蜜村はその疑問に対しても、やはり淀みなく答えを口にした。

「だから、きっと、この館の中で銃弾を組み立てたんじゃないかしら？」

「この館の中で？」

「そう、弾頭と薬莢をバラした状態で持ち込んでね。そうすれば、わざわざ危険を犯して、黄燐入りの弾丸を持ち運ぶ必要はないでしょう？　電車の中で暴発を恐れながらソワソワする必要なんてないわ。まぁ、もっとも本当に詩葉井さんが犯人だとしたら、そもそも銃弾を持って外を移動する必要なんてないから、初めから暴発の心配なんてする必要はないのだけれど」

僕は、なるほどと思いつつ、蜜村の今の発言に気になる言葉が混じっていることに気が付いた。

「本当に詩葉井さんが犯人だとしたらって――、君は本当は詩葉井さんが犯人じゃないって思ってるのか？」

その言葉に、蜜村は「しまった」という顔をした。どうやら失言だったらしい。

彼女は顔を苦くしながら言う。

「だって、そうでしょう？　クローズドサークルで犯人が自殺した場合、その人物は犯人じゃなくて真犯人は別にいる。推理小説だと、大半がそういうパターンでしょう？」

確かに、と僕は思う。確かに僕もそう思うのだけど、

「でも、現場には詩葉井さんの遺書が」

彼女の直筆の署名がされた遺書が残されていたのだ。なので、彼女の自殺は揺るがない――、そのように思ったのだが、

「そんなの、どうとでもなるでしょう」蜜村はそんな僕の考えをあっさりと否定する。「例えばプリントアウトした遺書の上に、詩葉井さんの直筆の署名が書かれた別の紙――、彼女が過去に書いた手紙の便箋《びんせん》か何かを重ねるの。そして、その上からボールペンで便箋に書かれた詩葉井さんの署名を強くなぞる。そうすると、下に敷かれた遺書に筆圧の凹みで詩葉井さんの署名が写るでしょう？ 後は遺書のその凹みの上を丁寧にボールペンでなぞればいい。こうすることで、プリントアウトした遺書に『詩葉井さんの直筆らしき署名』が残されるというわけよ。もっとも、科学的に詳細に分析すれば偽の署名だとバレる可能性はあるけれど、肉眼で見る限りでは見破るのはまず不可能でしょうね」

流れるようなその説明に、僕はただただ感心する。確かにその方法ならば署名の偽造は可能だろう。でも、それは同時に詩葉井さんの自殺が偽装であることを示していて――、つまり、犯人はまだ生きていて、僕たちの中に潜んでいるということになる。

つまり、まだ殺人も――、

「ううん、きっとそれはない」そんな僕の疑念を蜜村は否定した。「もうこれ以上こ

の館で殺人が起きることはないわ。真犯人が誰かは知らないけれど、そいつが偽の遺書を残して詩葉井さんに罪を被せたのはそういうこと。殺人計画がまだ途中なのに、誰かに罪を被せる馬鹿なんていないわ。だって――、何の意味もない行為だから」

僕はその見解に、なるほどと頷いた。確かに、理に適っている。

蜜村はそんな僕に小さく笑みを浮かべた後で、「じゃあ、そろそろ休むわ。おやすみなさい」と言った。

僕はその背中に手を振りながら思う。しかし、こうも簡単に謎を解いてしまうとは。やはり彼女は、密室に愛されている。探偵としても――、そして犯罪者としても。

＊

翌朝、ドアがノックされる音で目が覚める。まだ七時前だ。扉を開けると、そこにはフェンリルが立っていた。

「昨日は投げ飛ばしてしまって申し訳ございませんでした」

彼女は開口一番にそう言った。僕は「ああ」と呟いて、「別に気にしてないですよ」と答えた。……、本当は凄く痛かったけど。でも僕は、女の子に投げ飛ばされた痛みを引きずるような男ではない。僕とフェンリルは、ここで仲直りすることに決めた。

僕は頭を掻いて言う。

「ところで、わざわざそれを言うために来てくれたんですか？　こんな朝早くから？」

「いえ、葛白さんを訪ねた理由は別件です」とフェンリルは言った。そして僕にこう告げる。「朝の散歩をしていたら、死体を発見したんです」

その言葉に僕は混乱した。

だってもう殺人は起きないと蜜村が言っていたのに。

でも目の前の銀髪の少女は、鈴の音のような声で言う。

「真似井さんが殺されています。もちろん、密室の中で」

回想2　三年前・十二月

部室に入ると文庫を繰っていた蜜村は待ちわびたように顔を上げて、長テーブルに置かれていた原稿の束を僕に見せた。

「今回はこんなのを書いてみたんだけどどうかしら？」

僕は「なるほどね」と返して、自分も通学鞄の中から原稿の束を取り出した。彼女のものと交換して、互いにそれを読み進める。

その頃の僕たちは、互いに書いた短編小説を見せ合うという活動を行っていた。文芸部なのに、いつもボードゲームで遊んでばかりいる——、そんな噂を耳にした顧問に「もっと文芸部っぽい活動をしなさい」と怒られたのだ。もちろん、いつもボードゲームをしているわけではなく、読書などの文芸部っぽい活動もしているのだが、顧問は「読書ならわざわざ部活に入ってまでしなくてもいいのではないか」というスタンスだった。「家や図書室で読めばいいじゃないか」そう真顔で諭されて、僕と蜜村は「それもそうですね」としか返す言葉を持ち得なかった。なので自然と「じゃあ、小説でも書いてみる？」という流れになったのだ。そして気が付くと、僕たちは小説を書くことにハマっていた。

蜜村は主にミステリーを書いた。文章やストーリーは如何《いか》にも素人といった感じだけど、作中に出てくるトリックやロジックには素人離れした冴えを感じさせた。読んでて、けっこう「おっ」となる。彼女は僕が「おっ」となるたびに、ふふんと鼻を鳴らすのだった。

一方僕の方はといえば、ミステリーにSFにホラーにファンタジーと、様々なジャンルの短編を書いた。本当はミステリーだけを書きたかったのだけど、残念ながらネタが続かなかった。互いの小説を見せ合うという文芸部の例会は隔週で行われているので、それに毎回ミステリーで挑むというのは僕には無理な注文だった。その点だけ見てみても、蜜村は凄いと思う。地頭がいいのもあると思うが、それ以上に彼女のミステリーに対する才能と愛情を感じさせた。特に今回彼女が見せた小説は傑作だった。

僕は原稿の束を閉じて言う。

「悪くないな」

蜜村は不満気に僕を見た。

「相変わらず上からなのね」

「読者は上から語るものだ。客だからな」

「何が客だからよ、偉そうに」

蜜村は唇を尖《とが》らせる。僕はそんな彼女を横目に、パラパラと原稿を読み返した。「それにしても、この密室トリックは凄いな」そして今度はそんな風に、素直に感想を述べてみる。「プロでもなかなか書けないレベルだ」

その賛辞に蜜村は目を丸くした。そして「どうして急に褒めるのよ。気持ち悪い」と不機嫌な声で言う。素直に褒めても怒られるとは、どうすればいいねんと思ってしまう。

「でもこの小説は本当に凄いと思うよ」結局、僕は素直に賛辞を続けた。「新人賞とかに送れるレベルじゃないのか？　このミステリーがすごい短編賞とか」

照れくさいのか、蜜村は僕から視線を外し、窓の外を見ながら言う。

「『この短』はとてもレベルが高いのよ。毎回、五百作くらい送られてくるし」

「でも、いけると思うんだけどなぁ。この密室トリックは凄いよ。まさか、こんな手があったのかっていう――、」

「別に大したトリックじゃないわ」彼女はそっけなくそう言った。謙遜ではなく、本当にそう思っているようだった。「こんなの、大したトリックじゃない。私が思いついた、究極の密室トリックに比べればね」

僕は小さく息を飲んで、「究極の密室トリック」と返した。それは如何にもミステリーマニアが口にしそうな言葉だけど、彼女がそのような表現を使うのは珍しかった。彼女はどちらかといえば、「完璧なトリックなんて存在しないのよ」といった派閥だ。そんな彼女が「究極の密室」なんて言葉を口にするなんて。

俄然《がぜん》、どんなトリックなのか気になってきた。でもそれを訊ねる前に、彼女は僕にこう言った。

「ねぇ、葛白くん、もし日本で密室殺人が起きたら、いったいどうなると思う？」

その唐突な質問に、僕は一瞬きょとんとした。そしてすぐにこう諭す。

「知らないのか？　日本で密室殺人が起きたことは今まで一度もないんだぞ」

彼女は肩を竦めた後で、「そんなこと知ってるわよ」と言った。「だから、もし——、の話よ。もし起きたらどうなる？　犯人が誰かは明白で——、でも現場は密室だったから、その人物には犯行は不可能だった。この場合、裁判所は有罪と無罪のどちらの判決を下すと思う？」

僕はしばし「うーん」と悩んだ。でも悩めば悩むほど、答えは明白であるような気がする。

「それは有罪になるだろう」

「どうして？」

「その人物が犯人であることは明らかだから」

「でも、犯行は不可能なのよ？」と蜜村は言った。「例えば、犯人に完璧なアリバイがあった場合、その人は無罪になるでしょう？　何故なら犯行が不可能だから。だったら密室もそうなるんじゃないの？　犯行が不可能だという点で見れば、密室とアリバイは何も変わらないのだから。どうしてアリバイは良くて密室はダメなの？　全然論理的じゃないわ」

僕は「うーん」と唸った。そんな僕に彼女は言った。

「だからね、葛白くん。私は、もし日本で密室殺人が起きたら無罪になるんじゃないかって思ってるの」

それは真顔で言った冗談にも、真剣な声音の告白にも聞こえた。真意は今でもわからない。

ただその一週間後に蜜村は殺人の容疑で警察に捕まって、その現場は誰も崩すことができない完璧な密室だった。

僕は彼女が口にした『究極の密室トリック』という言葉を思い出した。

第3章　二重密室

真似井が殺されたと聞いて、梨々亜は今にも泣きそうな顔をしていた。「フェンリルさんっ、それって本当っ？」そう縋るように言う。「残念ながら」とフェンリルは言った。「死体を直接確認しないと断言できませんが、ほぼ間違いなく死んでいます」

ロビーには館にいる全員が集まっていた。フェンリルに起こされたのだ。彼女の指示に従って、僕たちは玄関を出て、庭から真似井の部屋の窓へと向かうことにした。窓から室内の様子を覗くため――、そしてその窓を破って密室の中に入るためだ。

「やっぱり、扉に鍵が掛かっているの？」と庭を歩きながら夜月が訊いた。でもフェンリルはそれに曖昧に首を振った。

「はい、確かに扉は施錠されていますが、それとは別にもう一つ問題があるのです」

「もう一つの問題？」

「鍵が掛かっていることとは別の理由でも、扉を開くことができないのです。まぁ、現場を見ればわかります――、さぁ、着きましたよ」

僕たちは真似井の部屋の窓側の壁へと到着した。真似井の部屋は東棟の一階にあった。窓から室内を覗き込む。そこにはフェンリルが言う通り真似井が倒れていた。

「真似井さんっ！」

梨々亜が悲痛な声を上げる。でも僕はそんな彼女の姿よりも、室内の光景に目を奪われていた。何だこれは——、どうして部屋の中に。

ドミノが並んで——、

「これが扉を開くことができない、もう一つの理由です」とフェンリルは言った。僕は窓硝子越しに、部屋の中に並んだドミノを見やる。

真似井は、部屋の中央に倒れていた。そしてその周囲を、ぐるりと四角に並べられたドミノが取り囲んでいる。ドミノの列は扉の方にも延びていて、内開きの扉に触れる直前まで続いていた。仮にこの状態で扉を開いたとしたら——、

「内開きの扉にぶつかって、ドミノが倒れてしまうということか」

と僕は言った。でもそうなると、当然の疑問が浮かぶ。

犯人はいったいどうやって、このドミノを並べたのだろう？　ドミノを並べるには、犯人は必ず室内にいなければならない。そしてドミノが扉の傍まで並べられていることから見ると、犯人は扉を閉めた状態でドミノを並べたということだ。では——、いったい犯人はどうやってこの部屋から脱出したのだろうか？　扉を開けるとその瞬間、

扉がドミノにぶつかって、並べたドミノが倒れてしまう。でも扉を開けないと外に出られない。僕はこの状況を指し示すとある言葉を呟いた。

「不完全密室か」

扉が施錠に準じる状態のこと――、内開きの扉がドミノに塞がれているこの状況は、まさに法務省が作ったその言葉にぴったりだった。

「とにかく、窓を割って部屋の中に入ろう」と石川が言った。「もしかしたら、まだ息があるかもしれないし」

石川はそう言いつつも、自身のその言葉を信じていない様子だった。窓硝子越しに眺めても、どう見ても真似井は死んでいた。

*

嵌め殺しの窓を割って室内に入ると、やはり真似井はもう死んでいた。死体の傍には部屋の鍵が落ちていた。石川とフェンリルの検死の結果、死亡推定時刻は昨夜の三時から四時の間らしかった。梨々亜はずっと泣いていた。夜月がそれを慰めていた。

僕は室内に並べられたドミノを見やる。このホテルのロビーには、確かモノポリーなどと一緒にドミノも置かれていたはずだ。犯人はそのドミノを使ったのだろうか？

僕はドミノの配置を再確認するため、部屋の入口の方へと移動した。壁を背にして、並べられたドミノを目で追う。

ドミノは死体を囲うように正方形に並べられていた。ドミノでできた、一片の長さが二メートルほどの正方形。そしてその正方形の下辺（部屋の入口から見て手前側の辺）の中央から、同じく長さ二メートルのドミノの列が扉に向かって真っ直ぐに延びている。僕はそのドミノの配置を見て、虫眼鏡のレンズを四角くしたような図形をイメージした。あるいは、卵焼き用の四角いフライパンの形にも似ているかもしれない。虫眼鏡（あるいはフライパン）の取っ手の部分が内開きの扉に触れていて、扉を開くと取っ手と扉がぶつかり、ドミノが倒れるという寸法だ。

扉に目をやると、蝶番は扉の左側に付いていた。でもそれは部屋の中から見た場合。廊下側から見れば、当然蝶番は扉の右側に付いているということになる。

僕は扉に近づいて、試しにドアノブを引いてみた。すると、デッドボルトが引っ掛かるガチャリという音がする。先ほどフェンリルが言った通り、扉はドミノに塞がれているだけではなく、鍵まで掛けられているようだ。つまり、この密室は不完全密室であると同時に、完全密室でもあるということになる。

真似井の死体に目を戻すと、検死をしている石川とフェンリルの会話が耳に入る。

「ところでフェンリルさんは、どういう経緯で死体を見つけたんだい？」

「庭を散歩していたんです」と石川の質問にフェンリルは答える。「そしたら偶然部屋の中で真似井さんが倒れているのを見つけて。驚きました。仮に詩葉井さんの死が自殺ではなかったとしても、もう殺人は起こらないものだと思っていましたので」

そういえば、蜜村も同じようなことを言っていたか。

僕は隣にいた蜜村に視線を向ける。すると、サッと目を逸らされた。構わず見つめ続けていると、やがて彼女は溜息をついて言った。

「……、仕方ないじゃない。ええ、そうよ、完全に読み間違えたわ。犯人が詩葉井さんを自殺に見せかけて殺した目的は、詩葉井さんに罪を被せるためじゃなかった。事件が終結したと見せかけて、私たちを油断させるためだったの。そしてその油断の間隙を縫って真似井さんは殺された」

とにかく、これで途切れていた殺人劇は再び始まったということだ。トランプ連続殺人事件が。そこで僕はふと思い石川に訊いた。

「石川さん、トランプはありましたか?」

「トランプ? ああ」

石川はその言葉に、再度死体を調べ始めた。そしてやがてそれを発見する。真似井の上着の内ポケットに入れられていたようだ。石川は取り出したそれを皆に見せる。

「あったよ、今度はハートの『2』だ」

でも正直トランプが見つかったと言っても、何のこっちゃっという感じだった。相変わらず、数字の法則性がわからない。

でも隣にいた蜜村は、こんな風に呟いた。

「なるほどね、そういうことだったのね」

その言葉に、僕は「えっ」となる。皆も「えっ」となったようだ。蜜村はそんな皆に、小さく肩を竦めて言う。

「トランプの数字の法則性がわかりました」

彼女は黒髪をくしゃりと掻いた。

「ノックスの十戒です」

＊

【ノックスの十戒】
1　犯人は物語の最初から登場している人物でなければならない。
2　探偵方法に超自然能力を用いてはならない。
3　二つ以上の秘密の通路や隠し部屋を用いてはならない。
4　未発見の毒薬や科学的に難解な説明を要する機械を使ってはならない。

5　中国人を登場させてはならない。
6　偶然や第六感によって事件を解決してはならない。
7　探偵自身が犯人であってはならない。
8　読者に提示していない手がかりによって事件を解決してはならない。
9　ワトソン役は自らの判断をすべて読者に知らせねばならない。
10　一卵性双生児の存在は予《あらかじ》め読者に知らされなければならない。

＊

「ノックスの十戒？」と夜月が首を傾ける。

「ロナルド・A・ノックスっていう昔のミステリー作家が作った、推理小説のルールみたいなものだよ」と僕は言った。「必ずしも守る必要はないけれど、守った方がまともなものが書ける――そんな指針みたいなものだと思ってくれればいい。旧約聖書に出てくるモーセの十戒をもじっているんだ」

　ちなみにモーセの十戒は、①主が唯一の神でなければならない、②偶像を作ってはならない、③神の名をみだりに唱えてはならない、④安息日を守らなければならない、⑤父母を敬わなければならない、⑥人を殺してはならない、⑦姦淫《かんいん》をしてはならない、

⑧盗んではならない、⑨隣人について偽証してはならない、⑩隣人の財産をむさぼってはならない――、の十項からなる（ウィキペディア調べ）。キリスト教の聖職者でもあったノックスは、それになぞらえて推理小説にも十のルールを作った。

僕のその説明に、蜜村はこくりと頷いた。

「はい――、そしてノックスの十戒にはそれぞれ番号が振られています。その番号と現場に残されたトランプの数字――、それが符合するという仕組みです」

彼女は皆をぐるりと見渡して言った。

「それでは、一つ一つ検証していきましょう。まずは五年前に起きた――、トランプ連続殺人事件の最初の殺人から。元刑事が殺されて、現場にはハートの『６』が残されていました」

僕は頭の中でノックスの十戒を思い浮かべて――、「ちょっと待って」とポケットからメモ帳とペンを取り出した。僕と蜜村以外にもわかるように十戒をすべて紙に書き出す。

「えっと、ノックスの十戒？　の第六戒は」僕の後ろから、夜月が紙を覗き込んだ。

「『偶然や第六感によって事件を解決してはならない』」

「はい、そうです」と蜜村は頷く。「被害者の元刑事は現役時代は名刑事として知られていて、とにかく運に恵まれていたそうです。『偶然居酒屋で未解決事件の犯人と出くわして、捕まえたこともある』のだとか」

「それは、つまり」フェンリルがハッとしたように言った。「その元刑事は『事件を偶然や第六感で解決する存在』だったということですか？」

「そう、つまり、彼の存在自体がノックスの十戒の第六戒を暗示している。ある種の見立てになっているということですよ。そして犯人は現場に『6』の数字を残すことで、そのことを世間に示唆しようとしたんです」

僕はその推理に、なるほどと頷いた。確かに最初の殺人についてはノックスの十戒に符合しているように見える。

皆が納得したのを確認した後で、蜜村は続きを口にする。

「じゃあ、次に行きましょう。二番目の殺人で現場に残されていた数字は『5』でした。そして被害者は中国人だった」

蜜村の言葉に、皆は紙に書かれたノックスの十戒を覗き込む。

「これはわかりやすいね」と夜月が言った。「『中国人を登場させてはならない』」

被害者が『中国人』であるということが、ノックスの十戒の第五戒を暗示しているというわけか。

つまり、これも符合する。では次は？

「三番目の殺人で残されていた数字は『4』。被害者は毒殺されて、使われたのは新種の毒キノコでした」

「えっと、ノックスの十戒の第四戒は」蜜村の言葉を石川が引き継ぐ。「『未発見の毒薬や科学的に難解な説明を要する機械を使ってはならない』か。新種の毒キノコは、ある意味『未発見の毒』とも言えるね。だから、これも符合すると考えていいのか」

「はい、これで五年前に起きた三つの事件がすべて、ノックスの十戒に符合することがわかりました。では、今回この雪白館で起こった四つの事件はどうでしょう？」

蜜村のその言葉に、僕は記憶を辿ってみた。四つの殺人事件で、それぞれ現場に残されたトランプの数字を思い出してみる。そして皆にもわかるように、ノックスの十戒を書き出した紙にその情報を追記した。

第一の殺人（被害者）神崎（トランプの数字）『A』
第二の殺人（被害者）詩葉井（トランプの数字）『10』
第三の殺人（被害者）探岡（トランプの数字）『7』
第四の殺人（被害者）真似井（トランプの数字）『2』

「わかりやすいのは『探偵』の探岡さんだね」と夜月が言った。「ノックスの十戒の第七戒、『探偵自身が犯人であってはならない』を暗示しているってことでしょ」

これで探岡も符合した。では残りの三人の被害者はどうか？

「詩葉井には『双子』の妹がいます」と迷路坂さんが言った。「だから、ノックスの十戒の第十戒、『一卵性双生児の存在は予め読者に知らされなければならない』に符合しますね」

僕は初日に食堂で迷路坂さんから聞いた話を思い出した。詩葉井さんの双子の妹は確か農家をやっていて、新鮮な野菜をこのホテルに卸しているという話だった。

これで詩葉井さんも符合。残るは二人。

「真似井さんは」と泣き腫らした目をこすって梨々亜が言った。「昔、占い師をやっていたの。ほら、葛白たちのこともタロットで占ったでしょう？　だからノックスの十戒の第二戒、『探偵方法に超自然能力を用いてはならない』に符合するんじゃないの？」

なるほど、と僕は思った。でもそれを聞いた夜月が疑問を口にする。

「超自然能力って何？　超能力ってこと？」

「占いとか、神のお告げのことですよ」と蜜村が言った。「推理小説の黎明期《れいめいき》には、そういう方法で犯人を指摘する小説も多かったとか」

とにかく、これで真似井も符合した。となると、残りは一人——、神崎だけだが。

「ノックスの十戒の第一戒は、『犯人は物語の最初から登場している人物でなければならない』」夜月はそう口にして、形の良い眉を寄せる。「これはちょっと意味がわからないね。そもそも、『物語の最初から登場している人物』っていったい」

当然のことながら、僕らは物語の登場人物ではない。

でも、そこで考え込んでいたフェンリルが「なるほど、そういうことなんですね」と呟いた。皆の視線が彼女に集まると、彼女は、はにかんだように言った。

「ノックスの十戒の第一戒は、言い換えれば『物語の最初から登場していない人物は犯人であってはならない』というルールです。そして、神崎はこの雪白館に最後にやって来た人物。なので、仮にこの一連の殺人事件を小説の形に纏《まと》めるとしたら、神崎はある意味、『物語の最初から登場していない人物』ということになり、ノックスの十戒の第一戒を暗示していることになります」

その言葉に、皆は「ああ」となった。狂った論理ではあるが、確かにその通りだ。

これで七つの殺人事件——、五年前に起きた三つの殺人事件と、この館で起きた四つの殺人事件がすべてノックスの十戒に符合した。

「これが現場に残されたトランプの意味です」と蜜村は言った。そしてその視線を迷路坂さんに向ける。「ところで、ここまでの話を踏まえて、迷路坂さんに訊きたいことがあるんです」

問われた迷路坂さんは首を傾ける。そんな彼女に蜜村は質問をぶつけた。

「この雪白館に、秘密の通路や隠し部屋はありますか?」

皆の視線が、自然とノックスの十戒の書かれた紙に向いた。その第三戒——、

『二つ以上の秘密の通路や隠し部屋を用いてはならない』

これは一つまでなら隠し部屋の類を使っても良いことを示唆している。だから蜜村はこんな質問をしたのだろうけど、正直僕は「何を馬鹿なことを訊いてるんだ」と思った。推理小説じゃあるまいし、現実にそんな仕掛けのある建物などあるわけがない。

案の定、迷路坂さんはこう答えた。

「はい、あります」

いや、あるのかよ、と僕は思った。

＊

迷路坂さんに案内されたのは食堂で、彼女は空調のリモコンを手に取ると、そのリモコンの裏側を親指で抑え、グッと指先に力を込める。するとリモコンの裏側のプラスチックがスライドして、新たなボタンが現れる。僕たちは「おおっ」となった。

「これが隠し部屋を開くためのリモコンになります」迷路坂さんはそう言って、食堂の南側の壁を指差す。「そして、隠し部屋の入口はあそこです」

彼女が指し示したのは、壁際に設えられた食器棚だった。詩葉井さんの死体のすぐ傍にあった棚だ。棚の横幅は二メートルほどで、戸の類が付いていないため、パッと見、本棚のように見える。あるいは、本当に本棚なのかもしれない。

迷路坂さんはその棚にリモコンを向けてボタンを押した。

すると食器棚が勢いよく、右側にスライドする。棚が動いた距離は一メートルほどで、壁にその幅と同じ大きさの空間が開いて、そこから地下へと続く階段が延びていた。僕たちは再び「おおっ」となる。

「この階段を下りた先が、隠し部屋になっております」

迷路坂さんはそう言って、階段を下りていく。センサーが反応して自動で明かりが灯る。僕たちもその後に続く。三十秒ほど下った先に、その隠し部屋は存在した。

そこは天井の高い、薄暗い部屋だった。僕たちは推理小説の中から飛び出してきたようなその隠し部屋に目を丸くしつつ、すぐに部屋の中央に置かれたある物に気が付いた。床の上に人の形をした何かが倒れている。いや、あれは――、

「死体？」

僕のその声に反応して、夜月が肩を震わせる。僕はすぐに死体らしきもののもとへ

と走った。石川とフェンリルも付いてくる。三人で、それを見下ろした。

「死んでるね」のんびりと石川が言う。

「死んでます」嬉しそうにフェンリルが言う。

ダメだ、この二人――、僕はそう思いつつ、足元の死体を凝視した。倒れていたのはスーツ姿の男で、確かにどう見ても死んでいた。というよりも、ミイラ化していた。

僕は石川に訊く。

「死亡推定時期はわかりますか？」

「無茶言わないでくれ」と石川は苦笑する。「法医学者ならともかく、僕は心臓外科医だから。死んでからかなり時間が経っていることくらいしかわからないよ」

確かにそうか。そう思っていると、死体を調べていたフェンリルが言う。

「死亡推定時期は、今から四ヶ月ほど前ですね」

すると、その言葉に石川が目を丸くした。

「わかるのかい？　凄いね」

「いえ、検死の方はさっぱりですが」フェンリルはそう言いつつ、パスケースのようなものを僕らに見せた。「死体の上着のポケットにこんなものが」

僕らはパスケースを受け取って確認する。中には免許証が入っていた。男の名前は信川《しんかわ》というらしい。年齢は三十歳。しばし、免許証と睨めっこした後で石川が言った。

「どうしてこれで死亡推定時期がわかるんだい？」そう、フェンリルに視線を向ける。

「免許証の期限も切れてないし、いつ死んだかを判断できる要素はないと思うけどな」

「いえ、単純に彼は私の知り合いなんです」

「そうなんですか？」と僕は驚く。

「はい、信川は私や神崎と同じく『暁の塔』の人間です。四ヶ月ほど前から行方不明になっていまして、だからその時期に殺されたんじゃないかと判断したんですよ」

なるほど、と僕と石川は頷いた。確かに、そう考えるのが自然だろう。

そのタイミングで、遠巻きに死体を眺めていた他の皆も近づいてきた。その中にいた蜜村が僕に訊ねる。

「トランプはあった？」

「トランプ？　ああ」

僕は死体に視線を向ける。そしておっかなびっくり死体のポケットを探ってみた。トランプはズボンのポケットに入っていた。ハートの『3』――、ノックスの十戒の第三戒、『二つ以上の秘密の通路や隠し部屋を用いてはならない』に符合している。

「しかし、犯人は何の目的でノックスの十戒の見立てを行っているんだろう？」

石川がそう疑問を口にすると、蜜村は「残念ながら」と彼に言った。

「そのホワイダニットの答えはまだわかりません。ある種の自己顕示のような気もするし、ただの愉快犯のような気もする。今のところ何とも言えませんね」

蜜村はそう告げた後、視線を迷路坂さんの方へと向けた。そして話を切り替えるように「一つ、お訊きしたいのですが」そんな風に彼女に訊ねる。

「この隠し部屋の存在を知っていたのは、迷路坂さん以外に誰がいますか？」

迷路坂さんは首を小さく曲げて、少し考える間を空ける。そして答えた。

「基本的には、私と詩葉井だけですね。ただ、雪城白夜は館を訪れた客たちに、よくこの隠し部屋のことを自慢していたと聞きました。なので、実際に知っている人は意外と多いのかもしれません。又聞きした人などを含めると不特定多数です」

なるほど、と僕は思った。つまり、今この館にいるメンバーの誰が知っていたとしても不思議ではないわけか。

「ちなみに、迷路坂さんがこの隠し部屋のことを今まで私たちに黙っていたのは？」

「特に言う必然性を感じなかったからです」と蜜村の質問に迷路坂さんは答える。「だって、まさかこの場所に死体があるなんて思いませんので」

「でも詩葉井さんの死体が見つかった時、食堂は密室でしたよね？」と僕は口を挟む。

「だったら、食堂と繋がっているこの隠し部屋に犯人が隠れている——、その可能性も考慮すべきだったのでは？」

すると蜜村と迷路坂さんが、何故だか同時に肩を竦めた。

「ううん、それは違うわ、葛白くん。だって密室の中に犯人が隠れていた可能性は、既に否定されているでしょう？」

「そうです、外部犯の存在は否定されているから」と迷路坂さん。

「そう、みんなで詩葉井さんの死体を見つけた時、私たちは全員あの場に揃っていた。犯人が内部の人間である以上、もし犯人がこの隠し部屋の中に隠れていたとしたら、あの場に全員が揃うことはないはずよ。誰か一人は欠けているはず。だから、犯人がこの部屋の中に隠れていた可能性は考慮しなくていい」

凄い勢いで言い含められて、僕はちょっと嫌な気持ちになった。蜜村はそんな僕を無視して、「ところで、もう一つ質問があるのですが」と迷路坂さんとの会話を続ける。

「この館には、この部屋の他に隠し通路や隠し部屋の類はありますか？」

その問いに、迷路坂さんは首を横に振った。

「いえ、他にはございません」

「そう断言できる根拠は？」

「ホテルを開業する際に、鑑定業者が入っていますから」

その言葉に、蜜村はかすかに目を丸くした。

「密室鑑定業者ですか？」

迷路坂さんはこくりと頷く。

密室鑑定業者というのは、館などの建造物に隠し通路の類がないかを調査する専門の業者のことだ。密室殺人が起きると警察に必ず呼ばれ、建物をくまなく調査する。超音波やX線を使って調べるため、精度はほぼ完璧だ。警察が密室殺人の捜査を行う場合、まず密室鑑定業者に隠し通路の存在を調べさせ、『犯人が隠し通路を使って密室から脱出した』というパターンを除外させるのがセオリーとなっている。

しかし刑事事件の起こっていない民間の建物に密室鑑定業者が入ることは稀《まれ》だ。その件について、迷路坂さんはこう説明した。

「何分《なにぶん》、推理作家の館ですので。どんな仕掛けがあるのか把握していないと、お客様に迷惑が掛かりますから」

その説明に僕らは納得した。「となると、次に気になることは」と蜜村は口にする。

「いったい、いつ、誰がこの死体をこの部屋に運び込んだかですね」

その疑問に、「ああ、それについては」と迷路坂さんが小さく手を上げた。

「二ヶ月ほど前に、怪しげな客が訪ねてきたんです。大きなサングラスをした人物で——、男なのか女なのか判断の付かない人でした。背は百七十センチから百八十センチの間くらいでしたが、シークレットブーツなどを履いて身長を誤魔化している可能性もあります。そしてその客は、大きなトランクを抱えていた」

「つまりその客が、この死体をこの隠し部屋に運び込んだと？」

「可能性は高いと思います。それに私や詩葉井がこの部屋を使用することはほとんどありませんから。二ヶ月前から死体を放置していても、見つかる確率は低いかと」

　蜜村は、ふむと考え込む。僕も彼女の真似をして顎に手を当てていたが、ふと死体から少し離れた場所に何かが落ちているのを見つけた。近づいて、拾い上げる。

「銀貨？」

　それは五百円玉くらいの大きさの銀貨だった。ただし実際に流通するお金ではないようで、コインの表にも裏にもただ、アルファベットの『Ｍ』とだけ刻印されている。

「Ｍ」

　何だろう？　首を傾《かし》げると、その様子を後ろから覗き込んだ蜜村が目を丸くした。

「葛白くん、そのコインって」

「知ってるのか？」

「知ってるも何も――」

　蜜村は少しの間、考え込むような仕草をする。頭の中を整理しているようだ。どうしたのだろう？　このコインはそんなにもヤバいものなのだろうか。

　するとフェンリルが近づいてきて僕らに言った。

「皆さんは、密室代行業者というものをご存知ですか？」

　僕と夜月は目を見合わせた。夜月は首を横に振った。でも僕は聞いたことがある。

「いわゆる、殺し屋ですよね？　依頼を受けて人を殺す――、しかも必ず密室殺人で」

「少し違いますね」とフェンリルは言った。「密室代行業者には、実際に殺人を請け負う者もいれば、自身の考えた密室トリックを依頼人に提供するだけの者もいます。そしてその『M』の書かれた銀貨は、とある密室代行業者が好んで現場に残すものです。もっとも『彼』――、『彼女』？　は依頼人にトリックの提供を行うのではなく、実際の殺人まで請け負いますが。そしてその銀貨が現場から見つかったということは、今この雪白館で起こっている連続殺人事件は、その密室代行業者の犯行の可能性が高い」

フェンリルはそう告げて、銀色の髪を華麗に掻いた。

「その人物は、密室代行業者の中でも最悪と言われる人物です。日本で密室殺人が始まってから――、つまりこの三年間で五十人以上殺しています。そしてその人物は、警察や同業者の間ではこのように呼ばれている」

銀鈴の声が、部屋に響いた。

「『密室使い』」

＊

隠し部屋から出た後、僕はひとまず皆に現在の捜査の進捗状況を説明した。つまり、探岡殺しの密室トリックが既に解明済みであるという旨を伝える。でも残念ながら、皆の反応は薄かった。ある意味、仕方がないことだろう——、新たに作り出された第四の密室に、そこで見つかった真似井の死体——、そして『密室使い』の存在。その混乱から抜け出すためには、密室状況を一つ解決したくらいではとても足りない。

なので僕はその状況を打破するために、ロビーで調達したドミノを手に東棟に向かうことにした。もちろん、真似井が殺された密室状況——、ドミノが並べられた密室トリックの解明をするためだ。ただし実際に真似井の部屋で実験をすると、現場に並べられたドミノを崩してしまう。なので検証は真似井の隣の部屋で行うことにした。部屋の間取り的には同じなので、そこで問題ないはずだ。

そして意外なことに蜜村も付いてきた。ずっと事件解明には消極的だったのに、急にやる気を出してきた。

その点について蜜村は、「立場上、あまり目立ちたくなかったのだけど」と眉を寄せながら言っていた。「もう散々目立っちゃったから、今さら関係ないなって思って。

そんなことよりも、早く犯人を捕まえて、ぐっすり眠る方が先決だわ。ここ何日か、眠りが浅くて困っているの。六時間くらいしか眠れなくて」

いや、十分眠れているのでは？　と僕は思う。

部屋に着いた後、僕は犯行現場と同じように室内にドミノを並べた。その様子を、傍らで蜜村が見ていた。

ある程度ドミノを並べた後で、僕は部屋の外に出た。蜜村には部屋の中で待機してもらうように言う。僕は針金を取り出した。迷路坂さんから借りたものだ。僕は扉を少しだけ開き、L字型に曲げた針金をその隙間に突っ込んだ。その針金を使って、ちょいちょいと並べたドミノを扉に寄せる。

今回現場となった東棟の一階の部屋の扉は、同じく東棟の一階にあった探岡の部屋がそうであったように、扉の下と床の間に隙間がない構造だった。それどころか、扉を閉めると糸の通る隙間すらない。なので室外からドミノを動かすには、こういう風に扉を少し開いた状態で針金を突っ込むしかないはずだ。

十分ほど作業して、僕は額の汗を拭った。室内にいる蜜村に声を掛ける。

「どうだ、ドミノは並んでいるか？」

扉を開くと並べたドミノが倒れてしまうので、廊下にいる僕には確かめられない。扉越しに蜜村の声が返ってくる。

「残念だけど、恐ろしいほど、ぐちゃぐちゃね」

「マジで？」

「ええ、ドミノのほとんどが倒れているわ。この方法じゃ無理なんじゃないの？」

そんなバカな、と僕は思った。僕の十分間の苦労はいったい。

僕は扉を開いて室内に入った。内開きの扉に押されて、並べたドミノが崩れ去る。

僕はしばし悩んだ後で、もう一度現場を見に行くことにした。蜜村も付いてくる。東棟からロビーに戻り、玄関から庭に出る。そして庭を経由して割れた窓から真似井の部屋に入った。隣の部屋に移動するだけなのに、かなりの大移動だ。面倒くさい。

僕は真似井の部屋に並べられたドミノを目で追った。真似井の死体があった場所を四角く囲ったドミノは、扉に向かって続いている。そして扉の直前で止まっている。ドミノの最初の一個目は、扉から一センチ程度の距離しか離れていない場所に置かれていた。これでは少しでも扉を開くと倒れてしまう。扉を少しだけ開けて、針金でドミノを扉の傍まで移動させる――、という僕の手法は使えそうにない。

そこで僕はふと、とあることに気が付いた。

「この部屋の床材、他の部屋のものと違うな」

「そうね」と蜜村も言う。「他の部屋と違って、随分と目が粗いように見えるけれど」

他の部屋の床材は磨き抜かれたようにツルツルとしているが、対するこの部屋の床材はザラザラとしている。ワックスの類も掛けられていないようだ。触れると湿気を含んだような、ジトっとした感触が返ってくる。どことなく梅雨時の廃屋を思わせた。

「もしかしたら、他の部屋の床材はリフォームか何かで貼り替えたのかもしれないわね」と蜜村が言った。「そして何かしらの原因で、この部屋だけリフォームが行われなかった」

「その何かしらの原因とは？」

「そんなの、私が知るわけないでしょう？」蜜村はそう肩を竦めた。

その後、僕はしばらくの間、床に並べられたドミノと睨めっこしていたが、さすがに埒《らち》が明かないと思い、別の課題に向き合うことにした。床に並べられたドミノをスマホで撮影した後、扉の近くに並べられた分だけ、せっせと片す。現場を保存するという観点からはだいぶ問題があるけれど、こうしないと扉を開くことができないのだ。

僕は鍵のツマミを回転させて、扉を開けた。そう、この犯行現場には、もう一つ大きな問題があるのだ。それは扉がドミノで塞がれていただけでなく、鍵まで掛けられていたということだ。つまり、この部屋は不完全密室であると同時に、完全密室でもあったということになる。

「ある種の二重密室ということね」

蜜村はそんな風に言った。

二重密室というのは本来は、部屋に通じる扉が二重になっていて、その扉のどちらも施錠されているような状態を指す。今回のように一枚の扉が二通りの方法で塞がれているような状況も果たして二重密室と言えるのか——、僕にはよくわからなかった。

ちなみに、この部屋の唯一の鍵は死体の傍に落ちていたが、それが本物の鍵であるということは既に確かめられている。実際に鍵穴に挿してみて、施錠と開錠が可能であることを確かめたのだ。また、この東棟にはマスターキーがないため、それを使って扉が施錠された可能性も考えられない。

となると、犯人はどうやって密室を作ったのか？　僕はしばらくの間、扉を調べていたが、そこでとある重大な事実を発見するのだった。

「蜜村」喜び勇んで、彼女に言う。「このデッドボルト」

「デッドボルト？」

「途中で切断されていないか？」

僕は開いた状態の扉から飛び出しているデッドボルトを指差した。一見すると何の変哲もないデッドボルトだが、途中で切断されて、接着剤で留められた跡がある。これは、重大な手掛かりなのではないだろうか？

「ふーん、なるほどね」蜜村も興味を惹かれたように言う。「犯人が切断したのかしら？」

「そうとしか考えられないな」

きっと犯人は夜中に工具か何かを使って、デッドボルトを切断したのだ。その際にそれなりに大きな音がするかもしれないが、現在、東棟に泊まっている人間は被害者の真似井を除いて一人もいない。迷路坂さんを含めて、全員が西棟に泊まっている。そして、さすがに西棟まではその音は届かないだろう。

僕がそんな意見を述べると、蜜村も「うん、そうね」とそのことに同意した。そして、「ちょっと、待ってて」と急ぎ足で部屋を出て行く。やがてペンチを手にして戻ってきた。彼女はペンチでデッドボルトを挟むと、捻るようにグッと力を込める。するとテコの力で、接着されていたデッドボルトが外れる。僕は「おおっ」と声を上げた。

扉というものは、施錠した際にデッドボルトがドア枠の受け金に引っ掛かるから開くことができないのだ。ならば、そのデッドボルトが存在しなかったとしたら？　それはツマミが回転された状態でも、扉の開閉に制限が掛からないことを意味している。

犯人はきっと、切断したデッドボルトの切れ端をドア枠の受け金に入れておいたのだ。そして、ツマミを回転させた状態で扉を閉めた。デッドボルトの切れ端にあらかじめ接着剤を塗っておけば、扉を閉めた状態でデッドボルトが接着され、あたかもデッドボルトが『切断されていない』ように見せかけることができるというわけだ。

これで密室の謎は解決した。僕は自分の推理を確かめるように、ツマミを回転させた状態で扉を閉めようとした。でも、そこで思わぬことが起きる。扉が上手く閉まらないのだ。見やれば、扉から五ミリほどの長さのデッドボルトが飛び出している。その五ミリのデッドボルトがドア枠にぶつかって、扉が閉まるのを邪魔しているのだ。僕は扉に体重を掛けて、グッと押し込んでみる。当然のごとく、閉まらない。扉とドア枠の間に隙間がないせいで、たった五ミリのデッドボルトでも重大な障害になるのだ。なんてことだ、と僕は思った。

デッドボルトは切断されたことで、確かに短くなっている。でも、短くなったデッドボルトでも、扉を施錠するという点では何の問題もないのだった。

「残念だったわね、葛白くん」蜜村は同情するように言った後、鍵のツマミに手を掛けた。そして、それを回転させて、飛び出たデッドボルトを引っ込めた。サムターン錠の力強いバネの音が響く。彼女はその状態で扉を閉めて、再びツマミを回転させた。そして、ドアノブを引く。デッドボルトが扉に引っ掛かる音がする。僕は再び、なんてことだと思った。

「つまり、デッドボルトが短くなっていても、扉を施錠するという機能には何の影響も与えないということか」

蜜村は、小さく肩を竦めた。

その後、僕は三十分ほど密室の謎に挑んでいたが、蜜村がそろそろ帰りたそうな顔をしていたので、ひとまず諦めることにした。一旦、皆に合流しようとロビーに戻ると、何故だかそのロビーが騒がしい。どうしたのかと思っていると、夜月が寄って来て教えてくれた。

「ほら、あれ」と彼女はロビーに並んだテーブル席の一つを指差す。そこには見覚えのある男が座っていた。「社さんが戻ってきたの」

＊

テーブル席には、服をボロボロにした疲れ果てた男が座っていた。年の頃は四十歳くらい。それを見た蜜村が首を傾ける。

「誰だったかしら、あの人」

マジかこいつ、と僕は思う。

「社さんだよ、貿易会社の社長の。この館に泊まってただろ」

「あっ、ああ、そういう人もいたわね」彼女は少し面目なさそうに言う。どうやら、マジで忘れていたらしい。「……、でもあの人、確か下山したんじゃなかったかしら？二日目の――、神崎さんの死体が発見された後で」

　確かに、そのはずだ。雪山を無理に下りようとしたものだから、てっきり遭難して――、ぶっちゃけ死んでいるものだと思っていたが。

「それが、ついさっき戻ってきたの」と夜月が言った。「それで今、石川さんと迷路坂さんが事情聴取をしてる感じ」

　事情聴取――、というのは言葉が悪いが、確かに社の対面には石川と迷路坂さんが座っていた。その会話が聞こえてくる。どうやら社は下山しようと森の中に入ったはいいが、やはりすぐに迷ったらしい。そして二日ほど山中をさ迷い、奇跡的にこの館に戻ってこられたとのことだった。

「しかし、どうして無理に下山しようとしたんですか？　遭難するってことぐらい子供でもわかると思いますが」

　迷路坂さんは淡々と辛辣なことを言う。社は疲れ果てた声で言った。

「殺されるのが怖かったんだ。俺には殺される理由があるから」

「殺される理由？」

　石川がそう訊ねる。社が語った身の上話はこのようなものだった。

　社は昔、投資関連の詐欺をしていたらしい。随分と稼いだが、同時に人の恨みも買った。

「でも俺はこの館に来るまで、そのことを悔いたことがなかったんだ」と社は言った。

「それどころか、ほとんど記憶の片隅に追いやっていた。でも館で人が死んで、橋が燃え落ちて閉じ込められて――、もしかしたら犯人は俺を殺すために橋を落としたんじゃないかって怖くなって」

罪の告白を終えた社は、どこかすっきりしたような顔をしていた。達観しているようにも見える。彼はどこか申し訳なさそうな口調で迷路坂さんに言った。

「悪いが、何か食事を貰えないかな。ほとんど何も食べてないんだ」

「はい、簡単なものでよろしければ、すぐにご用意できます」

社と迷路坂さんは席を立って、食堂の方に向かおうとする。その迷路坂さんを蜜村が呼び止める。二人は小声で何か話していた。戻ってきた蜜村に僕は訊ねる。

「何を訊いてたんだ？」

「塀の門に設置された防犯カメラについて」と彼女は言った。「社さんが戻ってきたのが、本当に今かどうかが知りたかったの。もっと早く戻ってきた可能性もあるから」

なるほど、と僕は思った。つまり蜜村は社が犯人である可能性を考慮していたわけか。社が以前からこの館に潜んでいたとすれば、確かに社も犯人候補になる。

「で、どうだったんだ？」そう問うと、

「社さんはシロよ」と蜜村は答えた。「迷路坂さんも同じことを思ったみたいで、社さんが戻ってきてからすぐに防犯カメラを調べたみたいなの。そしたら本当に社さんは、たった今戻ってきたばかりみたい。つまり、社さんに犯行は不可能ということよ」

蜜村はそう告げた後、ロビーのカウンターにポツリと置かれている水筒に目を向けた。「これは？」と彼女は手に取る。「ああ、それは」と夜月が言った。

「さっき迷路坂さんが、館の物置から見つけてきたんだって。ホテルの備品じゃないから、誰の持ち物だろうって不思議がってたけど」

「ふぅん」と蜜村は水筒を眺める。三リットルくらいの容量の、真っ白な水筒だ。心なしか通常の水筒よりも、蓋の部分がカッチリしている気がする。

試しに手に取ってみると、かなり重い。普通の水筒ではなさそうだった。

＊

僕がロビーで密室トリックについて考えている横で、蜜村はハサミと厚紙を使って何やら工作をしていた。「何を作っているんだ？」そう訊くと、「内緒」と返ってくる。彼女は秘密主義者だった。

「そんなことよりも、少し頭の整理をしたいから話し相手になってくれない？」

彼女はハサミを動かしながら言う。僕は秘密主義者をむぅと眺めつつも、こくりと頷きを返した。頭の整理をしたいのは僕も同じだ。

「少し気になっているのかがわからなくて」

「詩葉井さんの死体が発見された時の状況について」と蜜村は言った。「少し気になっていることがあるの。でも、どうしてそういうことになっているのかがわからなくて」

「気になっていること？」僕としては、むしろその発言の方が気になるけど——、「まぁ、いいか。で、どこから話す？」

「それじゃあ、せっかくだから、昨日の朝の状況を時系列順に振り返ってみましょうか。葛白くんがロビーに向かったのは、朝の五時ごろだったわよね？　まずはその時の様子から教えてくれる？」

「ああ」と僕は頷いた。「朝の五時にロビーに向かうと、夜月と梨々亜さんと真似井さんがいたんだ。で、真似井さんがタロット占いが得意だって話になって——」

それから僕たちは、詩葉井さんの死体が発見されるまでの間に、互いが見聞きした情報について話した。ついでに、その後に探岡の死体が発見されるまでに起きた出来事についても確認し合う。主に話しているのは僕で、蜜村は謎の工作をしながらそれを聞いていたが、僕の話がとある箇所に差し掛かったところで「ストップ」と僕を止めた。

「で、何を話す？」

彼女はハサミを手にしたまま、顎に手を当てて口にする。

「なるほど、そういうことだったのね」

「何が、なるほどなんだ？」

「少し黙っててくれないかしら？　考えをまとめたいの」

酷いことを言われた。僕は素直に黙る。とても悲しい時間だった。

やがて彼女は顎から手を離した。そして僕に視線を向ける。

「一つ確認したいのだけど、詩葉井さんの死体が発見された時、誰か窓に近づいた人はいたかしら？」

「窓って、食堂の北側の窓のことか？」

食堂の北側の壁は全面、明かり取りの硝子窓になっている。ただし、詩葉井さんの死体が置かれていた場所とは距離があり、誰かが死体の傍を離れて窓に近づいたとすると、確実に気付くはずだ。

だから、僕はこう答える。

「誰も近づいてないと思うけど」

「じゃあ、探岡さんの死体を発見した後、再び食堂に戻った時は？」

「その時も誰も近づいていない――、いや、待て」そこで僕は思い出す。そういえば、あの時、夜月が北側の窓に近づいたのだったか。エアコンの温度を下げるために、窓際に置かれたリモコンを取りに行ったのだ。

「つまり、夜月さんが北側の窓に近づくまで、誰もそこに近寄ってないということね」

蜜村はそう言った後、手にしたハサミを置いて僕を見る。

「ようやく、わかったわ。これで全部」

僕は目を丸くする。

「わかったって、何が？　密室の謎が？　それとも犯人の正体が？」

「両方よ」と彼女は言った。長い黒髪をくしゃりと掻く。「詩葉井さんが殺された『広義の密室』と、真似井さんが殺された『二重密室』――、そしてそれを成した『密室使い』の正体。私にはすべてわかっている」

蜜村は僕に告げた。

「この事件は解決したのよ」

第4章　密室の氷解

蜜村は僕たちを東棟の――、真似井が殺された現場の隣の部屋へと案内した。今日、僕と蜜村がドミノを並べる実験をしていた部屋だ。蜜村はまずそこで第四の殺人――、真似井が殺された時の密室状況の再現実験を行うらしい。

「では、こちらへ」

蜜村は内開きの扉を開き、僕たちを室内に案内した。部屋の中には並べかけのドミノが置かれていた。というよりも実際に並べたのは僕で、それをきちんと片づけなかったから部屋にドミノが残っていただけだが。彼女はそれを再利用するつもりらしい。

室内には、遭難の疲れで休んでいる社を除く全員が揃っていた。皆の視線が自然と床に並んだドミノを追う。

部屋の中央には、蜜村が持ってきたらしい熊のぬいぐるみが置かれていた。『雪白館密室事件』の現場にあったやつだ。この熊は今回も死体役を仰せつかったらしい。

そしてその熊の周囲には、『コ』の字を左右反転させたような形でドミノが並べられていた。正方形を縦に半分に切ったような形だ。一辺が二メートルの長さの正方形の左半分。そして正方形の右半分は存在しない。

蜜村は言う。

「この密室において重要なのは、この今は存在しない正方形の右半分のドミノです。そして同じく存在しない、正方形の下辺から扉に向かって延びていたドミノ。これらのドミノをいかに並べるか――、それがこの密室を成立させる上での肝になります」

皆は、なるほどと頷いた。もちろん、それを成すことが最も難しいのではあるが。

「それで、いったいどうやるんだい？」そんな風に石川が訊いた。蜜村は「これを使います」と部屋の中に準備していたらしい『それ』を手に取って僕らに見せた。

それは厚紙でできた工作だった。スキー板くらいの幅を持つ『コ』の字型の厚紙の板と、同じくスキー板くらいの幅の、長さ二メートルの直線の板。板の厚みはどちらも一センチほどあるから、実際には板というよりも薄い箱と言ったほうがいいのかもしれない。そして『コ』の字と直線のどちらの板にも等間隔でドミノが刺さっていた。先ほどロビーで蜜村が作っていた謎の工作だ。蜜村はその二枚の板を床に並べた。まず『コ』の字の板を死体役の熊の右側に置く。皆が「あっ」と声を上げた。『コ』の字の板は、熊の左辺に並べられていたドミノとくっついて、一辺の長さが二メートルの正方形になった。欠けていた正方形の右端に、『コ』の字の板を加えることによって、それが補完されたのだ。

　そして蜜村は残った直線の板を、正方形の下辺に接する位置に置いた。直線の板が正方形から扉に向かって真っ直ぐに延びている状態になる。「どうでしょう？」と彼女は言った。

「真似井さんが殺された現場を見事に再現しているでしょう？」

　確かに、扉から一直線にドミノが並んで、そのドミノはやがて正方形に並べられた別のドミノの群れにぶつかる——、真似井の部屋の密室状況と同じだ。ただし、ドミノが刺さった二種類の板が無ければの話だが。

「それがどうしたの？」と梨々亜が言った。「確かに現場の状況は一緒だけど、これじゃ犯人が部屋の外に脱出できないじゃない」

　蜜村はその言葉に、当然だという顔を返した。「まだ途中ですから」そう言って、新たな工作を始める。彼女は扉に近づくと、ドミノが刺さった長さ二メートルの板——、その先端をセロハンテープで扉にペタペタと貼り付けた。扉と板が固定される。さらにセロハンテープを使って、『コ』の字の板と直線の板を繋げた。これで扉と直線の板と『コ』の字の板の三つが、ひと繋ぎになった状態になる。

　工作を終えた蜜村は、皆をぐるりと見渡し、夜月のところで視線を止める。

「夜月さん」

「はっ、はい」

「ちょっと、手伝ってもらえませんか？」

「……、またアシスタント？」

指名された夜月は、渋々と前に出る。どうやら、観客側で推理を聞いていたらしい。でも「夜月さんにしか頼めない仕事なんです」と諭されて、すぐに「わかった」と拳を握る。簡単に、夜月は探偵の側に付いた。

「で、私は何をすればいいの？」そんな風にアシスタントは探偵に訊ねる。探偵はこんな風に言った。

「今から扉を開けて廊下に出てください。そして扉を閉めてください。以上です」

「……、それって本当に私にしかできない仕事なの？」

アシスタントはさすがに疑問に思ったようだった。でも結局は諭されて廊下に出ることになる。夜月がドアノブを摑んで内開きの扉を開けた。その瞬間、皆が「あっ」となった。

「えっ、何？」夜月は驚いたように足元に目を向けた。動いたのだ——、厚紙の板に刺さったドミノが。セロハンテープで扉に固定されているから、扉の開閉に合わせて。

もしかして——、と僕は思った。もしかして、このトリックは。

「では夜月さん、廊下に出て扉を閉めてください」

蜜村にそう言われて、夜月はおずおずと廊下に出る。そしてゆっくりと扉を閉めた。彼女が扉を閉める動きに合わせて――、

扉に固定された厚紙の板も動く。『コ』の字と直線の二枚の板が。廊下側から見ると、扉の蝶番は右側に付いている。だから扉は蝶番を中心に、開く際は右側に回転し、閉じる際は左側に回転する。だから先ほど扉を開いたことによって、扉に固定された二枚の板は右にスイングするように移動して、死体役の熊の左側に並んでいるドミノ――、正方形の左半分から一時的に距離を取っていた。でも夜月が扉を閉めたことによって、映像を巻き戻すように厚紙の板が左にスイングし――、正方形の左半分と再びくっつき、熊の周囲を取り囲む正方形のドミノが復元された。その正方形の下辺からは、扉に向かってドミノが延びている。これも、犯人役の夜月が部屋を出る前の状態と同じだ。

「これがドミノの密室のトリックです」

蜜村のその言葉に、皆は感嘆の息を漏らした。でもすぐに、肝心なことは何も解決していないことに気付く。「ドミノの刺さった板は？」とフェンリルが言った。「厚紙でできた板はどうやって回収するんですか？」

蜜村はその言葉に肩を竦めた。

「回収はしません」彼女は小さな笑みを浮かべる。「便宜上厚紙を使いましたが、実

際には氷を使います」

一瞬思考が混乱して、すぐに彼女の言いたいことに気が付いた。

「それは氷が融けて、ドミノの刺さった板が消失するということか？」

「ええ——、エアコンで室温を上げておけば、簡単に融けるでしょうしね。そして、犯行現場となった真似井さんの部屋の床材は、他の部屋に比べて目が粗かった。だから氷から融け出た水は、他の部屋の床材に比べると、ずっと染み込みやすかったはず。もっとも完全に乾ききらずに、少し床が湿っていたけれど」

言われると、現場の床材は確かに水気を含んでいたか。単に湿気ているだけかと思ったが、あれはトリックを使った痕跡の一つだったのか。

でも、そこでふと疑問を抱く。

「でも、だとするとこのトリックは、床材の目が粗い、あの部屋でしか使えないということだよな？」と僕は言った。「けど、今回真似井さんがあの部屋に泊まったのは偶然のはずだ。仮に真似井さんが別の部屋に泊まっていたとすれば、犯人はどうやって今回のトリックを実行するつもりだったんだ？」

何しろ、床材の粗くない通常の部屋では、氷から融け出た水がそのまま床の上に残ってしまうのだ。これではトリックに氷を使ったことが瞬く間にバレてしまう。

すると蜜村は首を振って、「きっと、逆だったんじゃないかしら？」と言った。

第４の密室（ドミノの密室）のトリック

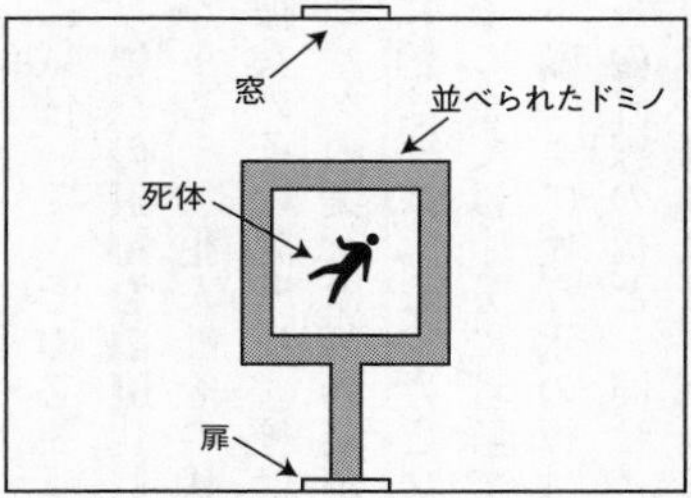

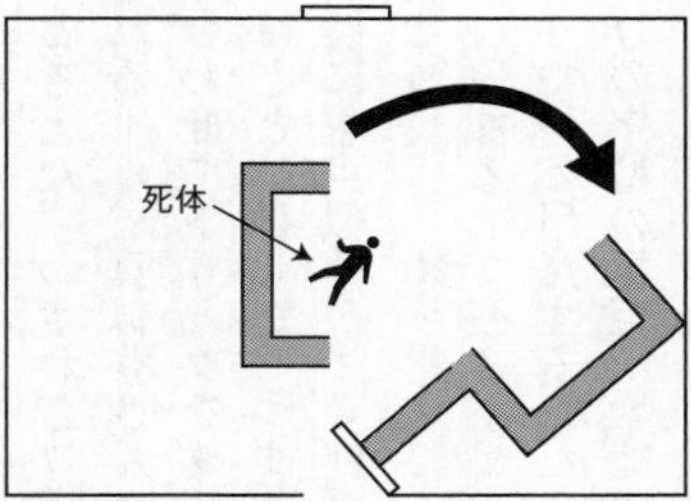

扉を開くと氷の板に刺さったドミノが動く

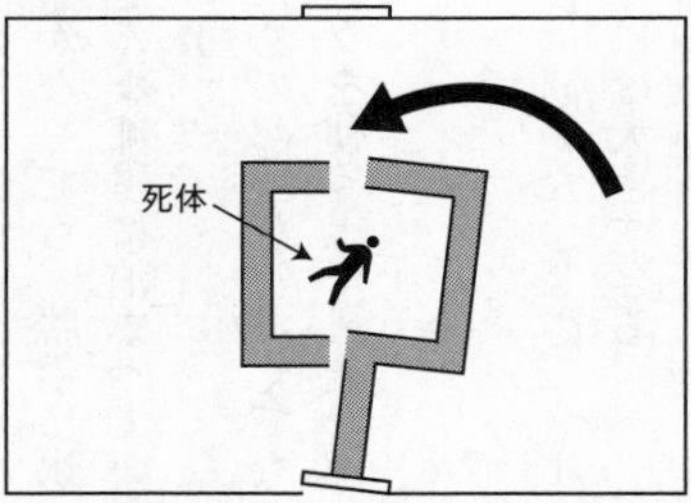

扉を閉じるとドミノが元の位置に戻る

「逆？」

「ええ、逆よ」と彼女は頷く。「たぶん、犯人は氷トリックの痕跡を誤魔化すために、当初は室内にワインでも撒《ま》くつもりだったんじゃないかしら？　そうすれば、氷から出た水がワインと混ざって目立たなくなるでしょう？　でも、部屋の床の目が粗いことに気付いて、その必要はないと考えた。わざわざワインを撒かなくても、勝手に氷トリックの痕跡を誤魔化してくれる――、真似井さんが偶然そんな部屋に泊まっていたからこそ、犯人はその状況に合わせてトリックを修正したのよ」

彼女のその説明に、僕はなるほどと納得した。つまり、別にあの部屋じゃなくてもトリックの実行は可能だが、偶然にも真似井が、今回のトリックを使う上で最適な部屋に泊まってしまったということか。

ここまでは十分に理解できた。となると、残る謎は――、

「トリックに使う氷の板は、どうやって用意するんだ？」と僕は訊いた。長さ二メートルの直線の板と、同サイズのコの字型の板だ。冷凍庫で作るには大きすぎる。

蜜村の解答はこうだった。

「それには液体窒素を使う」そして迷路坂さんに視線を向けた。「ロビーに置いてありましたけど、迷路坂さんは今日、館の物置から怪しげな水筒を見つけたそうですね？」

迷路坂さんはそれに頷く。

「はい、あれが何か?」

「あれは水筒ではなく、液体窒素を入れる容器ですよ。犯人はあの水筒に液体窒素を入れて館に持ち込んだ。そして犯行後、水筒を物置に紛れ込ませて処分したんです」

僕は蜜村と一緒に見つけた水筒のことを思い出した。確かに普通の水筒よりも、気密性は高そうだった。でもまさか液体窒素を入れる容器だったとは。どうして蜜村はあれを見ただけで、すぐにピンと来たのだろう?

そんな僕の疑問を察したのか、「前にネットで見たことがあるの」と蜜村は言った。

「ネットで?」

「そう、ネットで。アマゾンで『液体窒素』『容器』で検索したら出てきたの。アマゾンってこんなものまで売ってるんだって、感心した覚えがあるわ」

蜜村はそう告げた後、黒髪をくしゃりと掻いて、トリックの解説の締めに入った。

「氷の板の具体的な作り方ですが、まずは厚紙か何かで作った長さ二メートルの薄い箱を用意します。蓋のない長方形の箱です。そこにドミノを等間隔で並べて水を流し込む。それに液体窒素を掛ければ、水が凍って直線の板の完成です。『コ』の字型の板の方も同じ方法で作ります。直線の代わりに『コ』の字型の箱を用意するだけですね。

そして扉と直線の板――、あるいは直線の板と『コ』の字型の板を接着する際にも液体窒素を用います。例えば扉と直線の板を繋ぐ場合には、扉を水で濡らし、板の先端をそこに引っ付けて液体窒素を掛ける。これで板は扉に固定されます。

ただし、このままでは強度に不安があるので、犯人はこれとは別に新たな氷の板を用意したのかもしれません。例えば、縦棒の先端に拳大の穴の開いたL字型の氷の板を用意して、そのL字型の板を左右反転させた状態で、板の先端の穴をドアノブに引っ掛けて、ドアノブにぶら下がったその板を水と液体窒素でしっかりと扉に貼り付ける。そして、扉に貼り付けたそのL字型の板の横棒の部分――、つまり、L字の下辺の部分に、ドミノの刺さった直線の板を繋ぐとか。こうすれば、氷の板はドアノブに固定されますから、その分、強度が増しますし、氷の板と扉が接着する面積も大きくなるから、同じく強度が上がります」

彼女はそこまで語り終えると、涼やかな目で皆を見た。

「これで真似井さんの殺害に使われた『不完全密室』の説明は終わりです。でも、この殺人にはもう一つ謎がある。だから、次は真似井さんの殺害に使われた『完全密室』の解説に入ります」

＊

真似井の死体が発見された現場は、ある種の二重密室だった。扉はドミノで塞がれていただけでなく、鍵で施錠までされていたのだ。そして、蜜村は今からその『施錠』の謎を解き明かすという。

「皆さんにはまだお伝えしていませんでしたが、今回の密室には一つ大きな特徴がありました。それは扉のデッドボルトが、犯人の手によって切断されていたこと。なので今回の密室は厳密には、法務省の定めるところの『完全密室』には当たらないのかもしれません。『完全密室』とは現場に特筆すべき特徴のない、最もスタンダードな密室のことを指しますから。だから、デッドボルトが切断されている今回の密室は、厳密には『完全密室』ではなく『準・完全密室』と定義するべきなのかもしれなくて――」

「そんな小難しい前置きはいいから」梨々亜が蜜村の説明を遮る。「犯人はいったい、どんなトリックを使ったの？」

説明を遮られた蜜村は少し不服そうな顔をしていたが、やがて尖った唇を引っ込めて、こんな風に口にする。

「極めてシンプルなトリックですよ」

「じゃあ、簡単なトリックなんだ？」と梨々亜。蜜村は、ふるふると首を横に振った。

「シンプルと簡単は似て非なる言葉です。なかなか、よくできたトリックですよ。私はこのトリックを『扉の自動施錠トリック』と呼ぶことにしました」

扉の自動施錠トリック？

「そっ、それって、扉が自動で施錠されるってこと？」と夜月が慌てる。「ホテルのオートロックみたいに？」

「ええ、そんな感じです」蜜村は、こくりと頷く。「もっとも、わかっているとは思いますが、現場となった真似井さんの部屋はオートロックではない。にもかかわらず、閉まるんです。自動で、鍵が」

……、そんな馬鹿な話が。

「では、論より証拠――、実際にお見せしましょうか」

蜜村はそう言って廊下に出て、隣り部屋である真似井の部屋へと移動する。どうやら彼女の言うところの「自動施錠トリック」は、実際の犯行現場である真似井の部屋でしか再現できないらしい。その理由は――、

「この切断されたデッドボルトです」蜜村は開いた扉の縁から、五ミリほど飛び出したデッドボルトを指差した。「このデッドボルトが自動施錠トリックの鍵になります。

途中で切断されたことで短くなってはいますが、扉を施錠するという機能に関しては何の影響も与えません」

　蜜村はそう言って、デッドボルトが飛び出た状態の扉を閉めようとする。だが、五ミリほどの長さのデッドボルトがドア枠に引っ掛かって閉まらない。グッと力を込めて押し込んだが、やはり扉は閉まらなかった。

「お手上げです。では、どうするか？」蜜村は肩を竦めた後で、ポケットからセロハンテープを取り出した。「私はこうすることにします」

　蜜村はそう言って、横になった状態の鍵のツマミを二十度ほど回転させた。鍵の開錠や施錠を行う際には、ツマミを九十度単位で回すが、彼女が回した角度は二十度だけ。でも、その二十度で、扉の縁から飛び出たデッドボルトは扉の中へと引っ込んだ。

何故？「ああ、なるほど」と迷路坂さんが口にする。

「デッドボルトを切断して短くしているから、ツマミを少し回転させただけでも、デッドボルトが扉の中へと隠れるんですね」

　蜜村は、それにこくりと頷く。

「はい、本来はツマミを九十度回転させないとデッドボルトは引っ込みませんが、デッドボルトが短くなった分、たった二十度回転させるだけでデッドボルトはすべて隠れるんです。そしてこの二十度回転させたツマミは、こんな風にセロハンテープで留めておきます」

蜜村は言った通り、捻った状態のツマミをテープで軽く固定する。「あとは、こうやって扉を閉めれば」蜜村は扉を閉める。デッドボルトがすべて引っ込んだ状態なので、扉は抵抗なく閉まった。彼女はそこで宣言する。

「これで自動施錠トリックの準備は完了です」

僕たちは、いっせいにハテナマークを浮かべた。トリックの準備が完了した？　いったい、どこが？

「これのどこが自動施錠トリックなんだ？」僕は堪らずに口にする。すると蜜村は肩を竦めて、「まぁ、見てて」と口にした。

「少し待てば、自動で鍵が閉まるから」

僕たちは、再びハテナマークを浮かべる。

結局、僕らは蜜村に言われた通り、大人しく待つことにした。蜜村が施した仕掛け――、セロハンテープで留められた鍵のツマミを凝視する。しばらく何の変化も起きなかったが、一分ほど経ったところで、耳にかすかな異音が届く。どうやらその異音は、鍵のツマミを留めているセロハンテープから発せられているようだった。

この音は――、

「セロハンテープが剝がれる音？」

僕がそう口にした瞬間、セロハンテープが一気に剝がれ、二十度ほど回転させた鍵のツマミが元の横向きの位置に戻った。同時にデッドボルトが飛び出る音が聞こえる。

僕たちは、「えっ」と声を上げた。

「この通り」蜜村はドアノブを引く。するとデッドボルトが引っ掛かる音が聞こえた。扉は開かない。完全に施錠されていた。

自動で。

「これが自動施錠トリックよ」

蜜村はそんな風に言った。

＊

「どっ、どういうこと？」自動で施錠された扉を見ながら、夜月が混乱したように言った。「どうして、ツマミが自動で回転したの？」

確かに、僕も夜月と同じく混乱した状態だった。何の力も加えていないはずなのに、捻っていたツマミが元の位置に戻った。いくら考えても、その理屈が想像できない。

蜜村は、そんな僕たちの疑問にこう答えた。

「理屈は簡単よ。鍵自体が本来持っている性質を利用したの」

鍵自体が本来持っている性質？

「一般的に、この手のサムターン錠（ツマミを回転させるタイプの錠）というのは」と蜜村は言った。「内部にバネが入っているから、ツマミを少しくらい捻っても、バネの力で元の位置に戻るの。こんな感じで――、」

彼女はツマミを摘まむと、再びそれを二十度ほど捻った。その状態で手を離す。するとバネの音とともに、ツマミは元の位置へと戻った。蜜村は小さく肩を竦める。

「ほら、鍵のツマミっていつも垂直か水平の方向を綺麗に向いているでしょう？　中途半端な角度で止まっていることはほとんどない。不思議に思ったことはないかしら――、どうして鍵のツマミはいつもきっちり縦向きか横向きになっているんだろうって。それはサムターン錠自体に最初からそういう性質があるからよ。ツマミの向きを綺麗に補正する性質――、とでも言うのかしら？　だから今私が見せたように、ツマミは少しくらい捻っても自動で元の位置に戻るの。もっとも、内部のバネが劣化していたり、バネの力が最初から弱いタイプの錠だったら上手くツマミが戻らないこともあるのだけれど、幸いこの部屋のサムターン錠は――、」

「バネの力が強いタイプか」と僕は言った。

僕は蜜村と一緒にこの部屋の調査をした際に、彼女が鍵のツマミを回し、力強いバネの音が響いたことを思い出した。

扉の自動施錠トリック

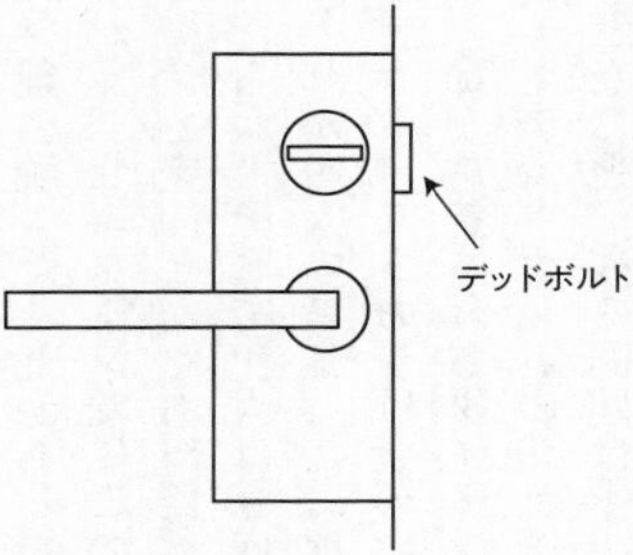

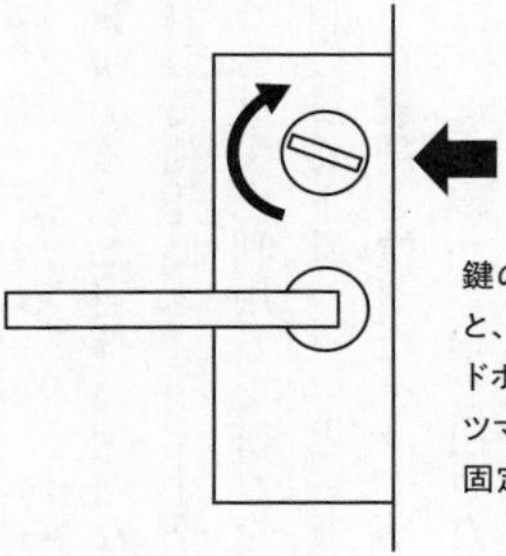

鍵のツマミを二十度ほど捻ると、切断して短くなったデッドボルトがすべて隠れる。
ツマミは液体窒素で凍らせて固定する。

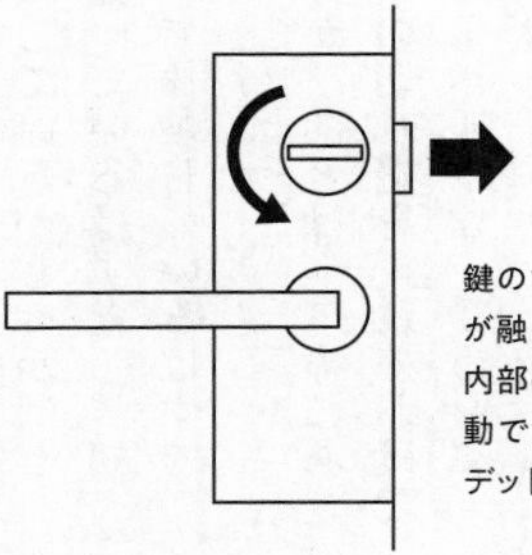

鍵のツマミを固定している氷が融けると、サムターン錠の内部のバネの力でツマミが自動で元の位置に戻り、再びデッドボルトが飛び出る。

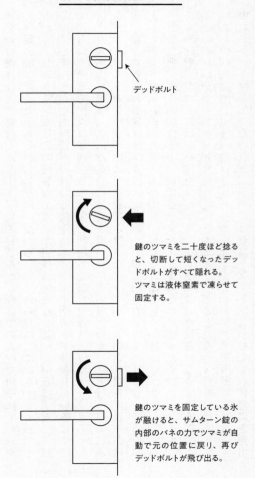

蜜村は僕の言葉に頷く。

「もっとも、サムターン錠にこの性質があることを知らなければ、このトリックは解けないのだけれど、葛白くんも——、他の皆さんも、今までの人生で何千回もサムターン錠に触ったことがあるでしょう？　だから、普段から意識しているかどうかはともかく、サムターン錠にこの性質があること自体は何となく知っているはずだし、知る機会も幾度となくあった。それこそ何千回も、日常生活の中で体験しているはずですからね。そして犯人は今回、この性質を利用して密室を作り上げた」

それが犯人の考案した『扉の自動施錠トリック』というわけか。あとはドア枠にあるデッドボルトの受け金の中に、接着剤を塗ったデッドボルトの切れ端を入れておけば、扉が施錠されるタイミングで、扉の縁から飛び出したデッドボルトが、受け金に入ったデッドボルトの切れ端とぶつかり、接着されるというわけか。

となると、残る問題は——。僕は鍵のツマミを留めるのに使ったセロハンテープに目を向けた。ツマミには未だにセロハンテープが貼りついた状態になっている。

「このセロハンテープを、どうやって回収するのかってことだな」

「ああ、それに関しては」蜜村は僕の疑問に答える。「トリックを実演する都合上、セロハンテープを使ったけれど、実際にはセロハンテープじゃなくて液体窒素を使用するの。ツマミを捻った状態で水を掛けて、液体窒素で凍らせてツマミを固定するといった感じでね。こうしておけば、時間が経つと氷が融けて、ツマミが回転するでしょう？　これなら現場に痕跡が残らないから、密室の中からトリックに使った仕掛けを回収する必要もない」

彼女はそう言葉を結んだ後、黒髪をくしゃりと掻いた。

「これが真似井さんが殺された第四の密室のトリックのすべてです。では次は食堂へ。残された最後の密室――、詩葉井さんが殺された『広義の密室』のトリックについてご説明いたしましょう」

＊

蜜村の指示で、僕らは食堂へと移動した。彼女は詩葉井さんの死体が発見された南側の壁際に僕たちを集めると、「まずは密室状況のおさらいから始めましょうか」そんな風に当時の状況を語り出す。

「事件当日の朝の五時から八時までの間、食堂へと通じる扉は、ロビーにいた葛白くんたちによって監視されていました。詩葉井さんの死亡推定時刻は朝の六時から七時の間――、そして朝の八時の時点では、あの時館にいた全員がこのロビーに揃っていた。つまり誰も食堂棟にいた詩葉井さんを殺すことができなかったということです。

ではどうすればいいか？　私はこの状況を打破するための方法として、遠隔殺人が使われたのではないかと考えています」

「遠隔殺人？」と僕らは首を傾けた。「遠隔殺人と言えば」と同じく首を曲げたフェンリルが言う。

「アリバイトリックに用いるもの――、というイメージがありますが。それが密室殺人に使われたというのですか？」

「はい――、フェンリルさんならご存じでしょう？　遠隔殺人はアリバイトリックであると同時に、密室トリックでもあるということを。葛白くんもわかるかしら？」

その言葉に、僕は頷く。

確かに、遠隔殺人は密室トリックの一種でもある。例えば――、

「犯人が詩葉井さんを薬か何かで眠らせていたとして」と僕は言った。「そんな彼女をソファーに座らせて、食堂の内部に遠隔殺人のトリックを仕掛けたとする。そして、食堂が密室になる『朝の五時』よりも前に食堂を出る。そして、詩葉井さんの死亡推定時刻である『朝の六時から七時の間』に遠隔殺人のトリックを起動させたとすると、『朝の六時から七時の間』は既に食堂は密室になっているから、犯人は密室の外部から――、密室の内部にいる詩葉井さんを殺すことが可能になる」

つまり、密室の中に入らずに、詩葉井さんを殺すことができるというわけだ。これ

で現場の密室状況を再現できる。ただ、一点——、途方もないほどの矛盾を無視すればの話だが。

だから、僕はその矛盾を伝える。

「詩葉井さんは、胸を五回も刺されていたんだ」

「確かに、私もそれが気になりました」とフェンリルも口にする。「被害者を遠隔で刺し殺すためのトリックはいくつかありますが、代表的なのはナイフの射出装置にタイマーを繋ぎ、時間が来るとそのナイフが放たれて、被害者の命を奪う——、というものです。今回の場合、凶器はハルベルトですから、時間が来るとハルベルトが飛んでくるというわけですね。確かにこれで詩葉井さんの胸にハルベルトを突き刺すことができます。でも今回、詩葉井さんは胸を五回も刺されていたんです。つまり、詩葉井さんの胸に刺さったハルベルトは一度抜かれ、もう一度刺さったことになる。いえ、もう一度——、どころではありませんね。犯人は刃を刺して抜くという動作を五回も繰り返したのだから」

フェンリルは、青い瞳で蜜村を見る。

「だから、思うんです。本当に遠隔殺人で、被害者の胸を五回も刺すことが可能なのでしょうか？」

食堂に重たい沈黙が流れた。

不可能だ——、誰もがそう悟った。もちろん、大掛かりな機械的な仕掛けを使えばできなくはないのかもしれないが、現場が密室である以上、その大掛かりな仕掛けというのは必ず現場に残り続ける。何故なら、密室状況が解消されるまで、犯人自身も食堂に入ることができないから——、遠隔殺人に使った仕掛けを現場から回収することはできないのだ。

だから、蜜村の推理は間違っている——、僕たちはそう思った。でも、当の蜜村はそうは考えていないらしく、涼やかな笑みを浮かべた後でその肩を竦めてみせた。

「それができるんですよ。現場にほとんど痕跡を残さずに、被害者の胸を何度もハルベルトで突き刺すことが」

その言葉に、僕たちは目を丸くする。彼女は人差し指を立てた後で、「もっとも」と付け加える。

「さすがに何の道具も使わずに、このトリックを成立させることはできません。とある道具を使います。さて、その道具とは何でしょう？　ヒントは、この食堂の中に今も存在するものです」

いきなり、そんなクイズを出題された。僕たちは「道具と言われても……、」となる。「もしかして、テーブルかな？」と夜月が言った。「テーブルクロスも怪しいかも」特に根拠はないようだった。

結局、僕たちは早々に諦め、蜜村に視線を戻した。彼女は肩を竦めた後で、クイズの答えを口にする。

「犯人が使った道具とは」蜜村は人差し指でそれを示す。「この食器棚ですよ」

その言葉に、僕たちは唖然とする。

彼女が指し示したのは、死体が置かれていた場所のすぐ傍の壁に設えられた食器棚だった。死体との距離は二メートルほどで、飛び散った血でかすかに汚れている。何の変哲もない食器棚だ。いや――、待て。

「この食器棚は、確か」

僕の言葉に、蜜村は頷いた。「そう、この食器棚は」そう言って、ポケットから一台のリモコンを取り出した。そのリモコンを食器棚に向けてスイッチを押す。

突如、食器棚が右にスライドした。

そして、その空間が露わになる。地下へと続く階段も。そうだ――、この食器棚は、

「隠し部屋の入口」

この雪白館に、唯一ある秘密の部屋。

「でも、この隠し部屋がどうしたんですか？」と迷路坂さんが言った。「遠隔殺人に応用可能だとは思えませんが」

蜜村は、それにこくりと頷く

「はい、だからこの隠し部屋自体は、トリックには何も関係しません。犯人が使ったのは、あくまで食器棚です」

「食器棚を？」

「はい、だって――、」

蜜村はリモコンのボタンを押す。すると食器棚が勢いよくスライドして、隠し通路を覆い隠した。さらに、もう一度ボタンを押す。再び勢いよく棚がスライドした。

「けっこう、勢いよく動くんですよね、この棚」

蜜村は黒髪を掻いて言った。

「だから、思ったんです。この棚にハルベルトを固定すれば、被害者を何度も突き刺すことが可能なんじゃないかって」

＊

「つまり、食器棚がスライドする動きを使って、詩葉井さんを刺し殺したってことか？」

僕のその言葉に蜜村は頷いた。そして、「具体的には――、」と食堂のテーブルへと近づき、テーブルクロスの下に隠してあった一本の棒きれを取り出す。箒《ほうき》の柄の部分を取り外したもののようで、先端には柄と垂直になるように貼り付けられた紙製のナイフが付いている。どうやら、凶器に使われたハルベルトの矛の部分を模しているらしい。矛も柄と垂直になるように取り付けられていたから、形状としてはほぼ同じだ。

「これを食器棚に固定します」

蜜村はそう言って、食器棚の棚の部分に棒の柄尻を差し込んだ。食器棚は空なので、そのスペースは十分にある。さらに彼女はガムテープで柄を棚にしっかりと固定した。これで柄に取り付けられたナイフの先端が、時計の針のように横を向いた状態になる。仮にそこにソファーに座った誰かがいると仮定すれば、ナイフはその人物の胸の辺りを真っ直ぐに見据えていた。

「そして、この状態で隠し通路を開くと」

蜜村はリモコンのボタンを押す。

すると、棚が勢いよく横にスライドした。同時に柄に取り付けられたナイフの切っ先が、ソファーに座っているであろう人物の胸の辺りを目掛けて突進する。

「これで刺さりますよね」と蜜村は言った。そして、リモコンのボタンをもう一度押す。今度は棚が逆方向にスライドし、そこに固定されたナイフも同じ方向へと戻っていった。「これで刺さったナイフが抜けます」

僕たちは、唖然とした。確かにこれならば、被害者を何度も突き刺すことが可能だ。

食器棚はソファーに座った死体の右横に位置していて、棚の横幅は二メートルほど。そして隠し通路を開く際に、棚が移動する距離は一メートルほどだ。つまり、ハルベルトの柄を棚に垂直に固定して、その矛の切っ先が被害者の胸から一メートルほど離れた状態で配置すれば、隠し通路が開かれるタイミングで被害者に刃が刺さり、通路が閉じられるタイミングで刃が抜けることになる。

そして、死体が置かれていた場所から食器棚までの距離は約二メートルで、ハルベルトの長さも同じく二メートル——、つまり、死体はトリックを実行するために、ハルベルトの矛が届く最適な距離に置かれていたということになる。さらに、死体は一人掛けのソファーに深々と座らされていたから、勢いよく何度も刺されたとしても、死体の体勢が崩れたりしてソファーからずり落ちることもない。

「そして、一般的にリモコンというのは」蜜村は手にしたリモコンを掲げて、続けた。「赤外線で命令を飛ばしますから、窓越しでも操作が可能です。おそらく、犯人はあの窓の外から、リモコンでこの遠隔殺人トリックを起動させたのでしょう」

蜜村が指し示したのは、食堂の西側の壁——、ちょうど南西の角に位置する場所に設えられた窓だった。つまり、犯人は被害者の死亡推定時刻である朝の六時から七時の間にあの窓の外に移動して、窓越しに遠隔殺人トリックを起動させたというわけか。

「でも、このままだと、ハルベルトは食器棚に固定されたままになるんじゃないのか

第2の密室（食堂の密室）のトリック

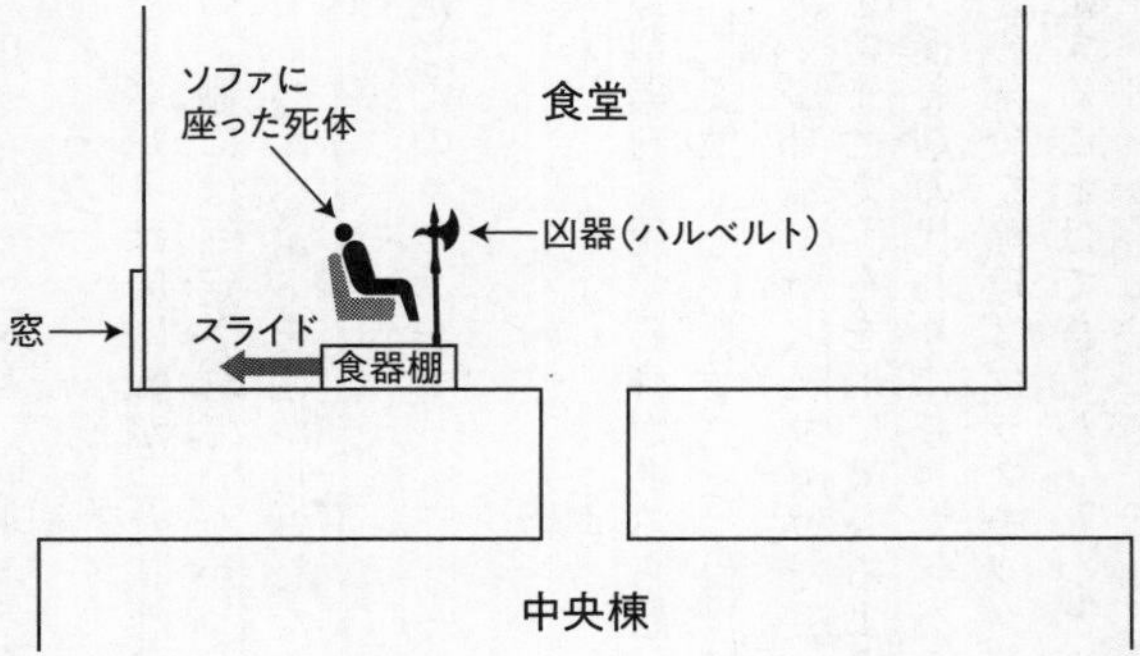

い？」そう指摘したのは石川だった。「でも、詩葉井さんの死体が発見された時、ハルベルトは床に転がっていたような」

確かに彼の言う通り、ハルベルトは床に転がった状態で発見された。柄尻を食器棚の方に向けてはいたものの、棚には固定されていなかったのだ。

では、犯人はどうやって、ハルベルトを棚から外したのか——、蜜村はすぐさま、その答えを提示する。

「簡単よ、液体窒素で固定したの」

「液体窒素で？」と僕。

「そう、本日三回目の登場ね」

どうやら、犯人には液体窒素を多用する癖があるらしい。確かに、便利だけれども。

「で、具体的にどうやって使ったのかというと」と蜜村は説明を続けた。

「ハルベルトの柄尻には、ハンドタオルくらいの大きさの飾り布が付いていたでしょう？　犯人はその布に水を含ませて、布を柄に被せるようにした後、液体窒素で凍らせたの。こうすれば、布が接着剤の代わりになって、ハルベルトを棚に固定することができる。ハルベルトは矛の部分を除けばプラスチック製の模造品だから、重量はかなり軽い。氷で十分に固定することはできるわ。もっとも氷が薄すぎると、トリックを起動する前にハルベルトが棚から外れてしまうから、布に含ませる水の量には注意する必要があるけれど」

　その説明を聞きながら僕は、そういえばと思い出した。そういえば死体が発見された時、ハルベルトの飾り布は水を含んだ状態だったか。つまり、あれは現場に残されたトリックの痕跡だったというわけだ。

「そして、犯人は最後の仕上げに」蜜村は再びリモコンを掲げた。「窓越しに、エアコンのスイッチを入れたんです。このリモコンは、隠し通路のリモコンであると同時に、エアコンのリモコンでもありますから。そして、憶えてますか？　死体が発見された時、この食堂は真夏のように暑かった。詩葉井さんが殺されたのは朝の六時から七時の間で、死体が発見されたのは朝の八時――、つまり、事件が起きてから発覚するまでの間に最大でも二時間しか時間がなくて、犯人はその二時間の間に、ハルベルトを棚に固定するのに使った氷を融かしきる必要があった」

「だから、犯人はエアコンの温度を上げたのか」

「ええ、そうよ」と蜜村は言った。「そして皮肉にもそのことが、私に犯人の正体を気付かせたの」

＊

「エアコンの温度を上げたことが、犯人の正体に繋がる?」

　そう声を上げた僕を始め、他の皆も驚愕の表情を浮かべていた。対する蜜村だけが涼しい顔で口にする。

「そう、エアコンの温度を上げたことで、室内は真夏のように気温が高かった。だから、室温を下げるために、夜月さんが窓際のテーブルに置かれたエアコンのリモコンを手に取った。そして、このことが犯人の正体に繋がるの。詩葉井さんが殺された朝の六時から七時の時点では、リモコンは確実に食堂の外にあったはず。じゃないと食器棚が動かせなくて、遠隔殺人トリックが使えないからね。そして朝の八時までは食堂は密室だったから、犯人は使用したリモコンを食堂の中に戻すことができなかった。だから犯人がリモコンを食堂に戻したのは、少なくとも密室が解除された朝の八時以降になる。そして、そのリモコンは、夜月さんがエアコンの温度を下げようとした時点――、つまり、私たちが詩葉井さんの死体を発見した後で探岡さんの部屋に向かい、そして再び食堂に戻った時点では、既に食堂の窓際のテーブルに置かれていた」

「つまり、犯人がリモコンを食堂に戻したのは、詩葉井さんの死体が発見されてから、僕たちが再び食堂に戻るまでの間ということか」

「ええ、そういうことよ」と蜜村は僕の言葉に頷く。「そして、それが可能だった人物は、たった一人しかいない。つまり、リモコンを食堂に戻すことができた人物が犯人ということになるの」

リモコンを食堂に戻すことができた人物が犯人？

「でも、リモコンを食堂に戻すことなど、誰にでもできると思いますが」迷路坂さんがそんな風に口にすると、蜜村は首を横に振った。

「いいえ、そんなことはありませんよ。リモコンは食堂の北側の窓際のテーブルの上に置かれていて、誰かが死体の傍を離れて窓際に近づけば、必ず気が付く状況だった。つまり、死体が発見されて、皆がその死体の傍を離れるまでの間――、つまり、探岡さんの部屋を訪ねるために皆が食堂を出て行くまでの間、誰もリモコンを食堂に戻すことはできなかったの」

そういえば、以前に僕は蜜村とそのような話をしたのだったか。彼女は、誰にも気づかれずに窓際に近づくことが可能かどうかを気にしていた。あの時の会話は、ここに繋がってくるのか。

そして――、

「ということは、僕たちが再び食堂に戻った時も」と僕は言う。「同じく誰かが窓際に近づけば、必ず気付くことができる状況だった。そして窓際に最初に近づいたのは夜月で、その時点では既にリモコンはテーブルの上に置かれていた。つまり、リモコンは僕たちが食堂に戻った時には、既に食堂の中に戻されていたということか」

「ええ、そういうことになるわ」蜜村はそう言って、黒髪を掻いた。「つまり、犯人がリモコンを戻したのは、①探岡さんの部屋を訪ねるために皆が食堂を離れてから、②皆が再び食堂に戻るまでの間ということになる」

つまり、①〜②の間に、犯人は人知れず食堂に戻っていたということか。でも、そこで「あれ？」となる。だって、その時間帯——、

「僕たちはみんな、一緒に行動していたよな」

だって、皆で探岡の部屋に向かい、皆で食堂に戻ったのだ。人知れず食堂に引き返せば、必ず誰かの目に付いてしまう。

僕のその疑問に、蜜村は「ええ、そうね」と頷いた。

「でも、リモコンを戻すタイミングは、たった一つだけ存在するの。簡単なことよ、皆が探岡さんの部屋を訪れるために食堂を出て——、食堂が無人になったタイミングで戻せばいい。つまり、犯人は食堂を最後に出た人物ということになるわ」

食堂を最後に出た人物が犯人？

「そして、誰がいつ食堂を出たかについては、葛白くんが憶えていました」と蜜村は言った。「彼の話だと、まず迷路坂さんを先頭に、石川さん、フェンリルさん、真似井さんが食堂を出て行ったそうです。その後に、夜月さんと私が続いた。そして、その後に葛白くん——、彼が最後から二番目に食堂を出た人物になります。つまり、彼

よりも後に食堂を出た人物が犯人ということになる」

その言葉に、僕は改めてその時の記憶を探った。確かに、僕は最後から二番目に食堂を出て、食堂棟と中央棟を繋ぐ二十メートルの廊下を歩いたのだ。そして、その廊下を進む途中で、後ろから嘆くような声が聞こえた。僕は振り返って、その人物の姿を見た。

「だから、犯人はあなたということになります」

蜜村は涼やかな声で告げた。

「梨々亜さん、あなたが『密室使い』です」

＊

梨々亜は口元に笑みを浮かべると、すぐにそれを消し、取り繕ったような慌てた表情を見せた。

「いや、ちょっと意味がわからないんだけど」梨々亜はそう蜜村に言う。「どうして梨々亜が犯人だってことになるの？　そんなバカな」

「でも、梨々亜さん――、あなた以外に食堂にリモコンを戻すことはできません」と蜜村は言った。「これはあなた以外に食器棚を利用した遠隔殺人トリックを実行できない——、という以外の意味も持っています。憶えていますか？　詩葉井さんの死体が発見された時、食堂は真夏のように暑かったけれど、エアコンの設定温度自体は適温に合わされていた。つまり、誰かがリモコンを使って室温を下げたということです。普通に考えれば、殺人現場の室温を上げたり下げたりする必然性がある人物なんて犯人だけですよね？　そして、食堂は朝の五時から八時までの間、密室で、誰も出入りすることができなかった。つまり、エアコンの設定温度が、リモコンを使って食堂の外から窓越しに下げられていなかったと仮定すると、エアコンの温度が下げられたのは、食堂が密室になる朝の五時以前ということになる。これだと朝の八時の時点で、食堂が真夏のように暑かったことの説明が付きません。少なくとも、もう少し温度は下がっているはずです。つまり、朝の五時から八時までの間、やはりリモコンは食堂の外にあり——、犯人は窓越しにエアコンの温度を下げたか、密室が解除された後で、リモコンを食堂に戻すタイミングで温度を下げたということになる。そして、どちらの場合でも、それが可能だったのはリモコンを食堂の外に持ち出すことができた人物——、つまり、持ち出したリモコンを食堂に戻すことができた梨々亜さんだけです。仮に梨々亜さんが犯人でなかったとしたら、あなたはどうしてリモコンを食堂の外に持ち出したりしたんですか？」

その問いに梨々亜は「それは――」と少し間を空ける。でもやがて小さく首を振って、どこか晴れやかな顔を見せた。

「いや、やめよう――、密室トリックを四つも解かれた時点でこちらの負けは決まってるしね。言い訳を重ねて取り繕うのは、梨々亜の目指している美しさとはあまりに遠い行為だから」

どこかあっけらかんとした彼女の声がそこに舞う。そしてその声はこう告げた。

「そうよ、梨々亜が『密室使い』なの」

その告白に場が凍る。僕は信じられない思いで訊いた。

「本当に、梨々亜さんが犯人なんですか？」

「そうよ、美少女殺人鬼。萌えるでしょ」梨々亜は楽しそうに笑みを浮かべる。そして「あーっ、でも」と悔しそうに頭を掻いた。「本当に下らないミスしちゃった。『広義の密室』を作るために、わざわざ真似井を起こしてまでロビーの扉を封鎖したのに、これじゃあ完全に骨折り損のくたびれもうけよ。リモコンは元々窓際のテーブルに置かれていたから、同じ場所に戻しておくのが一番自然だってあの時は思ったんだけどなーっ」

滔々と語る梨々亜の言葉に、僕の頭は混乱した。ようやく口をついて出たのは、ありきたりなこんなセリフだった。

「どうしてこんなことを」

酷薄な笑みが僕へと返る。

「どうしてって、もちろん仕事よ。梨々亜の家系は代々殺し屋をやってるの。冗談みたいでしょ？　でも、残念ながら本当よ。パパもママも暗殺者で、お姉ちゃんは殺しの依頼の仲介業者をやっている。今回の仕事は、そのお姉ちゃんを通して請け負ったの」彼女は軽やかな声で語りだす。「依頼人は集団自殺の生き残りらしくてね——、若い女だった。女はネットで知り合ったメンバー七人で廃屋に集まったらしいんだけど、身の上話をするうちに、全員が一人ずつ、殺したいほど憎んでいる相手がいることに気が付いた。集まった七人全員がよ。なので彼女たちはその七人を殺すことにした——、殺人代行業者に依頼してね。どうせ死ぬつもりだから、気が大きくなっていたのね。だったら自分の手で殺せばいいのにって——、梨々亜はちょっと思ったんだけど」

＊

梨々亜と対面した女は、ポケットからそれを取り出した。対面したと言っても梨々亜は屋台で買った猫のお面を付けていたから、女は梨々亜が女優の長谷見梨々亜であることには気づいていなかったのだろうけど。

女が取り出したのはトランプだった。受け取った梨々亜はすぐに、そのトランプが意味するものに気付く。「これは……、」と梨々亜が言うと、女は「はい」と頷いて、こんな風に話し始めた。

「自殺に集まった七人のメンバーの一人がそれを持っていたんです。若い男で、正確な歳はわかりませんが、少年と言える年齢でした。少年の父親は五年前に亡くなったそうなのですが、その父親の遺品からそのトランプが見つかったそうです」

猫のお面を付けた梨々亜は首を横に傾ける。

「つまり彼の父親は、トランプ連続殺人事件の犯人だったと？」

「はい、少年はそう解釈していたそうです」と女は言った。「そして少年はそれから事件についていろいろ調べたらしいのですが、その過程で父親の起こした事件が、偶然なのか意図的なのか十戒に符合していることに気付きました。少年はきっと頭の回転が速かったんですね。そして彼は私たちと話しているうちに、さらにこんなことにも気が付いた。私たち七人がそれぞれ殺したいほど憎んでいる相手――、その全員が偶然にも十戒に符合していることに。びっくりするでしょう？　私たちが憎んでいる七人が、七人ともですよ？」

女の目が狂気を孕《はら》んだように、爛々《らんらん》と輝き出す。

「だから自然とそういう話になったんです。十戒に見立てて、その七人を殺してしまおうと。私たちは毒の入ったグラスを人数分用意しました。でもその中の一つには毒ではなく、睡眠薬が入っている。つまり、どういうことかわかりますか?」

女は勝ち誇ったように言った。

「一人だけ生き残るということです」

それはそうだろうな、と梨々亜は思った。

女は小さく肩を竦める。

「まったく、面倒なことになりました。みんなで仲良く死ぬつもりが、私はこんなシケた場所で、今もコーヒーを飲んでいます」

「良かったじゃないですか」と梨々亜は言った。「命は大切ですよ」

女は、にやりと笑った。

「あなたがそれを言いますか?」

梨々亜はお面の口元をずらしてコーヒーを一口飲んだ。まずいコーヒーだ。自分で入れたコーヒーだけど。どうやら自分には、コーヒーを入れる才能はないらしい。

というよりも、梨々亜に得意なことなど一つしかないが。

密室を——、作ることだけ。

「とにかく、私は生き残った」と女は言った。「だから私は、あなたに会いに来たのです」

女は梨々亜の顔を指差す。

「『密室使い』さん、あなたに」

＊

梨々亜の話を聞いて、僕が違和感を持ったのは人数だった。今回の事件で梨々亜が殺したのは、隠し部屋で発見された死体を合わせても五人ほどだ。女が梨々亜に依頼したという七人には二人足りない。ということは、梨々亜の殺人計画はまだ完了していないのだろうか？

「ううん、殺人は完遂している」梨々亜はそう首を振った。「というよりも、偶然そうなっただけだけど。梨々亜は本当はあと二人殺すつもりだった。密室トリックだってちゃんと用意してたのよ？　でもその必要はなくなった。どうしてかわかる？　死んだからよ。この館に辿り着く前に」

その言葉に僕は混乱する。この館に辿り着く前に死んでいる？　それはいったい。でもその説明だけで、ピンと来た人物がいたようだ。意外なことに迷路坂さんで、彼女は首を曲げて訊いた。

「もしかして、バス事故で——、ですか？」

その言葉を呼び水に、僕の中で記憶が繋がる。思い出したのは、この館に来た初日の夜にロビーで見たニュースだった。バス事故のニュース。そして迷路坂さんは、この館に来るはずだった客が二人、その事故で死んだと言っていた。

「うん、その通り。その事故で死んじゃった」梨々亜はそう肩を竦めた。「びっくりするよね——、まさかそんなことになるなんて思わなかったもん。だから実際には、ノックスの十戒の見立て殺人っていう構想は最初の一歩目から破綻していたの。だって、そうでしょう？　館に呼び寄せたターゲットのうち、二人もその館に辿り着く前に死んでしまったんだから。正直、絶望的な状況よ。何とか誤魔化そうとはしたんだけど、幕が下りてもカードが二枚余ってるんじゃ格好がつかないもんね」

すると梨々亜のその弁を聞いたフェンリルがおずおずと手を上げた。「あの、そもその疑問なんですけど」

フェンリルは不思議そうな顔で訊く。

「今の話、根本的におかしくないですか？　その依頼人の女性は、ターゲットの七人全員がノックスの十戒に符合してるって言ったんでしょう？　でも探偵の探岡さんや双子の妹がいる詩葉井さんはともかく、館に最後にやって来た神崎や、隠し部屋で死体が見つかった信川は？　その二人が十戒に符合するのは、梨々亜さんが意図的にそういう状況を作ったからでしょう？　依頼人の女性が梨々亜さんに殺人を頼んだ時点で、二人が既に十戒に符合しているというのは明らかに不自然です」

「うん、梨々亜もそれが疑問だったの」と梨々亜も頷く。「神崎が館に最後に着くようにとかいろいろ調整したんだけど、本音では何でそんなことをしなくちゃいけないのか、よく理解できなかった。でも依頼人の女は、十戒に見立てて殺すことに強い執着を抱いているようだった。十戒に見立てて殺すことで、彼らの罪を告発するんだって息巻いてたもの。彼らは十戒を破ったことで、神の裁きを受けるんだって」

「神の裁き……」と蜜村が呟く。

「それは随分な物言いだね」と石川が苦笑いを浮かべた。「裁きと言うからには、その集団自殺に参加していたメンバー――、その七人のメンバーが個々に抱いていた恨みに関係があるのかな？　つまり、それがノックスの十戒と密接に関わっている」

「正直、それもよくわからない。依頼人は動機については教えてくれなかったもの。誰に何番のトランプを残すか――、それしか梨々亜に伝えなかった」と梨々亜は自嘲《じちょう》の笑みを浮かべた。「梨々亜が心当たりがあるのは、真似井が狙われた動機だけよ。

真似井がアイドルオタクだっていうのは前に葛白には話したんだけど、私が聞いた噂だと、あいつは昔、とあるアイドルグループのメンバーにストーカーまがいのことをしていたらしいの。そしてそのアイドルは、真似井の付きまといから逃げるために走って車に轢かれて死んじゃったって。その噂が事実だとしたら、真似井には殺されるほど憎まれる理由があったことになる」

梨々亜の語ったその噂に、蜜村は目を丸くした。そして何かを確認するように、「真似井さんはアイドルオタクだった」そんな風に言葉を漏らす。やがて虚をつかれたように、大きく目を見開いた。「もしかして──、そういうことなの？」浮かんだ驚きの表情を、すぐに歯噛《はが》みするような悔しさが消し去る。

「私、馬鹿だ──、とんでもない勘違いをしていた」珍しく、感情的な声で言った。

「これはノックスの十戒の見立てなんかじゃない」

その言葉に、皆の視線が彼女に向く。「どういうこと？」と夜月が言った。「だって依頼人の女性は、梨々亜さんにノックスの十戒に見立てて殺してくれって言ったんでしょう？」

「ううん、言っていないわ」と蜜村は返す。「ノックスの十戒に見立てろなんて言ってない」

「でも」

「ええ、確かに十戒という単語は出てきたわ。でも、断言してもいい——、依頼人の女は『十戒に見立てろ』とは言ったけれど、『ノックスの十戒に見立てろ』とは一言も言っていないはずよ。だって、彼女の言う十戒とはノックスの十戒のことじゃなくて、それとはまったく別の十戒のことを表していたんだから」

夜月は首を傾けた。

「別の十戒？」

「ええ」

蜜村は黒髪をくしゃりと掻いた。

「モーセの十戒よ」

＊

【モーセの十戒】

1　主が唯一の神でなければならない。

2　偶像を作ってはならない。

3　神の名をみだりに唱えてはならない。

4　安息日を守らなければならない。
5　父母を敬わなければならない。
6　人を殺してはならない。
7　姦淫をしてはならない。
8　盗んではならない。
9　隣人について偽証してはならない。
10　隣人の財産をむさぼってはならない。

＊

「モーセの十戒」僕はそう呟いた後、「ちょっと待って」と蜜村を止めた。ポケットからメモ帳とペンを取り出すと、そこに暗記しているモーセの十戒を書き出した。皆がそれを覗き込む。

その様子を確認した後で、「じゃあ、今までの事件を振り返っていきましょうか」と蜜村が言った。

「まず五年前に起きた第一の殺人事件――、現場に残されたトランプの数字は『6』でした。そして被害者である元刑事は、過去に脇見運転で死亡事故を起こしたことがあった。これはモーセの十戒の第六戒――、『人を殺してはならない』に符合します。

次に第二の事件で現場に残された数字は『5』でした。そして被害者の中国人の男は、学歴のない父親のことを軽蔑していた。これは十戒の第五戒――、『父母を敬わなければならない』に符合する。

そして三番目の殺人。現場に残された数字は『4』で、殺されたのは従業員に過度な労働をさせるブラック企業の社長でした。これは十戒の第四戒――、『安息日を守らなければならない』に該当しますね。安息日とは日曜日のことだから、従業員を休みなく働かせていた被害者はこれを破っていたことになる」

僕たちはメモ帳に書かれたモーセの十戒を目で追う。確かに今のところ、辻褄《つじつま》は合っていた。

「続いて第四の殺人――、この館で神崎さんが殺された事件です」と蜜村は言った。

「現場に残されたトランプは『A』――、つまり『1』です。そしてモーセの十戒の第一戒は『主が唯一の神でなければならない』。ここで言う主とはキリスト教の神様のことですから、他宗教の『暁の塔』の神父である神崎さんはこれに違反します。

そして第五の殺人――、被害者は詩葉井さん。残された数字は『10』で、示唆されている十戒は『隣人の財産をむさぼってはならない』です。前に葛白くんから聞いたのですが、詩葉井さんがこの館を手に入れたのは、お金持ちと結婚して莫大な財産を手に入れたからだそうです。それは見方によっては『他人の財産をむさぼった』ことになる。

続く第六の殺人で殺されたのは探岡さんで、トランプの数字は『7』。十戒だと『姦淫をしてはならない』に当たります。姦淫とは不倫のことで、探岡さんは自身の不倫疑惑が週刊誌に報道されたこともあったそうです。なのでこれも該当。次に真似井さんが殺された第六の殺人なのですが――、」

「残されたトランプの数字は『2』で、十戒だと『偶像を作ってはならない』だね」と石川は言った。「でもこれがよくわからない。真似井さんが過去に占い師をしていたのは聞いたけど、仏像とかキリスト像とかも作って売ったりしていたのかい？」

その言葉を受けて、僕はメモ帳に書かれたモーセの十戒の第二戒を目で追った。『偶像を作ってはならない』というのは、『偶像を崇拝してはならない』という意味だ。でもそれが真似井とどう符合するのかがわからない。

すると蜜村はこう言った。

「英訳すればいいんですよ」続けて、その言葉の意図を明かす。「『偶像』を英訳すると『アイドル』ですから」

イギリス人のフェンリルが「あっ」と呟いた。「確かにその通りですが」

つまり――、

「アイドルオタクだった真似井さんは、アイドルを崇拝していた。だから彼はモーセの十戒の第二戒に違反する。それに真似井さんは『アイドルのストーカーをしていた』から殺されたという疑惑があります。そのことを考えると、やはり真似井さんはアイドルを崇拝したから殺されたと考えるのが自然です」

これで八つ起きた事件のうちの七つがモーセの十戒に符合した。残る最後の一つは、隠し部屋でミイラ化された死体が発見された事件だが。

「これは簡単ですね」と蜜村は言った。「現場に残されたトランプは『3』で、指し示される十戒は『神の名をみだりに唱えてはならない』です。そして被害者である信川さんは、『暁の塔』の信者。ここで言う『神』とはキリスト教の神様のことですが、広義の解釈ではやはり信川さんもこれに違反したと考えられます」

これで現場に残されたすべての数字が、モーセの十戒と繋がった。「しかし、なんともまぁ」と僕は呟く。

「こんなこともあるんだな」

まさかノックスの十戒に見立てて殺されたはずの被害者たちが、同時にモーセの十戒にも符合しているなんて。

「そう、本当にまさかよね」と蜜村は溜息をついて言った。「すべての元凶は五年前に殺された三人と、今回ターゲットになった被害者の一部が偶然、ノックスとモーセのどちらの十戒にも符合していたことよ。まさに神様の悪戯ね。そして梨々亜さんはその悪戯によって、とんでもない勘違いをしてしまった」

蜜村はそう肩を竦める。

「先ほど梨々亜さんは、バス事故でターゲットが二人死んだことで、計画が破綻したって言ったでしょう？ でも本当はそうじゃなかった。この殺人計画は、最初から破綻していたのよ。梨々亜さん――、あなたが依頼人に話を聞いた時からね」

梨々亜を捉えた蜜村の瞳が、憐れむように細められる。

「残念ね、まぬけな殺人鬼さん。もっと頭を使って、いろいろ確認すればよかったのにね」

梨々亜の目が大きく見開く。

自信満々だった梨々亜の顔が、羞恥《しゅうち》に染まるのが見えた。

＊

こうして雪白館における連続殺人の幕は下りた。四つの密室殺人はどれも趣向を凝らしており、『わたし』はなかなか楽しめた。あくまで『わたし』がこれから起こす殺人事件の前座としての話だが。

まったく、本当にびっくりした。完璧な殺人計画だと自画自賛していたら、まさかこんな横槍が入るとは。おかげで事件が解決するまで待つ羽目になった。無事に事件が解決してよかった。

さて――、ここからが本番だ。

『わたし』は今から殺人事件を始める。もちろん、密室殺人だ。それも過去に類を見ないくらい完璧な密室になることだろう。

皆が寝静まった後、『わたし』は部屋を出た。殺すべき、憎き相手のもとへと向かう。

さぁ、見せてやろう――、『わたし』が。今から。

本物の、密室トリックというものを。

回想3　一年前・七月

その日は休日で、高校一年生になった僕はバイトに精を出していた。と言っても、非合法のバイトだ。国の認可は受けていないはず。具体的には夜月の買い物に付き合って、二千円を貰うというバイトだった。あっちの店からこっちの店へと、五時間近く振り回される。時給にすると四百円だった。どうやら労働基準法も守っていないようだった。

買い物を終えて店を出ると、「今日はありがとね」と夜月が言った。そして彼女は胸を張って、「お礼にお姉ちゃんが夕食を奢《おご》ってあげます」そう、はにかんだように笑う。

陽はもう落ちかけていて、ビルに挟まれた大通りを茜色《あかねいろ》に染めていた。その夕陽の赤を透かして、茶色に染めた彼女の髪が金糸のような鮮やかな色に輝く。「お寿司がいいな」と僕は言った。「夕食」

夜月は神妙な顔をした。そして諭すように言う。

「お寿司は高いから無理です」

「回ってるお寿司でいいんだけど」

「それでも無理よ。香澄くん、いつも二十皿くらい食べるでしょう？　君はまだ子供だから知らないと思うけど、お寿司を二十皿も食べると数千円は消えていくのよ」

そう言われると唸るしかない。仕方なく僕はお寿司を諦め、第二候補を提示する。

「じゃあ、ハンバーグで」

「よろしい、経済的だね。チーズインのやつでいい？」

僕はこくりと頷いて、夜月と一緒にファミレスに向かう。両手で服やぬいぐるみの入った紙袋を提げて人ごみを進んでいると、ふいに長い黒髪の少女が僕の横を通り過ぎた。思わず僕は、両手に抱えていた紙袋を投げ出した。「香澄くんっ？」と夜月が驚いた声を上げる。でも僕はその声を聞かず、気が付いたら駆け出していた。彼女の後ろ姿を追っていた。人ごみに阻まれて、やきもきしながら前に進む。きっと見間違えなどではなかった。あれは――、あの後ろ姿は、きっと。

人影は路地へと消えていく。僕もその路地に入った。路地には夕日が差していた。真紅のその世界はまるで、夢の中のように美しかった。

茜色の景色に目を凝らす。蜜村漆璃はそこにいた。僕の知る、中学二年生の時の彼女と比べると少しだけ大人びた姿で。

「久しぶりね、葛白くん」と彼女は言った。

「うん、久しぶり」と僕は返す。人ごみを駆け、切らした息を整えた。「本当に、久しぶりだ」

蜜村は口元でかすかに笑んだ。

「ごめんなさい、こちらにもいろいろ事情があったのよ。でも葛白くんには連絡くらい入れるべきだったわね。連絡したら会ってくれた？」

もちろん——、と答えようとして、何故だか喉が絡まった。彼女に会いたかったのは本当だ。話したいこともいっぱいあった。でも本当に話したいことはたった一つしかなくて、その後ろめたさが僕に取り繕うことを躊躇《ためら》わせていた。

本当に訊きたいこと——、それは。

気が付くと、それは無意識に声に出ていた。僕の意識とは切り離されて、まるでその言葉自体が意志を持った人格であるかのように。

「君は——、本当に人を殺したの？」

蜜村の目が、大きく見開く。ショックを受けたようなその顔に、僕はすぐに後悔した。彼女を裏切るような言葉。本来信じてあげるべき彼女のことを、信頼していないと告げるような言葉。

でもそれは——、紛れもない僕の本心だった。知りたかった。訊ねたかった。何が真実であるのかを。彼女がそんな大きな『秘密』を抱えているままで、僕と彼女の関係が元通りになることなどありえなかった。

僕の問いに、蜜村は少し考えるような間を開けた。やがて彼女は口元に笑みを浮かべる。それは晴れやかで――、彼女が普段見せることのない満面の笑みだった。

「ええ、そうよ」

茜の中で彼女は言った。

「私がお父さんを殺したの」

＊

気が付くと、路地から蜜村の姿は消えていた。陽は落ち、暗くなっていた。まるで彼女の姿が闇の中に溶けたかのようだ。夏の日の幻のように。でも、彼女は確かにそこにいた。
私がお父さんを殺したの――、
その言葉が耳に残る。
僕は今まで漠然と、彼女は犯人ではないと思っていた。真犯人は別にいる――、その可能性は少ないながらもまだ残っているし、先ほどの彼女のセリフも、ただ僕をからかっているだけということも十分に考えられた。

にもかかわらず、僕は不思議と確信しているのだった。今しがたの蜜村との邂逅《かいこう》を得て、愚かにも信じ切ってしまっている。

彼女は本当に、人を殺しているのだと。

＊

その日から、僕は蜜村の事件に関する書籍を集め、来る日も来る日も読み漁《あさ》った。犯行現場の状況を何度も頭に叩き込んで、どうすればその密室が再現できるかを考察する。蜜村が考えそうなことや、好みそうなことを頭に巡らす。僕の記憶の中にいる、彼女の姿を思い浮かべながら。

僕の事件への執着は、それから一年ほど続いた。今はもうさすがに諦め、考察をやめてしまったのだけど、今でも目を閉じればすぐに、現場の状況を思い出すことができる。

社は達観した思いでいた。無理に下山しようとして冬の森を二日間さ迷う間に、彼の中にあった余計な感情はすべて削ぎ落とされてしまった。あらゆる欲と——、生への執着さえも。社は元はと言えば詐欺師で、多くの人間の恨みを買ってきた。だからこんな日も来るのだと、今では静かに受け入れられる。

社は薄れゆく意識の中で、その相手を見上げていた。社は床に仰向けに倒れ、胸にはナイフが刺さっていた。助けを呼ぼうにも、声が出ない。でも不思議と穏やかな気分だった。痛みと息の詰まる苦しみさえも、自分への罰だと受け入れられる。

ただ、社にはどうしても訊きたいことがあった。だから何とか声を振り絞り、自分を刺した相手に問う。自分がどうして殺されることになったのか——、その理由だけは知っておきたい。自分が傷つけた誰の因果が、どんな風に巡り回って自分へ返ってきたのかが。

しかし相手はこう答えた。恨みはある——、ただ、もうそんなことはどうでもいいのだと。

強いて動機を上げるとするならば――、

「密室が作りたいから」

なんだそれは――、と社は思った。不可解なその言葉に、悟りの彼岸に辿り着こうとしていた社の裾は引っ張られた。ふっと目が覚めたように、現実に引き戻される。消え去った欲も執着も、気が付くとその手に返っていた。

嫌だ――、と社は思った。どうせ死ぬなら、もっとちゃんとした理由で死にたい。いや、死にたくない。そもそも、俺にはまだ――、

そこで社の意識は途切れた。

生きた人間が二人から一人へと減ったその部屋の中で、社を刺したその人物の独り言がほろりと落ちる。

「さて――、では密室を作りますか」

*

梨々亜は東棟の一室に閉じ込めておくことになった。迷路坂さんに案内されたその部屋は、扉の内側に鍵のツマミがなく、扉の開錠と施錠は専用のキーでしか行えない

仕組みだった。つまり、誰かを監禁するには持ってこいの部屋だった。部屋には窓はなく、扉も頑強でとても破れるものではない。東棟にはマスターキーがないので、開錠を行える鍵も一本だけだ。

「じゃあ、入ってください」

「はーい」

蜜村に促されて、簡単な身体検査を済ませた梨々亜が部屋の中に入る。彼女が入ったのを確認すると、迷路坂さんが扉に鍵を掛けた。そしてその鍵を蜜村に渡す。

「あなたが預かっていてください」

「私がですか？」

「はい、この館の中だとあなたが一番信頼できそうです」

どうやら迷路坂さんは蜜村が過去に警察に捕まったことを知らないようだった。まあ、実名報道はされていないから、普通の人は知らないとは思うが。

蜜村はしれっと鍵を受け取ると、それをポケットの中にしまった。

＊

眠りにつくと、やがてけたたましいベルの音で叩き起こされた。目覚まし時計のべルの音だ。ただし僕の部屋の目覚ましではない。スマホの画面に目をやると、時刻は深夜二時だった。僕は扉を開けて部屋を出る。

廊下に出るとベルの音はいっそう大きくなった。一般的な目覚まし時計の音量とはかけ離れている。ベルは一つ上の階の――、西棟の三階から聞こえているようだった。

急ぎ足で三階に上る。すると、そこには既に人が集まっていた。夜月に蜜村に、フェンリルに石川。そして迷路坂さん。廊下に面した扉の前に、社と梨々亜を除く全員が集まっている。僕を入れて六人だ。今ここにいるメンバーは全員、泊まっている部屋が西棟にあるので集まりが早い。拘束されている梨々亜はさておき、社は遭難の疲れで熟睡しているのだろうか？

僕は改めて三階の廊下を見渡す。

この西棟が三階建てなのは聞いていたが、実際に三階に上るのは初めてだった。廊下の長さは一階や二階と同じだったが、扉の枚数は違っていた。一階と二階の廊下には扉が五枚あるのに対して、三階には扉が一枚しかない。部屋の数が異なっているということだろう。一階と二階には五部屋あるが、三階には一部屋だけ――、そしてその一部屋はおそらく五部屋分の広さがある。通常の客室などではなさそうだ。

「この部屋は？」僕はベルの鳴る部屋を示して言った。

「図書室です」と迷路坂さんは答えた。「主に雪城白夜の著作や愛読書などが置かれています。蔵書はそこまで多くはないですが」

ふぅむ、と僕は唸る。では、どうしてその図書室で目覚ましが鳴っているのだろう？　少し考えて、すぐに考えても仕方のない疑問の類であると気付く。なので——、

「とにかく中に入りましょう」と僕は言った。「中で何か起きているのかもしれない」

すると蜜村が、首を横に振って言った。

「部屋の中には入れないのよ」

「どうして」

「鍵が掛かっているから」

「鍵が？」何だか嫌な予感がする。僕は迷路坂さんに訊いた。「じゃあ、マスターキーは？　西棟の部屋の扉はすべて、マスターキーで開けられるんでしょう？　それとも図書室は例外とか？」

「いえ、図書室の扉もマスターキーで開けられますが」と迷路坂さんは口ごもる。失態を誤魔化すように、その瞳を横に逸らした。「マスターキーが見当たらないんです」

「えっ、どういうことですか？」

「ロビーのフロント奥にある部屋のキーストッカーに掛けていたのですが——、五桁のダイヤル錠の付いたキーストッカーです。でもそのストッカーが何者かに壊されて、マスターキーが持ち去られてしまったんです。私の不手際でした。昨日までは私が肌

身離さず持っていたのですが、事件が解決したのでキーストッカーで管理するように変えたんです。まさかそのストッカー自体が壊されるとは思ってもみませんでした」

何だか不穏な空気になってきた。僕は目覚ましが鳴り響く図書室の扉に目を向ける。となると今この部屋で起きていることは、やはり単に目覚まし時計が鳴っているだけのことではないのかもしれない。

「マスターキーがなくても」と夜月が言った。「図書室の正規の鍵を使って開錠すればいいんじゃないんですか？」

「いえ、それもできません」と迷路坂さんは首を振った。「図書室には、その扉を開錠するための専用の鍵がないんです。鍵を紛失したり壊したりしたのではなく、本当に初めから存在しない。皆さまがお泊まりになっている部屋は、雪城白夜が館を所有していた時からゲストルームとして使われていたので、そのゲストルームに泊まる客に貸し与えるための専用の鍵が必要でしたが、図書室の開錠や施錠を行うにはマスターキー一本あれば事足りますから。わざわざ専用の鍵を作る必要がなかったそうです」

僕たちは、むぅと唸った。つまり、図書室の扉の開錠と施錠はマスターキーでしか行えない――、マスターキーが何者かに盗まれた今、図書室の扉を開錠する方法は存在しないということになる。

となると部屋の中に入るには、扉自体を破るか――、あるいは、

「あそこに窓があります」迷路坂さんは廊下の突き当たりを指差した。突き当たりの左手に、図書室の窓がある。僕たちは廊下の中ほどにある扉の前から、窓の傍へと移動した。曇り硝子の窓で、中の様子は窺《うかが》えない。ただ部屋の灯りが点いていることはわかった。

「ちょっと、モップを取ってきます」迷路坂さんはそう言って階下へと降りて行った。数分ほどで、モップを手に戻ってくる。

「そこをどいて」とモップを受け取った蜜村が言った。言われた通りに窓から離れると、蜜村はモップの先端で硝子を突いて、人が通れる大きさの穴を開けた。そして窓枠を乗り越えて部屋の中に入る。僕もその後に続いた。目覚まし時計は窓のすぐ傍に置かれていたので、僕はそれを止めた後で室内の様子を見渡した。

そこは五部屋分のスペースを繋げて造った、だだっ広い部屋だった。本棚はすべて廊下とは反対側の壁際に設えられていて、部屋の空いたスペースにも一人掛けの椅子がいくつか置かれているだけだ。死角のない、見晴らしの良い板張りの部屋。だから部屋の中央に人が倒れていることにはすぐに気が付いた。社だ。皆の間に動揺が走る。社の目は見開いていて、既に絶命していることは明らかだった。

「これは――」社の傍に駆け寄った蜜村は、その傍に置かれていた瓶を拾い上げた。大きめのサイズのジャム瓶だ。蓋の閉められたその瓶の中には一本の鍵が入っていた。

「西棟のマスターキーですね」と迷路坂さんが言った。「間違いないです」

「そうですか」

つまり、この図書室を施錠可能な唯一の鍵が室内に残されていたことになる。

蜜村は「うーむ」と呟くと、鍵入りの瓶を抱えたまま部屋の扉へと近寄った。そして「えっ、うそ」と珍しく驚いた声を上げる。何事かと思って近づいて、僕はその理由を知る。扉の内側に付いた鍵のツマミはくるりと回されていて、その扉が施錠の状態にあることは明らかだった。念のためにノブを回してみる。やはり鍵は掛かっていた。だから犯人が扉から部屋を出ることはできない。そして部屋にある窓は、僕たちが部屋に入る際に破ったものも含めて、すべて嵌め殺しの作りだった。だから、そこから犯人が出入りした可能性も考えられない。

つまり、この部屋は完璧な密室――、でもそれは今さら驚くべきことではない。窓を破る前から、現場が密室であることはある程度予測が付いていたのだから。

だから問題はもっと別のところにあった。内側から扉を施錠するためのツマミ――、そのツマミの上にドーム型の透明なプラスチックパーツが覆い被せられていたのだ。

「これは」と僕は言った。

「ガチャポンの蓋ね」と蜜村。

いわゆるカプセルトイ――、球形のカプセルの中に商品を入れて自販機で売るおもちゃ――、の蓋だった。それが鍵のツマミの上に被せられた状態になっていて、その蓋に阻まれてツマミに直接、手で触れることができなかった。

蜜村は爪の先でガチャポンの蓋をコツコツ叩く。そして「舐《な》めてるわね」とおかしそうに呟いた。

「密室トリックのパターンの一つを潰したつもりなのかしら？」

その言葉に僕も頷いた。「確かに」と彼女に告げる。

「これじゃ、ツマミを回して鍵を掛けることができない」

密室トリックの王道パターンの一つに、機械的な仕掛けを使って部屋の内側から鍵のツマミを回す――、という類のものがある。でも今回はそのパターンは使えない。ガチャポンの蓋はセロハンテープでしっかりと――、明らかに人の手によって扉に貼り付けられていて、機械的な仕掛けを使ってツマミを回した後、さらに別の機械的な仕掛けを使ってガチャポンの蓋を扉に貼り付けるというのはどう考えても不可能だった。いや、そもそも機械的な仕掛けは現場にどうしても痕跡が残る。その痕跡を回収するための、もっとも王道的な方法は――、

「無理よ」扉の下を覗き込もうとした僕に蜜村が言った。「扉の下に隙間はないわ。だから、そこから何かを回収することはできない」

扉は、僕たちが泊まる西棟の客室の扉と同一のものだった。チョコレート色の一枚

扉。僕の部屋がそうであるように確かに扉の下には隙間がなく、これでは扉の下から機械的な仕掛けを回収することはできない。そもそもガチャポンの蓋のせいで機械的な仕掛けを使ってツマミを回すこと自体が不可能なのに、さらにはその仕掛けを回収することも不可能だということになる。

「おまけに部屋には死角になりそうな場所なんてないし」と鍵の入った瓶を抱えた蜜村が言った。「これだと部屋に犯人が隠れているパターンも潰れるわね」

言われて、僕は室内を見渡す。本棚はすべて壁際にあって、その他の家具といえば一人掛けの椅子くらいしかない。その椅子も板と骨組みだけのシンプルな作りで、その陰に人が隠れることは不可能だった。これでは確かに『犯人が密室から脱出したと見せかけて、実はまだ部屋の中に隠れている』といったトリックも使えない。まぁ、今この図書室には、監禁されている梨々亜を除く六人全員が揃っているわけだから、この部屋に誰かが隠れているという可能性は初めからありえないのではあるが。

「となると、あとは」蜜村は抱えていた瓶を振った。中の鍵が瓶の硝子に触れて、金属の音を鳴らす。「このマスターキーが偽物という可能性ね」

蜜村は瓶の蓋を捻って開けようとした。でも固く閉められているみたいで開かない。唇を尖らせて、僕に瓶を差し出してくる。僕は瓶を受け取って蓋を捻った。確かに固い。バカみたいに固い。腕にめちゃくちゃ力を入れて、ようやくその蓋を開けた。

蜜村はそれを確認すると、扉のツマミに被さっていたガチャポンの蓋を剝がした。セロハンテープがぺりぺりと剝がれる。でもセロハンテープの端が千切れて、五ミリくらいの切れ端が扉に残った。蜜村はそれを剝がそうと爪をカリカリしていたが、やがて諦めたように鍵のツマミを回し、開錠した扉から廊下に出た。

「葛白くん、マスターキー」

僕は瓶の中からマスターキーを取り出して蜜村に渡す。蜜村はそれを鍵穴に挿すと、くるりと回した。扉が施錠される音がする。ノブをガチャガチャしてみたが、鍵は完璧に掛かっていた。

「やっぱり、鍵は本物みたいね。つまり、図書室を施錠可能な唯一の鍵は、やはりその図書室の中にあった」

この時点で、犯行現場が完璧な密室であることが確定した。

蜜村は再びマスターキーを鍵穴に挿して、扉を開錠して部屋の中に入った。そして検死をしていた石川とフェンリルに訊ねる。

「死亡推定時刻はいつくらいですか？」

「二時間前くらいだね」と石川。「今は二時過ぎだから、夜の零時前後だと思う」

「死因は？」

「刺殺だよ。胸を何か所か刺されているけど、その大半は死んだ後に刺されたみたいだ。生活反応がないからね。あと、出血量から見て、どこか別の場所で殺された後、この部屋に運び込まれてきたみたいだ。そして凶器は見つかっていない」

「ということは、少なくとも自殺ではないですね」

「死んだ後に刺されているからね。あとフェンリルさん、あれを――」

石川はフェンリルに視線を向けた。フェンリルは頷いてそれを蜜村に見せる。

「死体のポケットにこれが入っていました」

それはトランプだった。ハートの『9』――、明らかにトランプ連続殺人事件で使われたものと同じ種類のトランプだった。

「トランプの数字が『9』ってことは」と近づいてきた夜月が言った。「モーセの十戒に当てはめると、『隣人について偽証してはならない』ってこと？」

「そういえば、社さんは元詐欺師だったな」と僕は言った。「見事に符合するわけだ」

「ええ、でも犯人が現場にトランプを残した理由はもっと別にあると思うわ」

蜜村のその言葉に、僕は首を傾ける。でも「どういう意味だ？」と訊き返す前に
「それよりも」と石川が言った。

「どうしてまた殺人が起きたんだい？　事件は解決したはずだろう？」

「はい、解決しました」と蜜村は言う。「だから一度解決した後で、さらに別の事件が起きたことになります。つまり梨々亜さんに続く、二人目の犯人が現れた」

石川は「まじかい」と呟いた。そして頭を掻きながら、苦笑いを浮かべて言う。「この殺人も梨々亜さんの仕業ということはないのかい？　新たな犯人の登場よりは、梨々亜さんがもう一人殺したと考える方が心境的には楽なんだけど」

するると蜜村は、首を横に振って答えた。

「梨々亜さんが犯人という可能性はないです。梨々亜さんは東棟の部屋に監禁されていて、その部屋の鍵は私が管理していますから彼女に殺人は不可能です。でもまぁ、念のために確かめに行きますか」

＊

僕たちは梨々亜を監禁している東棟の部屋に向かった。蜜村が扉を開錠して、室内の電気を点ける。「……、何？」むにゃむにゃと目をこすりながら梨々亜が言った。

「……、いますね」蜜村が石川に視線を向ける。

「ああ、いるね」と石川は頷いた。

「……、どういうこと？」梨々亜が不思議そうな顔をする。蜜村は「明日話します」と言って梨々亜の部屋の扉を閉めた。

「ということは」扉が施錠された後で、僕たちは再び話し合った。「やはり梨々亜さんは犯人じゃないということになりますね」フェンリルがそう告げると、蜜村はこくりと頷いた。

「そもそも私は最初から、梨々亜さんは犯人ではないと思っていますが」

「どうしてですか？」

「密室の強度ですよ」とフェンリルの言葉に蜜村は答える。「まだちゃんと調べ切れてはいませんが、今回の事件の密室の強度は、今までの四つの事件のものとは明らかにレベルが違います。鍵のツマミはガチャポンの蓋を被せて使えなくしてあったし、唯一施錠可能なマスターキーは固く蓋の閉まった瓶の中にあった。しかも神崎さんが殺された第一の殺人と違って、扉の下には隙間がなかった」

「まさに『完全密室』ですね」

「ええ、その上位互換――、『超・完全密室』といったところでしょうか？　もし梨々亜さんにこんな密室状況を再現できるトリックが思いつけるのならば、私は彼女の起こした四つの密室殺人を解くのにもう少し苦労したはずです」

あたかも今までの四つの事件は労せずに解決したような口ぶりだった。いや、実際にそうなのかもしれないが。何せ光速探偵ピエロだからな。

蜜村は「それよりも」と僕らに言う。「今から社さんの部屋を調べてもいいですか？　社さんはどこか別の場所で殺された後、その死体を図書室に移動させられていた。だったら本当の犯行現場は、社さんの部屋なのかもしれません」

＊

社の部屋に向かうと、やはり蜜村の予測した通りだった。床には血溜まりができていて、そこが本当の犯行現場であることは明らかだった。

石川がふわふわとあくびをする。

「疲れたから、今日はもう休むよ。……、しかし、心配だな。まさか、ここからさらにもう一人殺されるなんてことはないと思うが」

石川がそんな愚痴を漏らす。夜月が共感するように、うんうんと頷いていた。

その後、僕たちは図書室に戻ると、社の死体を食堂棟にあるワインセラーへと運んだ。五つの死体が並ぶワインセラーは、今や死体安置所の代わりになっている。

そこで皆と別れた後、僕と蜜村は再び図書室に戻り密室を調べることにした。僕は扉を開けて部屋に入るタイミングで、ふと思いついたことを蜜村に言う。

「蝶番のネジを外して、扉を取り外したという可能性はないか？」

それも定番トリックの一つだった。犯人は廊下に出た後、蝶番を外して扉を取り外す。そして鍵のツマミを捻ってデッドボルトを突き出た状態にした後で、その扉をドア枠に嵌め込み、再び蝶番のネジを締めて扉を固定する。そんな感じのトリックだ。

僕が滔々とそんなことを話すと、蜜村は呆れたような顔をして「葛白くんは黄金時代の人なの？」と言った。悪口のつもりなのだろうけど、あまり悪口には聞こえなかった。何せ黄金時代というのは、アガサ・クリスティーやエラリイ・クイーンが活躍した、本格ミステリーに最も勢いのあった時代を指す言葉なのだから。

それはさておき――、

「いい、葛白くん」と蜜村は諭すように言う。「今どきそんなトリックが使えるわけないじゃない。扉を見ればすぐにわかるわ。ねぇ、葛白くん――、この扉の蝶番のネジがどこに付いているか確認してみて」

「えっと」言われた通り、蝶番のネジを探す。蝶番のネジは扉とドア枠のそれぞれ側面に付いていた。

「側面にありました」そう報告する。

「よろしい、じゃあ扉を閉めてみて」

言われたように扉を閉める。そして僕は「あっ」と呟いた。扉を閉めた状態だと、蝶番のネジが完全に隠れてしまっていた。ネジがあるのは扉の側面とドア枠の側面だ。扉を閉めるとその側面同士が重なるため、必然的に蝶番のネジも扉とドア枠に挟まれた状態になってしまう。

「この状態でどうやって、蝶番のネジを締め直すっていうの？」

言われてみると、確かにその通りだと思う。でもおかしいな。『扉を取り外した後で、蝶番のネジを締め直す～』というトリックは何十回も聞いたことがあるのだけど。実際には実現不可能だったとは、いったい。

「私も詳しくはないんだけど、たぶん昔の扉の構造は違ってたんじゃないかしら？」と蜜村は言った。「扉を閉めるとネジが隠れるんじゃなくて、扉とドア枠を固定しているネジが廊下側に露出していたとか？　外開きの扉だったら、そういう構造になるでしょう？」

「なるほど」と僕は思う。「それなら確かに扉が閉まった状態でも、蝶番のネジを締めたり外したりすることは可能だな」

でも冷静に考えるとかなり危ない。ネジが部屋の外に露出しているとすれば、そのネジを緩めれば簡単に扉を取り外せるということになる。これでは泥棒が入り放題だ。

「実際に昔は泥棒の使う常套《じょうとう》手段の一つだったそうよ」と蜜村は言った。「葛白くんが言ったそのトリック自体も、泥棒の手口に発想を得たものらしいわ。でも今説明した通り、現代だと使えないけどね」

僕は「むぅ」と唸った後で、再び扉を開けて蝶番を見やった。

「でも、何だかネジが緩んでる気が」

「気のせいよ」

蜜村は呆れたように言う。そして図書室の中に入ると、壁に近づいてその壁をぺたぺたと触り始めた。「何してるんだ？」と僕は訊いた。「犯人が部屋の壁に穴を開けてないか調べているの」彼女の返答になるほどと思う。もし犯人がこっそりと壁に穴を開け、その穴を何かしらのトリックに利用したのだとしたら、今回の密室の強度は格段に下がるだろう。彼女はその可能性を考慮し、壁を調べているというわけだ。

僕も蜜村と一緒に、壁や天井に穴や隙間がないかを探した。一時間くらい探したが見つからなかった。「どうやらないみたいね」蜜村はそう結論付ける。彼女は眠そうに目をこすった。時刻はもう四時近い。

「今日はもう休みましょう。続きは明日ということで」

蜜村はそう告げて部屋を出ようとした。僕も続こうと思い、ふと思い出して彼女を呼び止めた。

「何？」蜜村は不機嫌に言う。眠いらしい。僕は彼女の眠気を無視して訊ねた。

「さっき言ってただろ、現場に残されたトランプには別の意味があるって」

社の殺害現場に残されたトランプの数字は『9』――、モーセの十戒の『隣人について偽証してはならない』を指している。社は元詐欺師だから間違いなくそれに符合するのだが、先ほど蜜村は犯人には別の意図があると言っていた。

「ああ」と蜜村はあくびをした。「たぶん犯人が見立てたかったのは、モーセの十戒じゃなくてノックスの十戒の方じゃないかしら?」

「ノックスの十戒」

「ええ」

「ノックスの十戒の第九戒ってことか?」

僕は記憶を辿る。ノックスの十戒の第九戒は『ワトソン役は自らの判断をすべて読者に知らせねばならない』だ。僕は訝し気に眉を寄せた。どういうことだろう? これのいったいどこが社に符合するというのだろうか?

「社さんはワトソン役だったのか?」おずおずとそう訊ねる。すると蜜村は肩を竦めて「そうね、昔どこかの探偵事務所で助手をしていたのかもしれないわね」と言った。かなり適当な物言いだった。

僕が不満気な視線を向けると、「葛白くんは」と彼女は言った。「葛白くんは、このノックスの十戒の第九戒をどういう風に解釈してる? つまりこの第九戒は、ミステリーの書き手に対し何を課しているのか」

僕は少し考えて言った。

「それはフェアプレイの精神だろう」

「それはもちろんそうなんだけど、私はこんな風にも解釈してるの」

蜜村は黒髪を掻いて言った。

「ずばり、叙述トリックの否定よ」

唐突なその言葉に、僕は眉をしかめた。この女はいったい何を言っているのだろう？　本来、ノックスの十戒の第九戒は『ワトソン役が読者に、推理に必要な情報を意図的に伏せること』を戒める条項のはずだ。それが叙述トリックの否定を表しているなんて話は、少なくとも僕は聞いたことはないが。

「どういうことだ？」だから、たまらずそう訊くと、「そもそも叙述トリックとは」と彼女は言った。

「今さら説明することでもないけれど、叙述トリックというのは文章的な仕掛けによって読者の認識を錯誤させる技法のことよ。つまり、勘違いさせるわけね。代表的なもので言えば、女を男だと勘違いさせるといった感じかしら？」

「いわゆる性別誤認トリックというやつだな」

「じゃあ、質問。その勘違いはどうして生まれるのかしら？」

僕は首を捻った後で答えた。

「それは作者が文章的な仕掛けを使っているからだろ」

「それはもちろんそうなんだけど、もっと本質的な問題よ。その仕掛けはどうやって生み出されるの？」

「作者が頑張って生み出すとか」

「そういう精神論の話をしているんじゃないのよ」彼女はそう溜息をついた。「答えはね、作者が意図的に情報を伏せることによって生まれるのよ。作者は登場人物『A』の性別を伏せていた。だから読者は『A』の性別を勘違いしていた――、こんな感じね。そして作者が意図的に情報を伏せるということは、それは物語の視点キャラ――、つまりワトソン役が読者に必要な情報を伝えていないということを意味している」

なるほど、と僕は思った。確かに登場人物の性別なんてワトソン役には自明のことだ。でもワトソン役はそのことを読者に伝えていなかった。だから読者は勘違いした――、そういうことになるわけか。

でも、そこで新たな疑問が生じる。

「犯人はどうして現場に『9』の数字を残したんだろう?」ノックスの十戒の第九戒が叙述トリックの否定を表している――、そんな風にも解釈できるということは理解できた。でも犯人が何のためにその主張を行ったのかがわからない。

「それはね」蜜村は人差し指を立てた。「この密室には叙述トリックは使われていない――、犯人は『9』の数字を残すことでそれを示したかったのよ」

ちょっと何を言ってるのかよくわからなかった。もしかしたら彼女と知り合ってから一番意味不明な言葉だったかもしれない。

「いや、ちょっと待て。どういうことだ?」僕は眉間をぐりぐりしながら訊く。「密室と叙述トリックには何の関連性もないだろ」

するとと蜜村はきょとんとして、「冗談でしょう?」といった顔をした。まじまじと僕を見つめて言う。

「叙述トリックを使って新しい密室トリックが作れないかっていうのは、ミステリーが好きな人間なら誰もが一度は考えることよ。だから葛白くんもてっきりそういうことを考えたことがあると思ってたんだけど」

「一ミリも考えたことがないな」

「じゃあ葛白くんは本当はミステリーが好きじゃないのね」

ミステリーへの愛を否定されてしまった。かなり乱暴な決めつけだった。

僕はこほんと咳をする。

「僕は叙述トリックは邪道だと思ってるから。読書経験の浅い素人が持ち上げてるだけで、玄人は機械トリックや犯人当てロジックを楽しむものだと思ってるから」

「うわっ、そういうタイプなんだ。言っておくけど、叙述トリックは凄いのよ。一般小説との親和性がとにかく高い。ラブコメにSFにファンタジーにホラーと、どんなジャンルでも使うことができるわ。でも機械トリックとかはそうではない。何故なら機械トリックを入れた時点でそれはミステリーになってしまうからで――」

「いや、話を戻そう」僕は彼女の熱弁を遮った。「そもそも叙述トリックを使って密室を作るっていうのがよくわからないんだけど。本当にそんなこと可能なのか？」

「そうね、例えば」蜜村は十秒くらい沈黙して、「今私が適当に考えた例だと」

「うん」

「こんな感じね――、ある部屋で殺人事件が起こった。現場には扉と窓が一つずつあったが、どちらも施錠された状態だった。では犯人はどうやってその部屋を脱出したでしょう？」

あまりにもヒントが少なすぎた。一分ほど悩んで言う。

「答えは？」

「答えはね、部屋の窓硝子が割れていたの。つまり窓は施錠されているけど、穴が開いている状態だった。犯人はその穴から脱出したのよ」

あまりにも酷い答えだった。当然のごとく抗議する。

「いや、それ全然密室じゃないだろ」

「当然よ。そもそも私は現場が密室だなんて一言も言ってないもの。葛白くんが勝手に勘違いしただけでしょう？」

僕は蜜村の出した問題を思い返す。確かに言ってなかった。扉も窓も施錠されてい

ると は言ったが、密室だとは言ってなかった。

「これが叙述トリックを使って密室を作るということよ」と蜜村は言った。「必要な情報を伏せることで、読者の勘違いを誘発するの。まぁ、今話した例はトリックとしては下の下だけどね。実際に使ったら読者に怒られてしまうわ。他にはそうね、叙述トリックを使って、部屋の中にいる犯人を『見えなくする』というパターンもある」

部屋の中にいる犯人を『見えなくする』?

「それはつまり、犯人は密室から脱出してないんだけど、読者には犯人は『見えない』から、あたかも犯人が密室から消え去ったように勘違いしてしまうということか?」

「そう、そんな感じ。部屋の中に猫がいたんだけど、その猫が実は人間だった——、みたいな感じかしら? いわゆる、人猫誤認トリックね。まぁ、これもトリックとしてはイマイチだけれど——、とにかく、これで理解してもらえたかしら? 叙述トリックを使って密室を作るというのは、こういうことを意味しているの。そして犯人は『9』の数字を残すことによって、叙述トリックの可能性を否定した。この密室殺人は叙述トリックではなく、あくまで物理トリック——、あるいは心理トリックによって成されたものだと宣言しているの。ある意味、決意表明ね。犯人はきっと、この密室は完全にフェア——、アンフェアな手などいっさい使っていない。それを伝えたかったんじゃないかしら？」

僕はひどく困惑した。

「犯人はいったい何と戦っているんだ？」

「さぁ？　見えない誰かじゃないかしら？」

蜜村はあくびを嚙み殺す。

「疲れたからもう寝るわ。おやすみなさい」

僕は「おやすみ」と返事を返す。彼女は口元だけで笑って、図書室を後にした。

＊

翌朝、僕と蜜村は東棟の一室――、梨々亜を拘束している部屋を訪れた。新たな殺人が起きたと伝えると梨々亜は目を丸くして、少し不機嫌な口調で言う。

「梨々亜が監禁されている間に、そんな楽しそうなことが起きてたなんて」

「こっちは、てんやわんやですけどね」と蜜村は言った。

「それで、どうしたの？　梨々亜に推理を手伝ってもらいに来たの？」

「いえ、それはこちらで解決しますから。そんなことより……、」

蜜村はポケットをごそごそして、中から一枚のトランプを取り出した。社の殺害現場に残されていたハートの『9』だ。蜜村はそれを梨々亜に見せる。

「このトランプは梨々亜さんのですか？」

梨々亜は受け取ったトランプをまじまじと見る。そして、こくりと頷いた。

「うん、そうだけど。このトランプが現場に残されてたの？」

「はい、それで訊きたいんですが、あなたはこのトランプをどこに保管していたんですか？　つまり犯人がどこからこのトランプを持ち出したのかが知りたいんですけど」

それを聞いた梨々亜は、何らかの駆け引きを考えるように視線を左右に動かした。でも、すぐに面倒になったのか肩を竦めて、こう口にする。

「それを話すには、ひとまず梨々亜のスマホが必要になるかな」

「梨々亜さんのスマホが？」

「うん、ロビーの窓際のソファーの上にあるから持ってきて。詳しい話はそれから」

僕と蜜村は顔を見合わせた後、とりあえずその指示に従う。

梨々亜の言った通り、彼女のスマホはロビーのソファーの上にあった。僕は部屋に戻ってそれを渡す際に、「どうしてあんな場所に置いてたんですか？」と訊ねてみる。「置きたくて置いたんじゃないけど」と梨々亜は拗《す》ねたように言った。「ロビーでスマホをいじっていたら蜜村さんの推理が始まって——、それであそこに置き忘れたの」

梨々亜のスマホケースの縁には、腕時計の竜頭（時刻を調整するためのネジ）のような突起状の飾りが付いていた。梨々亜は指先でその竜頭を摘むと、素早く五回引っ張った。その後で今度はカチカチと五回押す。するとカシャッと音がして、スマホケースが縦にスライドした。そこにはカードを数枚入れられるくらいの隠しスペースが存在し、今はその場所に一枚のトランプが入っていた。ハートの『8』だ。

「一枚足りない」と梨々亜は言う。「昨日はここにハートの『9』も入ってたんだけど」

「つまり犯人が盗んだということですか？」

「うん、そういうことになる。梨々亜はハートの『9』を確かにここに入れたし、どこか別の場所に隠したり、誰かに預けたりはしていない」

蜜村は「ふむ」と思案して次の質問を梨々亜にぶつける。

「このスマホケースは市販されているものですか？」

「ううん、オーダーメイドよ」と梨々亜は言った。「知り合いの道具屋さんに作ってもらったの。カッコいいでしょ。世界に一つしかないんだから」

「ということは、このスマホの仕掛けは、梨々亜さんとその道具屋しか知らない？」

「そうね、その道具屋さんは口が堅いから、顧客のオーダーを他人に話すことはないだろうし。梨々亜も誰かに教えたことはないよ――、そんなことしたら、せっかくの仕掛けの意味がなくなるしね」

「じゃあ人前でこの隠しスペースの仕掛けを開いたことはないんですね？　人気のないところでしか開かない？」

梨々亜はこくりと頷いた。

「普段は自宅とかでしか開かないかな。あとは泊まっているホテルの部屋とか」

「じゃあこの館に着いてからは？」

梨々亜は少し考えた後で言った。

「……、そうね、この館に着いてからは、梨々亜の部屋でしか開いてないよ。例えば犯行に向かう前とかに、スマホケースから必要な番号のトランプを取り出したりとか」

蜜村は、ふむと頷いた後、僕に視線を向けて「そろそろ行きましょうか」と言った。

「えーっ、もう行っちゃうの？」梨々亜は不満げな声を上げる。蜜村は「私たちも忙しいので」と言った後で、ふと思い出したように梨々亜に告げる。

「そういえば梨々亜さん――、いちおう梨々亜さんの部屋を調べておきたいんですけど、いいですか？」

「別にいいけど、あまり鞄には触らないでね。じゃあ、はい、これ」

梨々亜はそう言って、ポケットから取り出したそれを蜜村に渡した。彼女が渡されたのは鍵だった。ただし、梨々亜の泊まる西棟の部屋の鍵ではない。

「……、これは？」と蜜村は言った。

「ホームセンターで買った補助錠の鍵よ。ドアノブに取り付けるタイプでね、付けるとノブが回らなくなるの。だから部屋に入れない。ノブを回せるようにするには専用の鍵で開錠するしかなくて、ノブから補助錠を取り外すのにも同じく鍵が必要なの」

「ふーん、つまりこの鍵がないと、梨々亜さんの部屋には入れないってことですか」と蜜村は鍵を見つめる。「……、でも何でこんなものを」

「ほら、梨々亜は国民的女優だから」と彼女は真面目な顔で言う。「梨々亜クラスになるとね、ホテルの従業員すら信用するわけにはいかないの。梨々亜の大ファンで、マスターキーを使って勝手に部屋に入ってくる可能性もあるからね。だから、旅行に行く時はいつも持ち歩いてるの。鞄にナイフとか入れてる時もあるから、万が一見られたら大変だし」

蜜村は「なるほど」と頷いて、少しの間思案した。そして「ありがとうございました」と言って、今度こそ部屋を出る。梨々亜は「えーっ、本当に行っちゃうの？」と退屈そうな声を出した。

＊

梨々亜の部屋は西棟の離れにあった。西棟一階の北端から渡り廊下が延びていて、屋根壁付きのそこを通ると扉の前まで辿り着く。扉には梨々亜が言った通り、補助錠が付けられていた。蜜村は梨々亜から受け取った鍵で補助錠を開錠すると、西棟のマスターキーを使って扉自体の鍵も開く。蜜村は室内に入ると、まず窓に近づいた。厚手のカーテンが掛かった、この部屋で唯一の窓だ。蜜村は思案するような表情でそのカーテンを調べていたが、やがて呟くような声で、「これ、穴が開いている」と言った。

僕も近づいて確かめると、確かにカーテンには指先ほどの大きさの穴が開いていた。蜜村はまた思案して、カーテンをシャッと開ける。カーテンの向こうは嵌め殺しの窓だった。彼女は再びそれをシャッと閉める。

それから蜜村は、あれこれと部屋の中の物色を始めた。一分ほどそうした後で、彼女は「これは」と声を上げた。テーブルの上に置かれていた怪しげな機器を拾い上げる。単眼の双眼鏡のような機械だった。

「それは？」僕は首を傾けて訊いた。

「たぶん、盗撮器発見器よ」

「盗撮器発見器？」聞いたことがない機械だった。「盗聴器発見器ではなく？」

蜜村は小さく肩を竦める。

「ぜんぜん別物よ。その双眼鏡みたいなスコープを覗くとね、部屋に隠しカメラが仕掛けられている場合、そのカメラの位置を点滅させて知らせてくれるの。スイッチを入れるとその盗撮器発見器がLEDの光を前方に放出させて、隠しカメラのレンズに当たって反射してきた光を再び機器がキャッチするという仕組みね。ソナーの光版みたいな感じ？　隠しカメラはその性質上、レンズと被写体の間に障害物を置くことができないから、カメラから被写体が見えているということは、被写体からも必ずカメラのレンズが見えているということになる。その性質を逆手に取った機械ね。機器によってはかなり高性能で、何十メートルも先に仕掛けられているピンホールカメラを見つけることもできるらしいわ」

蜜村はそう説明した後、「問題なのは、どうして梨々亜さんがこんな機器を持ってるのかってことだけど」と不思議そうな顔で言った。そこで僕は「あっ」と思い出す。

「そういえば梨々亜さんは、盗聴器を発見する機械を持っていたな」

この館に来た初日に、僕はその様子を目撃している。蜜村にそのことを話すと、「興味深い情報ね」と彼女は言った。

そして黒髪を掻いた後、彼女は窓に視線を向けた。

「ちょっと庭の方も調べていい？」

そんな風に僕に提案する。

僕たちは中央棟まで移動し、玄関から外へ出た。庭には数センチの雪が積もっている。この館に来た初日に降った雪だ。あれ以降雪は降っていないが、気温が低いせいでまだ融けずに残っている。ただ、皆の足跡で踏み荒らされて新雪というわけではなかった。でも庭を北へと進み、梨々亜が泊まる離れへと辿り着くと、そこはいっさい足跡のないまっさらな状態だった。離れの周囲をぐるりと回るが、やはりそこにも足跡はない。蜜村はスマホを取り出して、パシャパシャと写真を撮っていた。離れを一周し終えたところで、彼女は「あっ」と小さく声を上げる。

「これがさっきの窓ね」

蜜村の視線の先を追うと、確かにそこには窓があった。先ほど部屋の中で見かけた、この離れにある唯一の窓だ。彼女は足跡のない新雪を踏み荒らして窓に近づく。でも窓にはカーテンが掛かっているから、中の様子は窺えない。

「ううん、ここから覗くことができるわ」

蜜村は窓硝子を指先でコツコツ叩く。示された先を見やると、その部分だけカーテンに小さな穴が開いていた。先ほど室内でも確認した穴だ。指先ほどの大きさの穴だが、窓に顔を寄せるとその穴から、部屋の中の様子を窺うことができた。ベッドや家具が視界に入る。視野は思っていたよりも広く、部屋の全景がほぼ見渡せた。

僕が窓から離れると、その代わりに蜜村がカーテンの穴から再び室内を覗き込んだ。その体勢で数分間、地蔵のように動かない。「おーいっ」と声を掛けると、「あと、ちょっとだけ」と返ってきた。いったい何が楽しいのだろう？　そう思っていると、彼女はガバッと窓から離れる。そして僕に視線を向けた。

「もう一度、梨々亜さんのところに行きましょう。ちょっと、訊きたいことがあるの」

「訊きたいこと？」

「さっき私たちが離れに入った時、部屋のカーテンは閉められた状態だったでしょう？　だから梨々亜さんがこのカーテンをずっと閉めっぱなしの状態にしていたかが知りたいの。あと、最初にカーテンを閉めたのがいつなのかも知りたいわね」

僕は「なるほどね」と頷きつつも、彼女が何でそんなことを知りたいのか、さっぱりわからなかった。頭に疑問符を浮かべたまま、再び梨々亜のところに向かう。

「カーテンを閉めたタイミング？」梨々亜は蜜村の質問に、僕と同じく怪訝な顔をした。そして不可解そうな表情のままで言う。「最初にあの部屋に入ってからすぐ閉めたけど。それから一度も開けてないよ。つまり、初日から閉めっぱなし」

蜜村は、ふむと頷いた。そして「ありがとうございました」と梨々亜に告げる。

＊

梨々亜に話を聞いた後、僕たちは今度は犯行現場である図書室へと移動した。もちろん、密室の謎に挑むためだ。僕が注目したのは、扉の内側に付いた鍵のツマミだった。ガチャポンの蓋が被せられて使えない状態だったとはいえ、やはりここに密室を解くためのヒントがありそうな気がする。

僕は、ふむと思案した。

もし犯人がこのツマミを使って扉を施錠したのだとすれば、そこには大きな難関が四つ立ち塞がることになる。すなわち、①どんな仕掛けを使ってツマミを回したのか。②その仕掛けをどうやって回収――、あるいは消失させたのか。③どんな仕掛けを使ってガチャポンを貼り付けたのか。④その仕掛けをどうやって回収――、あるいは消失させたのか。

「……」

いや、こんなの無理ゲーだろ。僕はさっそく頭が痛くなってきた。

「とりあえず、いろいろ試してみるか」そう独り言を言って、ポケットから釣り糸を取り出した。密室と言えば、やはり糸だろう。でも扉は密閉性が高い造りで、ドアとドア枠の間に糸を通せそうな隙間はない。つまり扉の隙間を使って、部屋の外から糸を操作することはできないということだ。でも、まぁ――、と僕はとりあえずツマミにぐるぐると糸を巻いてみる。そして扉を眺めながら、その糸を引っ張るための仕掛けを考えた。そこでふと、「あれ?」と気づく。

「どうしたの?」

耳聡《みみざと》く蜜村が寄ってきた。ヒントの匂いに敏感な女だ。僕は情報の隠蔽《いんぺい》を考えたが、結局共有しておくことにした。「ここ」と扉を指差して言う。

「セロハンテープの切れ端が無くなっている」

昨日蜜村が扉からガチャポンの蓋を剝がした際に、セロハンテープの切れ端が五ミリほど扉に残ってしまったのだ。でも今はその切れ端が無くなっている。「本当だ」と蜜村は扉に顔を寄せた。

「これって、犯人が剝がしたってことだよな？」

「それはそうでしょうけど」

僕の質問に蜜村は答える。セロハンテープの切れ端が自然に剝がれるとは考えづらい。となると誰かが剝がしたということで、そんなことをするメリットがあるのは犯人だけとしか思えなかった。

しかし、いったいどういう意図だ？　あのセロハンテープの切れ端は、犯人にとってわざわざ隠滅するほど重要な証拠だったのだろうか？

「なぁ、蜜村はどう思う？」

「……、そうね」

気のない返事が返ってくる。彼女はしばらく扉の前で考え込むと、やがて「やっぱり、そういうことなのね」

そんな風に呟いて、ようやく扉から視線を外した。そしてその瞳を僕に向ける。

「ねぇ、葛白くん、悪いんだけど」

蜜村は僕に言った。

「私はこの事件から降りるわ」

その言葉に、僕は間の抜けた声を上げた。そして慌てて彼女に告げる。

「えっ、どういうことだ？　それって、もうこの事件には関わらないってことか？」

蜜村はこくりと頷いた。僕はますます困惑して、おずおずと彼女に訊ねた。

「もしかして、謎が解けなくて諦めたのか？」

「ううん、その逆よ」と蜜村は言った。「密室の謎が解けたから、もうこれ以上関わらないことにしたの」

まったくもって意味不明だった。謎が解けているのに関わらない？　ただその答えを、皆に伝えるだけでいいのに？

「だって、それだと私が困るから」

蜜村の涼やかな目が、その温度を一段下げる。冷たい瞳で彼女は言った。

「同じなのよ」

彼女の声が、耳に届く。

「この事件のトリックは、私が三年前に使った密室殺人のトリックと同じなの」

＊

僕は夢を見ていた。高校一年生の時の夢だ。その頃の僕はいつも密室のことを考えていた。学校にいる時も――、学校からの帰り道も。家に着いてからもずっと、蜜村が起こしたとされる密室殺人事件のトリックを考えていた。あらゆる可能性を頭の中でこねくり回し、時には自室の扉を使ってトリックの検証を試みる。密室漬けの毎日。今考えれば、どうかと思う。

ただ、あの頃の僕は間違いなく、彼女の密室とともにいた。

＊

硬い床の感触で目を覚ます。犯行現場である図書室の床だ。寝転がって考えごとをしているうちに眠ってしまったらしい。体を起こそうとしたところで小さな悲鳴が聞こえた。視線を向けると、青い顔の夜月が立っていた。彼女は心臓に手を当てて、ほっと胸を撫で下ろす。

「良かった」と夜月が言った。「死んでるのかと思った」

どうやら死体に見えたらしい。犯行現場で寝転がっていたら、確かにそう見えるのかもしれない。

床から立ち上がった僕に夜月は訊いた。

「捜査の状況はどう？」そして、きょろきょろと辺りを見渡す。「というより、蜜村さんは？」

どう答えたものか。僕は夜月から視線を逸らして言った。

「蜜村とは仲たがいしたんだ」

「えっ、どうして」

「方向性の違いだな」

「バンドみたいだね。あっ、わかった」

「何？」

「フラれたのか」

夜月が納得いったように、うんうんと頷いた。もちろん、僕は納得いかなかった。

「とにかく」と僕は言う。「彼女はこの事件から降りたんだ。もう関わらないそうだ」

それを聞いて、夜月は「えっ」と呟いた。「えっ、じゃあ、どうするの？」彼女は困ったように言う。

「香澄くん一人で、この事件の謎を解くつもりなの？」

その意外な言葉に、僕は一瞬虚をつかれた。慌てて首を横に振る。

「そんなつもりはないよ。僕には荷が重すぎる」

「うん、確かに」夜月はこくりと頷いた。「香澄くんには荷が重いと思う」

「それに、僕と蜜村じゃ頭の出来が違いすぎるし」

「うん、確かに。近所で話題の賢い猫と、東大生くらいの差はあると思うけど」

さすがに口が悪すぎる。僕はちょっとムカついてきた。

「とにかく、僕もこれ以上、この事件に関わるつもりはないってことだ。考えてもわからないことは、初めから考えない。時間の無駄だからな」

僕は夜月にそう告げた。彼女は「そっか」と呟いて、その首を横に傾ける。

「でも、それって嘘だよね」

「えっ？」

「香澄くん、嘘下手だから」

夜月は口元で笑って言う。

「だって香澄くん、凄くウズウズしてるよ？　本当はこの密室の謎を解きたくて仕方がないんじゃないの？」

僕は自身の口元に指で触れた。そこにはかすかな笑みが浮かんでいた。

おずおずと彼女に訊く。

「本当に、そう見える？」

「うん、見える。だって香澄くん、凄く楽しそうだもん」

もう一度、口元に触れた。どうやら僕の本心はだだ漏れらしい。フェンリルじゃあるまいし、殺人現場で楽しそうなんて倫理観の欠如も甚だしいけれど、それが僕の偽らざる気持ちなのだから仕方がない。結局、僕も彼女と同種の人間だということか。

僕は今、凄く楽しい。

楽しくて楽しくて仕方がない。

その理由は決まっている。

もう一度、彼女の密室に挑むことができるからだ。

三年前に蜜村が使ったトリックと、同じトリックが使われた密室に。

かつて彼女が文芸部の部室で語った『究極のトリック』が使われた密室に。

「私がお父さんを殺したの」――、
一年前の夏の日に、彼女が僕に語った言葉。夏の茜色に染まった路地で、彼女から聞かされた言葉。そして僕はあの日から、彼女の残した密室の謎に執着した。まるで恋に落ちたように。あの日から僕の生活は、彼女の密室を中心に回り始めた。

思春期の男子が、中二病のラノベにハマるように。

お気に入りのアイドルグループに執着するように。

あるいは気鋭のミュージシャンに憧れ、ファッションや口調を真似るように。

僕にとってはそれが、蜜村漆璃の密室だった。すべての熱量を持ってそれに挑んだ。

まるで世界から彼女の密室以外の、すべてがなくなってしまったかのように。

どうしてそこまで執着していたのか――、その理由はいろいろある。例えば、単純に答えを知りたかったからとか。彼女が考えた『究極の密室トリック』の答えが。でも、それ以上に、きっと――、
僕は彼女の驚いた顔を見たかったのだ。

蜜村は天才で、何でもできて、僕はいつも彼女に驚かされてばかりだった。でも逆に、僕が彼女を驚かせたことはほとんどない。バカな行動をとって呆れ混じりに驚かれることはあったけれど、僕が彼女の予測の上を行って、呆気に取られるのを見たことはたぶん一度もなかったはずだ。

だから僕はそれが見てみたかった。

その光景を想像すると、どうしようもなく嬉しくなって、だらしなく口元が緩んで、何故だか少しだけ緊張した。まるで告白でも決意したかのように。だからあの頃の僕は、彼女との再会の予定なんてないのに、ずっと密室のことを考えていた。

まぁ、結局、解くのは諦めてしまったのだけど。

蜜村の残した密室の謎は、あまりにも高い壁だった。高校生の僕が、雑誌やネットから得た情報だけでそれを解くのは不可能だった。

じゃあさ――、と僕は思う。

雑誌やネットで情報を得るのではなく、実際にその現場に居合わせたとしたらどうだ？

どうなるだろう？　やっぱり解けない？　いや、僕は――、解けるんじゃないかと思っている。本当に？　じゃあ、試してみようか。幸い――、
ここにはその仮定を試すのに、最適な密室がある。

「ありがとう、夜月」

「どうした、急に」

夜月は戸惑った顔をする。

「お礼を言われる意味がわからんけど」

「……、ああ、うん」

確かに、と僕は思った。ちょっと自己完結しすぎたかもしれない。

でも夜月のおかげで自分のやりたいことがわかったのは確かだった。だからもう一度「ありがとう」と言って、僕は図書室を後にした。その足で、蜜村の部屋に向かう。

＊

部屋の扉をノックすると、すぐに蜜村が顔を出した。彼女は呆れたように眉を寄せて、不機嫌な声音で言う。

「悪いけど、密室の答えを教える気はないから」

そう告げて扉を閉じようとする。僕はその扉とドア枠の間に足を挟み込ませた。挟まれてちょっと痛い。彼女はぐいぐいと扉を閉じようとする。かなり痛い。蜜村は諦めたように扉を開いた。そんな彼女に僕は言う。

「あいにく、答えを教えてもらうつもりはない。その必要もないからだ」

蜜村は怪訝な顔をした。

「どういうこと？」

「何故なら、あの密室の謎は僕が自力で解くからだ」

蜜村の瞳が、驚きに丸くなる。そして、すぐに失笑を浮かべた。

「そんなこと、本当にできると思ってるの？」

「できるさ」と僕は頷く。「何故なら、僕は君が思っているよりも何倍も凄い男だからだ。この事件は僕が解決する。そして君は僕の謎解きを聞いて、そんなバカなって膝をつくんだ」

そう言い放った僕の言葉に、蜜村はきょとんとする。そして苦笑を強くした。「身の程知らずはいい加減にして」そう嘲《あざけ》るように口にする。「あなたにあの密室の謎が解けるわけないでしょう」

「いや、解ける」

「解けないって」

「解けるから」

「絶対解けない」

涼やかな目を細めて、彼女は諭すように言った。

「私にはわかるのよ——、あなたにはこの謎は絶対に解けない。ううん、あなただけじゃない。世界中の誰にも解けないの。だってこれは、そういう密室なのだから」

自信に満ちたその言葉に、僕は肩を竦める仕草を返した。今さら気後れすることではない。この密室の難度が高いことは、日本中の誰もが知っていることなのだから。

だから僕は余裕綽々《しゃくしゃく》な態度で、「そんなことよりも」と言った。

「そんなことよりも、懸念があるんだ」

「懸念？」

「うん、懸念」と僕は頷く。そして蜜村の顔を指差した。「君は三年前に起こした事件で、無罪判決を受けている。最高裁の無罪判決だ。日本の法律上、今後この判決が覆ることはない。仮に誰かが密室の謎を解いたとしても、君の無罪は揺るがないんだ」

日本の再審は冤罪《えんざい》など、被告人の不利益を覆すためにしか行われない。新しい証拠が出たからといって、一度無罪判決を受けた者が再び裁判に掛けられることはないのだ。

僕のその説明に、蜜村は怪訝な顔をした。そして「そんなこと知ってるけど」と探るような声で言う。「それが、どうしたの？」

「だから、懸念だよ」と僕は言った。「いくら法律上は無罪だと言っても、世間の反応はそうはいかないだろう？　もし密室の謎が解かれたら、君は大変なことになる。マスコミに追い回されて、ネットでは袋叩きにされる。因果応報と言えばそれまでだけど、僕は君がそんな目に遭うのは、正直あまり見たくない」

ますます怪訝な顔を見せる彼女に、僕はその提案を伝える。

「だから、もし君が望むのならば、僕はこの密室トリックの真相を世間に公表しないつもりだ。社会正義には反するけれど、仕方がない。夜月たちにも答えは知らせずに、解決編は僕と君の二人で進めてもいいと思っている」

それは友人である蜜村への僕なりの気遣いだった。自画自賛になるけれど、僕は気遣いのできる男だった。でも蜜村はそんな僕に対して、何故だか呆れた視線を向ける。

「ねぇ、葛白くん、捕らぬ狸の皮算用ってコトワザを知ってる?」

捕らぬ狸の皮算用。

「もちろん、知ってるけど」

「そう? じゃあ、間違って憶えているのね。正しい意味は、『そんな心配は密室の謎を解いてからにしろ』――、だから」

蜜村は深く溜息をつく。

「何だか神妙な顔をしてると思ったら、そんなバカなことを考えてたのね。呆れて言葉も出ないわ。もし密室の謎が解けたなら、堂々と世間に公表すればいいじゃない。まぁ、そんな未来は、百億年経っても訪れないと思うけど」

その言葉に、僕はちょっとムッとした。不満気に彼女を睨み返す。

「後悔するなよ」

「するわけないじゃない。そのくらいのリスクがないとこっちも面白くないもの。あっ、そうだ、特別に少し手伝ってあげましょうか?」

その申し出に僕は虚をつかれ、慌てて買い言葉で応じた。

「ヒントはいらない。自力で解くから」

すると蜜村は肩を竦めて、「ヒントじゃないわ」と口にした。

「密室のヒントじゃない。私はね、この事件の犯人が誰かを教えてあげるって言ってるの」

「えっ？」

その予想外の言葉に、僕はしばし思考を凍らす。そして慌てたように彼女に言った。

「君は、誰が犯人なのかもうわかってるのか？」

「当然よ」と蜜村は胸を反らす。「私を誰だと思っているの」

「光速探偵ピエロだと思ってる」

「あなた、私のことをそんな風に思ってたの？」

蜜村はショックを受けたような顔をした。そして、こほんと咳をする。

「とにかく、犯人の正体を教えてあげる。聞きたいでしょう？　じゃあ、今から言うわね」

「ちょっと、待って」

僕は慌てて止めた。そして少しの間思案する。犯人の正体は確かに気になる。でもそれを蜜村に教えてもらってもいいのだろうか？　いちおう僕と彼女は仲たがいし、敵同士になったのに。

そんなニュアンスのことを蜜村に伝えると、彼女は呆れたように溜息をついた。

「何を言ってるの？　素直に聞いておけばいいのよ」そしてこの世の真理のように言った。「だって誰が犯人かなんて、密室の謎に比べたら遥かにどうでもいいことでしよう？　だから私はあなたに犯人の正体を教えるの。本当に密室の謎を解きたいのなら、密室以外のことにかかずらっている時間なんてない。すべてを密室に捧《ささ》げなさい。じゃないと、解けないわよ」

強引にそう諭されてしまった。僕もだんだんと「そうなのかなぁ」という気になって、結局素直に彼女から誰が犯人なのかを聞くことになった。

「じゃあ、言います」

蜜村はこほんと咳をした。

「犯人の正体はね――、」

告げられたその名前に、僕は目を丸くした。そうか――、あの人が犯人だったのか。意外だ。

「……、ちなみに、ちゃんと理由もあるんだろうな」

「もちろんよ、何でその人が犯人かっていうと――、」

ごにょごにょと、その理由を告げる。そうか――、そういう理由で犯人なのか。論理的だ。

「じゃあ、あとは頑張ってね。どうせ解けないと思うけど」蜜村はそう言って、僕との会話を打ち切った。扉を閉める直前で、「ああ――、そうだ、これ」とポケットから取り出したそれを僕に渡す。

「葛白くんにあげるわ」

それはハートの『8』のトランプだった。梨々亜のスマホケースに入っていた、今回の事件で唯一使われなかったトランプ。符合するノックスの十戒は――、

『読者に提示していない手がかりによって事件を解決してはならない』

僕は受け取ったトランプをしばし眺めた。つまり、密室を崩すための手掛かりは既に示されているということか。

＊

図書室へと戻った僕は、マスターキーの入ったジャム瓶をカチャカチャと振っていた。直径と高さがそれぞれ二十センチくらいのジャム瓶だ。ラベルは剝がされているので、本当にジャム瓶だという確証はないが。でもスーパーやコンビニで売られているジャム瓶を、そのまま拡大したような感じだ。業務用なのかもしれない。

僕はジャム瓶を振りながら思考を巡らせた。犯人がもしマスターキーを使って扉を施錠したのだとすれば、そこには大きな難関が三つ立ち塞がることになる。すなわち、

①犯人はどうやって鍵を部屋の中に戻したのか。②部屋の中に戻した鍵を、どうやってジャム瓶に入れて、その蓋を閉めたのか。③ジャム瓶の蓋を閉めた仕掛けを、どうやって回収——、あるいは消失させたのか。

「……」

いや、こんなの無理ゲーだろ。僕はジャム瓶を床に置いた。①だけでも不可能なのに、さらに②、③と続いている。三重の不可能犯罪だ。やはり犯人はマスターキーを使って扉を施錠したのではないのだろうか？

三年前の——、蜜村が起こしたとされる事件では、部屋の鍵はジャム瓶ではなく、机の引き出しの中に入っていた。となると、鍵をジャム瓶の中に入れるのと、鍵を引き出しの中に入れるのとには同じトリックが使われているということだろうか？　それともやはり扉を施錠するのに鍵なんか使われておらず、だからこそ二つの事件で鍵が発見された場所が異なっているのか。

それに気になることは他にもある。一つは犯人が死体を移動させた理由だ。犯人は社の死体を、西棟にある彼の自室から図書室へと移動させている。意味なく移動させるとは思えないので、そこには必ず犯人にとってのメリットがあるはずだ。

そしてもう一つ気になっているのが、セロハンテープの切れ端の謎だった。蜜村は図書室の扉からセロハンテープの切れ端が剝がされているのを見て、今回の密室トリックの真相に思い当たった。ガチャポンの蓋を貼り付けるのに使われていたセロハンテープだ。セロハンテープの切れ端を回収したのはおそらく犯人で、では犯人は何故その切れ端を回収したのかという疑問が残る。そしてそれ以上に疑問なのは――、三年前の事件では、扉の内側にガチャポンの蓋など貼り付けられていなかったのだ。となると、犯人が回収したセロハンテープの切れ端は、もしかしたら別の意味を持つのかもしれない。すなわち、犯人はガチャポンを扉に貼り付けるためにセロハンテープを使ったのではなく、もっと別のトリックにセロハンテープを使用して、その痕跡をカモフラージュするために、あえて扉にガチャポンを貼ったという可能性も。つまり三年前と違い、今回の事件では犯人には犯行時に扉からセロハンテープを回収できない何かしらの事情があったということに――、

「やっほーっ、はかどってる？」

そのタイミングで夜月が入ってきて、僕の思考は打ち切られた。羽ばたいていく鳩の群れのように、推理の残滓《ざんし》が去っていく。くそっ、何か思いつきそうだったのに。

僕は不満げに夜月を睨んだ。夜月は「あぁ？」と僕を睨み返してきた。

「で、進捗は？」

ヤンキー同士のような睨み合いが一分ほど続いた後で、そんな風に夜月が話を戻した。僕は「あぁ？」と一度だけ言って、「お察しの通りだよ」と唇を尖らせた。

「この事件は迷宮入りだ」

「諦めるの早いっ！」

「てか、マジでわかんないんだよな」もう二時間くらい考えているのに、まったく答えに辿り着けない。「密室の強度が高すぎる」

「密室の強度？」

夜月は首を傾けた。僕は気分転換も兼ねて説明する。

「簡単に言えば、密室の難易度みたいなものだよ。例えば今回の密室は扉の下に隙間がないだろ？　この場合、扉の下の隙間を使うタイプのトリックが使えないから、犯人の使えるトリックの幅が狭くなるということになる。いわば、ルールによる制限が付加されたような状態だな。『密室トリックの謎を解け。ただし、扉の下の隙間から鍵を戻すタイプのトリックは使われていないものとする』みたいな」

そんな僕の説明を聞いて、夜月は眉をハの字にした。

「ちょっと何を言っているのかわからないけど」

「何を言っているのかわからないのか」

僕は落胆した。夜月は肩を竦めて言う。

「まぁ、頑張って考えなよ――、まだまだ時間はあるんだし。お姉さんはロビーでのんびり紅茶でも飲んでるから」

「イチゴのショートケーキも食べちゃうかもね」

「何とうらやましい」

「何と」

夜月が去って行った後、僕は床にごろりと寝転がった。そのまま天井を見つめて思索に入る。彼女の言う通り、まだ時間はあった。この館に閉じ込められてから今日で五日目――、一週間で救助が来ると仮定したら、残された時間は今日を含めてあと三日だ。あと三日で事件は僕の手を離れ、警察のもとへと移る。そうなったら僕はもう、こんなにも近くでこの密室について考えることはできないだろう。

あと三日――、でも三日あれば何とかなりそうな気がする。

あと三日あれば――、

＊

――、というようなことは全然なくて、事件はもう迷宮に腰まで浸りかけていた。毎日現場でうんうんと頭を悩ませていたのだけど、どんなトリックを使ったのかはもちろん、その取っ掛かりすら摑めない。僕は瀕死《ひんし》の状態だった。肉体的にも精神的にも瀕死だった。廊下で擦れ違った蜜村に、「ふっ」と鼻で笑われる。どうやらプライド的にも瀕死に追い込まれてしまったようだ。

この館に来てから七日目――、おそらく今日か明日には救助が来る。そのせいか、朝の食堂に集まっていた皆の顔は晴れやかだった。社が殺された五日目以降、誰も死んでいないというのも大きいのかもしれない。

僕は徹夜明けの目をこすりながら、夜月の向かいの席に座る。彼女はトーストにジャムを塗っていた。迷路坂さんが焼いたトーストだ。テーブルには他にも目玉焼きとサラダとウィンナーが並んでいた。これも迷路坂さんが作ったもの。詩葉井さんがシェフを務めていたころに比べれば劣るが、十分に美味しいと言えるレベルだった。

僕はあくびを嚙み殺しながら、トーストにマーマレードを塗った。さらに林檎のジャムを塗る。マーマレードと林檎ジャムのハイブリッドだ。僕はトーストを一度皿に置くと、マーマレードと林檎ジャムの蓋を閉めた。その様子を見ていた夜月が、たしなめるように僕に言う。

「香澄くん、蓋が逆になってるよ?」

「蓋が逆?」

「だからジャム瓶の蓋が――、もう、貸してみ?」

夜月はマーマレードと林檎ジャムの瓶を手元に寄せた。そしてその蓋をくるくると外し、二つのジャム瓶の蓋を取り替えた。蓋にはそれぞれラベルが付いていて、オレンジと林檎の絵が描かれている。どうやら僕は二つの瓶の蓋を間違って閉めてしまったようだ。だから、そのことを夜月にたしなめられた——、

その瞬間、それに気付く。

僕は勢いよくテーブルから立ち上がった。そしてそのまま図書室へとダッシュする。

「ちょっと、どうしたのっ、香澄くん」慌てたような夜月の声が聞こえた。でも僕はそれに構わずに、中央棟のロビーを経由して西棟まで駆け抜けた。三階にある図書室に着いたところで、切らした息を整える。

ぐるりと、室内を見渡した。そして、ああ——、と感嘆の息を漏らす。

ああ——、これは気付かない。こんなものに気付くのは、世界できっと三人だけだ。僕と、この事件の犯人と——、蜜村漆璃の三人だけ。

「いったい、どうしたの、香澄くん」

僕を追いかけてきた夜月が言った。ぜえぜえと息を整える彼女に、僕は告げる。

「夜月、食堂に皆を集めてくれ」

夜月は首を傾けた。

「既にみんな集まってるけど。朝食中だったから」

そうだったか——、そういえば、そうだったな。僕はこほんと咳をする。

「いったい、どうしたの、香澄くん」夜月は訝し気な目を僕に向ける。「もしかして、

まだ寝ぼけているの？」

僕は首を横に振った。寝ぼけてなどいない。仮にそうだったとしても、今はもう醒めてしまっている。

「解けたんだよ」

それは僕にとって、目の醒める結末だった。

「密室の謎は氷解した」

回想4　四年前・四月

「新しい密室トリックなど存在しない」

蜜村と知り合ってから間もないころ、僕は文芸部の部室で彼女と密室の話をしたことがある。

新しい密室トリックなど存在しない——、それがこの議論における僕の立ち位置だった。

「新規トリックと言われるものも、すべては既存トリックの発展系に過ぎない。施錠に使った鍵を室内に戻す方法が新しかったりとか、扉の内側についた鍵のツマミを回す方法が新しかったりとか。でもそれじゃ本物の新規トリックとは言えないだろう？　でも実際に目にするのはそんなのばかりだ。はいはい、そのパターンは知ってるよ——、って、僕は解決編のページをめくるたびに、いつも鼻くそをほじりながらそんな風に思うんだ」

その言葉に蜜村はドン引きしたような顔をした。

「葛白くんは鼻くそをほじりながら本を読んでいるの？　汚い」

「……、ものの例えだ」

「良かった、本当にほじりながら読んでいるわけじゃないのね」

蜜村は、ほっと胸を撫で下ろす。そして「私は新しい密室トリックは存在すると思うの」と言った。

「ほら、推理小説のトリックはよく鉱脈に例えられるでしょう？　その例に倣って、神様によって世界に存在する密室トリックの数があらかじめ決められていると仮定しましょう。つまり鉱脈の含む富の量には限りがあって、推理小説の歴史が始まってから百八十年の間にその富はあらかた掘りつくされてしまった。俗に言う、『富の枯渇』理論ね。でもね、私はその理論は間違っていると思うの」

僕はその話に興味を惹かれて、「どうして？」と訊ねた。すると彼女は「だって密室トリックを鉱脈に例えているのよ」と言った。

「あなたは鉱脈からすべての金を掘りつくすことが可能だと思う？」

僕は苦笑を浮かべて言った。

「何だか、悪魔の証明みたいだな」

鉱脈を掘り続ければ、やがて金は取れなくなる。でも本当にそこに『金が残っていない』ということは絶対に証明できない。掘り続ければ、いつか出てくるかもしれないからだ。

でも逆に『金が残っている』ことを証明するのは簡単だ。実際に掘り返して、それを衆目に晒《さら》せばいい。「まだ、ここには金があるぞ」そう高らかに叫べばいい。

「私はそれを証明するのが推理作家の仕事だと思うの」

蜜村は頬杖を突きながら、そんな風に僕に告げた。

「だから推理作家は口が裂けても、『新しい密室トリックは存在しない』なんて言ってはならない。だってそれは自らの仕事を否定することになるのだから。嘘でもいいから虚勢を張るの。そうすればいつかその嘘から、真実が零《こぼ》れる日が来るかもしれない」

第6章　密室の崩壊

夜月は食堂で紅茶を飲みながら、葛白からの連絡を待っていた。謎が解けた宣言をした葛白は食堂に皆を集め（既に集まっていたが）、自身はどこかに消えてしまった。何でも下準備があるらしい。手持ち無沙汰になった夜月は、近くの席で朝食を食べていた蜜村のところに合流した。あれこれと世間話をしながら、ふと思い彼女に訊ねる。

「香澄くんは、本当に密室の謎を解いたと思う？」

蜜村は「さぁ、どうでしょう」と肩を竦めた。

そうしているうちに葛白は食堂へと戻ってきた。随分と待たされた気がする。実際には三十分も掛かっていないのだろうけど。

「では、皆さん、どうぞこちらに」

と葛白は夜月たちを食堂の外に連れ出した。随分と格式ばった言い方だ。似合わない、と夜月は思う。葛白は何というか、頭のいい行動全般が似合わない。

葛白に案内されたのは、西棟三階にある図書室だった。つまり社の死体が発見された部屋だ。この館で起こった五つの密室殺人のうち、唯一未解の五番目の密室。

葛白は皆に視線を向けた。皆とは今この館にいる人間のうち、梨々亜を除く五人のこと。すなわち、フェンリルと石川と迷路坂、それに蜜村と夜月のことだ。ここに葛白自身を加えた六人の誰かが社を殺した犯人ということになる。そして密室を構築したのも——、

「それでは皆さん」

葛白は皆に告げた。

「今から密室の謎解きを始めます」

＊

葛白はもったいぶったように「さて」と言って、ぐるりと夜月たち五人を見渡した。そしてこんな風に言葉を告げる。

「推理を始める前に、まず確認しておきたいことがあります。皆さんは法務省が作成した密室分類というものを御存知でしょうか？」

皆は困惑したように、互いの顔に視線をやった。

「それは、まぁ」と蜜村が言う。「もちろん、知っているけど」

「常識ですよね」とフェンリル。

えっ、常識なの？　と夜月は思った。でも石川が「いや、僕は知らないな」と言って、「私も」と迷路坂も続いたので、幾分か気が楽になった。夜月も堂々と「はい、知りませんっ！」と手を上げる。そんな夜月たちのことを、蜜村とフェンリルは異邦人を見るような目で見つめていた。……、この人たちは何というか、あまりにも密室を中心に暮らし過ぎではないだろうか？

「で、その密室分類って何？」夜月がそんな風にせっつくと、葛白は肩を竦めた。

「三年前の――、日本で初めて起きた密室殺人を契機に、法務省が作成した分類のことだよ。法務省は完全密室――、つまり扉と窓が施錠されたタイプの密室について、そのトリックの分類を行った。そしてその分類によれば、密室トリックというのは大きく分けると、たった十五種類しか存在しないということになったんだ」

十五種類――、と夜月は思った。それはまた、随分と少ない。

「つまり、どんな密室殺人であっても、使われたトリックは必ずその十五種類のどこかに分類されるということだ。じゃあ、今からその密室分類を実際に書き出してみよう。法務省が作成した密室トリックの分類はこんな感じ」

どこから持ってきたのか、図書室には一枚のホワイトボードが置かれていた。葛白はそこに黒のマーカーで、法務省が作成したという密室分類を書き出していく。

【密室分類（密室状況を構築するためのトリック等の分類）】
①施錠に使った鍵を扉の下などの隙間から室内に戻す。
②扉の内側にある鍵のツマミを何らかの方法によって回す。
③隠し通路から脱出する。
④蝶番を外して取り外した扉を後から取り付ける。
⑤被害者が自ら鍵を掛けた。
⑥犯人が部屋の中に隠れていた。
⑦密室状態でない部屋を密室だと勘違いしていた。
⑧実際に密室であった場所と死体発見現場が別。
⑨合鍵を使う。
⑩死体発見時のどさくさに紛れて鍵を室内に入れる。
⑪室内に残された鍵はダミーで後から本物の鍵とすり替える。
⑫早業殺人。
⑬部屋が密室状態になる前に既に被害者は死んでいた。
⑭密室の中にいる被害者を部屋の外側からの攻撃によって殺す。
⑮密室の中にいる被害者を部屋の内側からの攻撃によって殺す。

すべてのパターンを書き出すと、葛白はマーカーのキャップを閉じた。そして蓋の付いたマーカーで、ホワイトボードをコツコツ叩く。

「密室トリックがこの十五種類しかない以上、今回使われたトリックも必ずこのどれかに属するはずです。つまり、一つずつ検証していけば必ず真実に辿り着ける」

「えっ、それって十五種類のパターンをすべて検証するってこと？」と夜月。

「そういうこと。だから、少し長くなるかもしれないけれど、できればきちんと聞いてほしい。これは密室もののミステリーにおける、ある種の儀式でもあるのだから」

ある種の儀式――、その言い回しはよくわからないけれど。

夜月は小さく頷いた。他の皆も同様に頷く。では、ひとまず聞いてみようではないか。彼の語る少し長い話――、密室ミステリーにおける、ある種の儀式というものを。

「では、まずは①の検討から始めましょうか」

皆の同意を得た葛白は、再び格式ばった言い方で語り出す。その言葉を受けて、夜月はホワイトボードに書かれた①のパターンに目を向けた。すなわち『施錠に使った鍵を扉の下などの隙間から室内に戻す』――、

「これは密室トリックの中で最もメジャーなトリックと言ってもいいです」と葛白は言った。「内容としては今さら説明するまでもありませんが――、部屋の外側から鍵

を使って施錠し、その鍵を扉の下などの隙間から糸などを使って室内に戻すというトリックです。でも今回はこのトリックは使えません。どうしてだと思う、蜜村」

指名された蜜村はムッとした。

「……、どうして私に訊くの？」

葛白は肩を竦める。

「アシスタントがいた方が推理を進めやすいからな」

「いや、それはわかってるわ。どうして私がそのアシスタント役に任命されたのかって言ってるの。見下されているみたいで不快だわ」

蜜村はツンとそっぽを向いた。彼女も以前推理をした際に葛白をアシスタントに使っていたような気もするが。葛白もそのことを指摘して、そこから不毛な議論が始まった。その不毛な議論は五分くらい続いた。

ようやく折れた蜜村が、渋々アシスタント役に回る。

「仕方ないわね、答えてあげるわ。てか、こんな基本的なこと、わざわざ説明したくはないのだけど」彼女は深く溜息をつく。「いい――、①の否定は恐ろしく簡単よ。まず扉の下をはじめとして、部屋には一切の隙間がないこと。だからそもそも、鍵を室内に入れることができない。そして鍵は蓋の閉まったジャム瓶の中――、しかも室内にはトリックの使われた痕跡は一切存在しない。密室トリックは魔法じゃないわ

――、物理法則に反することは絶対にできないの。『鍵を室内に入れる方法』と『痕跡を残さずに瓶の蓋を閉める方法』――、このどちらも存在しない以上、①のパターンが使われた可能性は絶対にありえない」

蜜村はそう断言した。葛白は頷いて、「うん、僕もそう思う」と言った。蜜村はむっとして、「何が僕もそう思うよ、偉そうに」と返す。

とにかく、①のパターンは否定された。葛白はホワイトボードに書かれた①のパターンをマーカーの縦線で消去する。そして続く②のパターンを示した。

「じゃあ、次は②――、『扉の内側にある鍵のツマミを何らかの方法によって回す』パターンだ。でもこのパターンも否定される。蜜村」

「はいはい、これも私が答えるのね」彼女は不機嫌な声で言った。「これも①のパターンと同じよ。扉の内側のツマミは、ガチャポンの蓋が被せられて使えない状態にされていた。つまり犯人がこのトリックを使ったとすれば、何らかの機械的（物理的）な仕掛けを使ってツマミを回した後、さらに何らかの機械的な仕掛けを使ってガチャポンの蓋を貼り付けたことになる。でもその機械的な仕掛けの痕跡は室内には一切見られなかった。壁や扉には隙間がないから、そこから仕掛けを回収することもできない。さっきも言った通り、密室トリックは魔法じゃないわ。だからこれも不可能よ」

葛白はそれに頷いて、②のパターンをマーカーで消した。残るパターンは十三個。

「じゃあ、次は③——、『隠し通路から脱出する』パターン。これは別にいいですね？　現場となったこの西棟には隠し通路はありません。なのでこのパターンは削除」葛白は③のパターンを消す。そして隣の④のパターンを示した。「次に④——、『蝶番を外して取り外した扉を後から取り付ける』パターン。取り外した扉の鍵のツマミを捻ってデッドボルトの飛び出た状態にして、それを部屋の外側から再び取り付けるトリックですね。これは以前に蜜村と検証しましたが、不可能だという結論に達しました。扉を閉めた状態だと、蝶番のネジ穴が隠れてしまうからです。なのでこれも削除」

④のパターンが消される。

「次に⑤——、『被害者が自ら鍵を掛けた』パターン。これは他殺ではなく自殺だったとか、部屋の外で刺された被害者が室内に逃げ込み、鍵を掛けて立て籠もった後、刺された傷が原因で死亡したみたいなやつですね。これはどうやって消そう？　蜜村」

「はいはい、また私の出番なのね」蜜村はそう唇を尖らせる。「これも恐ろしいくらい簡単に否定できるわ。被害者の社さんの体には、死後に付けられた傷があった——、検死による生活反応からそう判明したわ。だから仮に鍵を掛けたのが被害者自身であったとしても、彼は死後に密室状態となった室内でさらに攻撃を受けたことになる。だったら、彼を攻撃した犯人はどうやって密室から脱出したのかしら？　簡単よ。パターン⑤を除く、残りの十四のパターンのいずれかを使ってそれを成したの」

つまり議論は振り出しに戻るということか。それではパターン⑤は意味を成さない。

葛白はマーカーで⑤のパターンを消した。

「次に⑥――、『犯人が部屋の中に隠れていた』パターン。あの部屋には犯人の隠れられる場所はありませんでした。なのでこれも削除」

⑥のパターンが消される。

「次に⑦――、『密室状態でない部屋を密室だと勘違いしていた』パターン。これは例えば内開きの扉の後ろに何かしらの障害物が置かれていて、それにつっかえて扉が開かなかった。扉が開かないから鍵が掛かっていると勘違いした――、というやつです。でも今回は確かに扉は施錠されていましたから、このパターンも削除されます」

⑦のパターンも削除。

「次に⑧――、『実際に密室であった場所と死体発見現場が別』のパターン。これは説明が少しややこしいですが、例えば『部屋A』の中で悲鳴が聞こえ、登場人物たちは中の様子を確かめるためにその窓を破ったとします。でも実際に室内に入る前に何らかの事情でそこを離れ、再び現場に戻ってきた時、犯人の仕掛けたトリックにより、『部屋A』ではなく『部屋B』へと誘導され、そこで死体を発見した。トリックにより『部屋A』と『部屋B』を勘違いしたんですね。そして『部屋B』の窓は『部屋A』の窓と同様に破られた状態なのですが、『部屋B』の窓は犯人が事前に破っておいたものだった――、みたいなパターンです。つまり、死体が発見された『部屋B』は最初から窓が破れているから、密室でもなんでもなかったってことですね。でも今回はこのトリックは使えません。何故か？　蜜村」

「はい、葛白先生」と蜜村はやけくそのように言った。「今回私たちは窓を破った後、すぐに室内に入りました」

「そうだ――、でももう一つ理由があるだろう？」

「現場が三階だってことを言ってるの？」

「そうだ」

ちょっと会話に付いていけなくなってきた。夜月は手を上げて言う。

「先生、現場が三階だからってどういう意味ですか？」

「蜜村准教授が教えてくれる」

「私って准教授なの？」蜜村は目を丸くした。そして溜息をついて言う。「簡単なことですよ、夜月さん。今回の現場は三階で、三階には図書室以外の部屋がない。つまり、他の部屋と勘違いしようがないってことですよ。このトリックは犯行現場と同じ階に、犯行現場と同じ間取りの部屋がなければそもそも使えないんです。まぁ、犯行現場とは別の階に同じ間取りの部屋が存在して、そこと錯誤させるという類似トリックもあるんですが、ご存じの通り、この西棟は三階建て。一階と二階に図書室と同じ間取りの部屋はありませんから、この類似トリックを使った可能性もありません」

なるほど、と夜月は思った。ホワイトボードから⑧のパターンが消される。

「次に⑨――、『合鍵を使う』のパターンですね。合鍵などありません。なので削除」

あっさりと⑨のパターンが消される。

「次に⑩――、『死体発見時のどさくさに紛れて鍵を室内に入れる』パターン。犯人が施錠に使った鍵をこっそり隠し持っておき、死体発見時にさりげなく床とかに置いておくパターンですね。上手くやれば、初めからその場所に鍵があったかのように錯覚します。でも今回は、鍵は死体の傍に堂々と置かれていた。瓶に入った状態でね。部屋に入ってすぐに蜜村がそれを発見したし、僕もその様子を見ていた。なのでこのトリックは使えない」

なので⑩のパターンも削除――、か。だんだん数が減ってきた。残りはたった五つ。

「次に⑪――、『室内に残された鍵はダミーで後から本物の鍵とすり替える』パターン。室内に残されていたマスターキーは本物だったし、すり替える暇もなかった。鍵が入ったジャム瓶はずっと蜜村が抱えていたしな。蜜村自身がすり替えるのも無理だ。僕は蜜村が鍵をすり替えないように、さりげなく監視していたからな」

「そんなことをしていたのね。最低だわ」

「とにかく、これで⑪のパターンも削除だ」

ホワイトボードから、また一つのパターンが消える。

「次に⑫——、『早業殺人』」

「『早業殺人』——、どこかで聞いたことがありますね」と迷路坂が言った。

「超有名古典トリックの一つですよ」と葛白。「密室が破られた時、被害者はまだ生きていた。薬で眠らされて、あたかも死んでいるように見えただけなんです。そこに第一発見者が『大丈夫ですかっ！』って駆け寄るんだけど、その第一発見者こそが実は犯人なんです。駆け寄った犯人は被害者の生死を確かめるふりをして、隠し持っていた刃物で被害者を刺し殺す。つまり他の皆が見ている前で早業で殺人を犯すんです」

なるほど、だから早業殺人か——、と夜月は思う。皆の目の前で殺人を犯すというのは、かなりショッキングではあるけれど。

「でもこのトリックには一つ欠点があります」と葛白は言った。「それは死体発見時刻と被害者の死亡推定時刻が著しく近くなってしまうこと。なので検死をすれば、早業殺人が行われた可能性があるかどうかは簡単に判断できます。石川さん」

急に名指しされた石川は、びっくりしたように肩を震わせる。そして「急に名前を呼ばないでくれ」と苦笑いを浮かべた。

「で、何だい？」

「社さんの死亡推定時刻です。死体を発見した際、死後どれくらい経ってました？」

「確か――」石川は記憶を探るように言う。「死後二時間くらい経ってたかな」

「じゃあ、早業殺人が行われた可能性はありませんね」
⑫のパターンに縦線が引かれる。残り三つ。
「次に⑬です。『部屋が密室状態になる前に既に被害者は死んでいた』パターン。これは例えば午前中には部屋の鍵が使えたんだけど、午後には鍵は衆人環視の状態にあって使えなかった――、そして被害者が殺されたのは午後だから、鍵は使えなくて部屋を密室にすることはできなかった――、というやつです。でも実際には被害者が殺されたのは午後ではなく午前中で、その時は鍵が自由に使える――、つまり扉の施錠がし放題の状況だったわけです。現場が密室になったのは、厳密にいえば鍵が衆人環視の下に置かれた午後ですから、午前中は密室ではない。鍵は掛かってはいますが、厳密に言えば密室ではないので――、『部屋が密室状態になる前に既に被害者は死んでいた』ということになります。でもこのパターンは――、」葛白は皆を見渡した。

「今回は全然関係がありません。何故なら今回の事件ではマスターキーは密室状態になった部屋の中で発見されているから。この⑬のパターンでは、鍵が室内で発見されることは絶対にありえないんですよ。なので削除」
⑬のパターンが消される。いよいよ、あと二つだ。
「じゃあ、次に⑭のパターン」葛白は蓋の付いたマーカーでホワイトボードをコツコ

ッ叩く。「『密室の中にいる被害者を部屋の外側からの攻撃によって殺す』パターン。これは鍵の掛かった部屋の中にいる被害者を、犯人がその部屋の中に入らずに、部屋の外から何らかの方法で殺すパターンを指します。例えば強力な電磁石を使って、室内にある金属製の本棚を倒して被害者を下敷きにして殺すとか。でも今回これは使えません。何故か？」

「はいはいっ！」と夜月は手を上げた。キリッとした顔で言う。「何故なら今回の事件では、被害者は本棚の下敷きになっていないから」

どうだ、と夜月は葛白を見た。葛白は憐れむように夜月を見ていた。何故だ。

「まぁ、いいや。蜜村准教授、頼む」

「わかったわ、葛白先生」蜜村は肩を竦めて言った。「簡単なことよ。被害者の社さんが殺されたのは、図書室じゃなくて、社さん自身の部屋だからよ」

ちょっと何を言ってるのかわからなかった。確かに社は彼自身の部屋で殺され、そこから死体は図書室へと移動された。でも、それがどうしたというのだろうか？

「わかりませんか？」と蜜村准教授が言う。

「わかりません」と夜月。

「じゃあ、ヒントを。凄く単純なことですよ」蜜村は小さく笑う。「犯人は死体を部屋に運び込んだ。その後で⑭のパターンを使った。これって変だと思いませんか？」

「変？　あっ、そうか――」

夜月はようやく気が付いた。

部屋に死体が運ばれた時点で、被害者は既に死んでいるのだ。何せ、死体だから。でもそれだと⑭のパターン――、『密室の中にいる被害者を部屋の外側からの攻撃によって殺す』ことができなくなってしまう。つまり⑭のパターンは使えない。何故なら⑭のパターンは、生きた状態の被害者が、自らの手で扉を施錠することが前提となっているからだ。

「ちなみに、犯行現場に運ばれた時点で被害者にまだ息があった場合、それは⑤のパターンと同じになりますから、同じくこれも否定されます」蜜村がそう補足する。

夜月が納得したのを見て、葛白は⑭のパターンを消した。残されたパターンは一つだけ。

「最後に⑮のパターンだ」と葛白は宣言した。「『密室の中にいる被害者を部屋の内側からの攻撃によって殺す』パターン。これは室内に何かしらの仕掛け――、例えば時間が来るとタイマーでナイフが射出されるような機械的な仕掛けを用意しておきます。被害者は自らの手で扉に鍵を掛けて、ソファーなどで休んでいた。そこを飛んできたナイフに刺されて殺される――、というトリックです。でも今回はこのトリックは使えません。⑭のパターンと同じですね。被害者の死体は別の場所から移動されてきたものだから、⑭と同じ理由で⑮も削除されます」

ホワイトボードから、⑮のパターンが消された。

「えっ――、」

夜月はそう声を上げた。他の皆も動揺したようにホワイトボードを見る。そこに綴られた十五種類の密室のパターン。そのすべてが葛白の推理によって、マーカーの縦線で消されていた。

「どういうことなの、香澄くん」夜月は困惑したように言った。「十五種類の密室トリックの、どのパターンにも該当しないなんて」

葛白は小さく肩を竦めた。

「つまり、そういうことだよ。既存のどんなトリックを使っても、今回の密室状況を再現することはできない」

「そんな――、」

困惑が、絶望に変わる。じゃあどうして、現場が密室になったというのだろう？　密室トリックは魔法じゃない――、先ほど葛白の推理の聞き役に回っていた蜜村はそんなことを言っていた。魔法じゃないから、物理的に不可能なことは絶対にできない。

でも――、

これはどう見ても――、

「魔法――」

「魔法なんかじゃない」

葛白の声が夜月に被さる。

「確かに、どう見ても不可能犯罪だ。物理的に再現することが不可能に思えるほどのね。でも――、あるんだよ。たった一つだけ、この不可能状況を再現するトリックがある。それも極めてシンプルで――、既存のトリック体系のどこにも属さないトリックが」

それは――、と夜月は息を飲んだ。それは十五種類の密室のパターンのどこにも属さない――、法務省の密室分類の外側にある、十六番目のトリックということか。

「それって、どんな」

夜月がそう声を上げると、葛白は口元で小さく笑った。

「今から実際に再現してみるよ。じゃあ、蜜村」

「何？」

「死体の役をやってくれ」

蜜村は目を丸くして、そしてあからさまに拗ねた。「何で私が」と唇を尖らせる。

「頼むよ、蜜村准教授」

「私は准教授じゃないわ」

「じゃあ、光速探偵ピエロ」

「どうして光速探偵ピエロが死体の役をやるの？」

二人はまたしばらく揉めていた。やがて蜜村が渋々折れて、死体の役を引き受ける。

「では、今からトリックの再現をします」葛白はそう宣言すると、蜜村をナイフで刺す真似をした。「ぐはっ」と蜜村が床に倒れる。葛白は蜜村の両手を持って、一メートルくらい床を移動させた。「こうしてまず犯人は社さんを殺し、この部屋まで運んできました。まぁ、実際は引きずるんじゃなくて、おんぶでもして運んできたんでしょうが」と葛白は言った。

「そして」と葛白はポケットから鍵を取り出す。この西棟のマスターキーだ。「これをジャム瓶の中に入れて蓋を閉めます」

葛白は部屋の隅に置いてあったジャム瓶を手に取った。その中にマスターキーを入れて、宣言通り蓋を閉める。それを死体役の蜜村の傍に置いた。この時点でもうマスターキーを使用することはできなくなった。

葛白は皆を見渡す。

「じゃあ、今から部屋を密室にします」

その言葉に、死体役の蜜村を除く全員が困惑していた。フェンリルも石川も迷路坂も——、そしてもちろん夜月もだ。今から部屋を密室にするって——、いったいどんな方法でそれを成すというのだろう。

皆が困惑の目を向ける中、葛白は悠々と扉を開けて、廊下へと出ていった。ばたりと扉が閉められる。部屋の外にいる葛白の声が、閉ざされた扉越しに響く。

「じゃあ、今から密室にします」

その言葉と同時に、鍵穴に何かが差し込まれる音が聞こえた。そしてすぐに扉の内側に付いた鍵のツマミがゆっくりと回転し——、
カチャリ——、と、あっさりと扉は施錠された。

「えっ——、」

夜月は声を失って、すぐに扉に駆け寄った。ノブを回して扉を引く。扉は開かなかった。間違いなく完璧に施錠されている。

いったい、何が起きている？　どうして、扉が——、
夜月は混乱したまま、ツマミを回して扉を開錠した。扉を開いて部屋に入ってきた葛白に、その当惑をそのままぶつける。

「いったい、どういうことっ？」ぐちゃぐちゃになった思考でそう訊いた。「いったい、どうやって鍵を掛けたの？」

「ああ、それは」すると葛白はポケットから『それ』を取り出した。「これを使って施錠したんだよ」

葛白が手にしていたのは鍵だった。すらりと長い形状の西棟の部屋の鍵。混乱はますます広がる。どういうことだ？　その鍵を使って施錠したって。まさか、その鍵は――、

「合鍵？」

夜月の言葉に、葛白は苦笑した。

「合鍵なんて存在しないよ。この図書室の扉を施錠できるのは、そこのジャム瓶に入っているマスターキーだけだ。大前提だろ？」

「でっ、でも、合鍵じゃないなら、その鍵はいったい」

「ああ、これ？」葛白は手にしている鍵を掲げた。「これは僕の部屋の鍵だよ」

その言葉に夜月は噴き出した。葛白が冗談を言っていると思ったのだ。

「何言ってんの、香澄くん」そう、たしなめるように言う。「香澄くんの部屋の鍵で、図書室の扉が施錠できるわけがないじゃん。香澄くんの部屋の鍵で施錠できるのは、香澄くんの部屋の扉だけでしょう？」

そんなの、子供でもわかることだ。

でもそんな夜月の言葉に、葛白は肩を竦めた。それこそ、子供を諭すように。

「うん、だから――」

と彼は言った。

「扉を交換したんだよ。蝶番を外して——、僕の部屋の扉と、この犯行現場である図書室の扉をね。そうすればこの犯行現場の扉を、僕の部屋の扉の鍵で施錠することができるだろう？」

＊

「扉を——、交換する？」

呟いた夜月の言葉に、僕はこくりと頷いた。この西棟の部屋の扉は、図書室も含めてすべて同一のものが使われている。だから蝶番を外せば、他の部屋と扉を交換することが可能だ。犯人はそれを利用して、自身の部屋の扉と、犯行現場である図書室の扉を交換した。すると図書室の扉は、実際には犯人の部屋の扉になっているわけだから、犯人の部屋の鍵で図書室を密室にすることができる。室内にマスターキーを残したまま、扉を施錠することができるのだ。

僕は、死体役として床に倒れている蜜村に目をやった。彼女は驚きに目を丸くして、やがて「本当に真相に辿り着いたのね」と小さな声で呟いた。たぶん僕にしか聞こえない声だった。僕はそれに頷きを返した。

そして僕は、ちらりと夜月に視線を向ける。夜月は「うん？」と首を傾ける。夜月にその自覚はないようだけど、僕がこの密室トリックに気付いたのは実は彼女のおかげだった。今朝、僕がマーマレードと林檎ジャムの瓶の蓋を取り違えて閉めてしまった時――、夜月はその瓶を開けて、二つの蓋を交換した。僕はそれを見た瞬間に、今回の扉の交換トリックを思いついたのだ。そして同時に、蜜村と一緒に図書室の扉の蝶番を調べた時のことを思い出した。あの時、僕はその蝶番のネジが緩んでいるような気がして――、蜜村には気のせいだと言われたけれど、やはりあれは気のせいではなかった。密室トリックの痕跡が、まさにそこに残っていたのだ。

蝶番を外して扉を取り外したり取り付けたりする作業は、現在でも内装業者などなら頻繁に行っていることだし、素人でも相応の練習を積めば、それほど時間を掛けずに実行することは可能だろう。手際良くやれば、十分も掛からないかもしれない。そして、この館に着いた初日に確認したことだけど、この西棟の部屋の扉にはすべて、フラッシュドアと呼ばれる内部に空洞があるタイプの扉が使われている。木製ということもあり、扉の重さはおそらく十キロ程度――、なので、扉を交換する作業は、男女問わず実行可能だ。

そして僕はこのトリックに気が付いたことにより、ずっと頭に引っ掛かっていた二つの疑問も解消させることができた。

「この事件には二つほど、不可解な点があったんです」僕は右手の指を二本立てて皆に言った。「一つは、何故犯人は図書室に死体を移動したのか。もう一つは、何故犯人は扉に残ったセロハンテープの切れ端を剝がしたのか——、です」

一見すると、どちらも意味のない行動に思える。でも、もちろん、そこにはちゃんと理由があった。

「まず一つ目の疑問から考えていきましょう。犯人が社さんの死体を、社さんの部屋から図書室へと移動した理由。一見すると、社さんの部屋と図書室——、どちらの部屋で死体が発見されても大差がないように思えます。でも犯人にとってはそうではなかった。死体が発見されるのは、図書室でなければならなかったんです」

その言葉に夜月をはじめ、皆はちんぷんかんぷんな顔をしていた。「どういうこと？」と訊ねた夜月に、「理由は簡単だよ」と僕は答える。

「何故ならこの図書室には、正規の鍵が存在しないからだ。マスターキーでしか開錠できない——、そのことが大きな意味を持つ。この扉交換トリックには、実は大きな欠点があるんだ。仮に犯人がこのトリックを使って、図書室ではなく、社さんの部屋を密室にしたとしよう。死体発見現場が、社さんの部屋だったと仮定するんだ。すると犯人は社さんの部屋の扉を、自分の部屋の扉と交換することになる。そしてその場合、室内には施錠可能なすべての鍵——、つまり、マスターキーと社さんの部屋の鍵の二本を残しておく必要がある。施錠可能な鍵をすべて室内に残さないと、そもそも密室じゃなくなるからな。だから犯人はマスターキーと社さんの部屋の鍵を室内に残し、自分の部屋の鍵で扉を施錠する。これで密室の完成だ。でもこの密室は完璧じゃない。一見すると完璧だけど、実際はそうじゃないんだ」

「どういうこと？」と夜月が首を曲げる。「何も問題がないように思えるけど」

「扉を交換したが故の弊害だよ」と僕は言った。「犯人は社さんの部屋に、自分の部屋の扉を取り付けた。するとその扉は、犯人の部屋の鍵で施錠できるようになるだろう？　でもその代わりに、今度は社さんの部屋の鍵を使って施錠することができなくなる。社さんの部屋なのに、社さんの部屋の鍵で施錠することができなくなるんだ。これは明らかに不自然で――、しかも犯人は密室状況を作り出すために、室内に社さんの部屋の鍵を残している。現場が密室だと気付いた探偵役はまず、その鍵が本物かどうかを確かめるだろうな。当然、その鍵では社さんの部屋の扉を施錠することができない。だから探偵役は鍵が偽物だと判断し、結果的に密室状況が瓦解してしまうことになる」

実際には、室内に残された社の部屋の鍵は紛れもない本物だ。でも扉が交換されていることを知らない探偵役は、鍵が使えない時点で、その鍵がよく似た偽物とすり替えられていると判断するだろう。鍵は確かに本物なのに、偽物だと判断するわけだ。

「でも図書室には正規の鍵が存在しない」と僕は言った「図書室の扉はマスターキー

でしか施錠できないんだ。そしてマスターキーは、西棟のすべての部屋の扉を施錠することができる。つまり犯人の部屋の扉も施錠できるということだ」

実際、社の死体発見時に、僕と蜜村は部屋に残されたマスターキーが本物かどうかを確かめた。マスターキーを使って図書室の扉が施錠できるかどうかを確かめたのだ。でもあの時、図書室の扉は犯人の部屋の扉と交換された状態だった。でもマスターキーは、図書室と犯人の部屋の扉――、そのどちらも施錠できる。扉が交換されていたとしても、マスターキーでは扉が交換されているという事実に気付かないのだ。だから犯人は社の死体を図書室に運んだ。正規の鍵が存在しない――、マスターキーでしか施錠できない図書室に。

「これが一つ目の疑問――、死体移動のホワイダニットの答えです」と僕は言った。「そして二つの目の疑問――、何故犯人は扉に残ったセロハンテープの切れ端を剝がしたのか。この答えは簡単ですね」

剝がす必要のないセロハンテープの切れ端。犯人がわざわざそれを剝がした理由とは――、

「犯人はセロハンテープの切れ端を剝がしてなんかいない。社さんの死体が発見された後、犯人は一度交換した部屋の扉を再び元の状態に戻したんだ。皆が寝静まった後でね。だから犯行現場の扉に付いたセロハンテープの切れ端は、犯人の部屋へと移動

した。だから犯人がセロハンテープの切れ端を剝がしたように見えたんだ」

そして、そのセロハンテープの切れ端はきっと、まだ犯人の部屋の扉に貼り付いているはずだ。だから今から皆の部屋の扉を調べれば、誰が犯人かはすぐにわかる。でもその必要はないだろう。だって僕は誰が犯人かを、既に知っているのだから。

そして、その真相に辿り着いたのは僕じゃない。

「蜜村」

だから僕は彼女の名前を読んだ。死体役として床に倒れていた彼女は、怪訝な顔で立ち上がる。

「何？」

「誰が犯人なのか、皆に教えてやってくれ」

その言葉に、蜜村はますます訝し気な顔をした。唇を尖らせて、不機嫌そうな声で言う。

「自分で説明すればいいじゃない」

「でも犯人の正体に気付いたのは君だろう？」僕はそう肩を竦めた。「だったら、それは君が説明するべきだ。借り物の推理を皆に語るほど、僕は厚顔無恥な男ではないつもりだ」

その言葉に、蜜村が小さく笑った。「何が厚顔無恥な男ではないよ、偉そうに」そう呟いた後、長い黒髪をくしゃりと掻いた。

「いいわ、ここからは探偵役交代ね。じゃあ今から、私と葛白くんを含めた六人の容疑者——、その中の誰が犯人なのかをロジックで導き出す」

＊

「推理のポイントになるのは現場に残されたトランプです」と蜜村は言った。「社さんの死体のポケットに入っていたハートの『9』のトランプ。そしてこのトランプは、先の四つの殺人事件の犯人である梨々亜さんから盗まれたものです。梨々亜さんはそのトランプをスマホケースの隠しスペースに入れていた」

「隠しスペース？」フェンリルが首を傾ける。「そういうギミックがあるんですよ」と蜜村は皆に説明した。スマホケースに付けられた突起状の飾り——、竜頭。その竜頭を五回引っ張った後、竜頭を五回押し込めば隠しスペースは出現する。

「社さんが殺された夜、梨々亜さんのスマホはロビーのソファーに置きっぱなしになっていました」と蜜村は言った。「だから理論上、誰もがそこからトランプを盗む機会があったことになります。でも機会があることと、実際に盗めるかどうかは別でしょう？　竜頭を五回引っ張った後、さらに竜頭を五回押し込む——、この特殊な操作を行わないと、隠しスペースは出現しない。トランプを盗めないんです。そして梨々亜さんはその特殊な操作を誰にも教えていないと証言している」

　つまり梨々亜以外の人間には、スマホケースからトランプを取り出すことはできないということだ。もっと言えば、そこにトランプが入っていることすら知らないということになる。

「でも現に犯人は梨々亜さんからトランプを盗んでいる」と石川が考え込むような表情で言った。「となると犯人は、どこかでその操作方法を知ったことになるね。単純に考えれば、梨々亜さんがスマホケースからトランプを取り出すところを盗み見た——、ということになるが」

「でもそれは難しいんです」と蜜村は首を横に振った。「梨々亜さんは、自分の部屋の中でしかスマホケースを開けていないと言っています。犯人が簡単にそれを盗み見ることはできません」

「あっ、じゃあ、隠しカメラを仕掛けたとか？」夜月が思いついたように口にする。「梨々亜さんの部屋にカメラを仕掛けていれば、それで部屋の中の様子が覗けるでしょう？」

　蜜村はふるふると首を振る。

「残念ながら、それも無理ですね」

「えっ、何で？」と夜月。

「梨々亜さんは盗撮器発見器を持っているからです。彼女はその機器を使って、部屋に隠しカメラがないか、くまなく調べた。梨々亜さんはプロの殺し屋です。もし隠しカメラがあったなら、必ずそれを見つけているはずです」

「でも、梨々亜さんが隠しカメラがないかを探し終えた後で、犯人が部屋に忍び込んでカメラを仕掛けた可能性も」夜月はそう屁理屈をこねる。でもその意見にも、蜜村は首を横に振った。

「いえ、それも不可能です。梨々亜さんの部屋のドアノブには、ホームセンターで売られているような補助錠が付いていましたから。その影響で、あの部屋には補助錠の鍵を持っている梨々亜さんしか入れない。仮に西棟のマスターキーを使ったとしても、彼女の部屋には入れないんです。梨々亜さんは部屋に入ってすぐに補助錠を付けたはずだから、後から犯人が隠しカメラを仕掛けるために忍び込むことは不可能です」

蜜村のその説明に、夜月は「なるほど」と頷きを返した。すると今度は夜月の代わりに、別の人物が屁理屈をこねる。「じゃあ、こういうのはどうでしょう」そう言ったのは、迷路坂さんだ。

「梨々亜さんが隠しカメラを探し始めたのは、彼女がスマホケースからトランプを取り出した後だった。つまり、梨々亜さんがスマホケースの仕掛けを開く様子は隠しカメラで撮影されていて、梨々亜さんはその後に盗撮器発見器を使ってそのカメラを見つけたんです。でもその時には既に映像は、電波によって犯人のもとに飛ばされてしまっていた」

その言葉に、蜜村はやはり首を振った。

「いえ、それもありませんよ。もし迷路坂さんの話の通りだとすると、梨々亜さんは隠しカメラを仕掛けた人物――、仮にXとしますが――、そのXに、『自分がトランプの持ち主だと知られていること』を知っていたことになる。でも梨々亜さんは犯行現場にトランプを残した。これは明らかに矛盾した行動ですよね。だってXは犯行現場に残されたトランプを見れば、それが梨々亜さんの持ち物であることに気が付いてしまうのだから。彼女が犯人であることが簡単にバレてしまう。つまり梨々亜さんが犯行現場にトランプを残したことが、彼女の部屋に隠しカメラが仕掛けられていないことを証明しているんですよ」

だから、やはり社を殺した犯人が、隠しカメラを使って梨々亜がスマホケースを開ける際の様子を盗み見た可能性はないということになる。となると、犯人が梨々亜の部屋の中の様子を知る手段は限られてくる。というよりも、一つしかない。僕はそれを口にする。

「じゃあ、犯人は梨々亜さんの部屋の窓から、中の様子を覗き見たということになるな」

　僕のそのセリフに、蜜村は小さく笑った。推理のアシストをしたつもりだったが、少し演技が大根だったかもしれない。蜜村は、こほんと小さく息をついて、「その通りよ、葛白くん」と言った。

「犯人が部屋の中を覗くには、窓を使うしかない」

「でもそれって少し不用意じゃない？」そう、夜月が疑問を口にする。「窓から覗かれるリスクがあるのに、犯罪の証拠であるトランプをスマホケースから出し入れするなんて」

「いいえ、別にそうではないんです」と蜜村は首を振った。「梨々亜さんの部屋に窓は一つしかなくて、その窓にはカーテンが掛かっていましたから。たまたまそのカーテンに小さな穴が開いていて、窓に近づくとその穴から部屋の中の様子を覗くことができただけなんです。梨々亜さんはそのカーテンの穴の存在に気が付いていなかったんでしょう。ちなみに穴は凄く小さいから、至近距離まで近づかないと室内の様子は窺えません。さらにカーテンはずっと閉め切られた状態だったので、双眼鏡などを使って遠くから覗くこともできない。つまり、犯人が部屋の中の様子を覗き見るには、窓に近づいてカーテンの穴から覗くしかないということです」

　その説明を聞いて、皆は納得いったように頷いた。「でも——、」とそこでフェンリルが、新たな疑問を投げかける。

「それがいったいどのような意味を持つのでしょう？　犯人は窓に近づいてカーテンの穴から部屋を覗いた――、だから梨々亜さんのスマホケースの開け方を知った――、そこまではわかります。でも窓に近づいて梨々亜さんの部屋を覗くことは、誰にだってできるでしょう？　それが犯人の正体に繫がるとは思えません」

その言葉に、蜜村は小さく笑んだ。

「いいえ、それが繫がるんです」

艶やかな黒髪をくしゃりと掻く。

「だって梨々亜さんの部屋を覗くことができた人物は、この中でたった一人しかいないんだから。もちろん、私や葛白くんを含めてね」

彼女のその発言に、皆の間に緊張が走る。つまり、その窓を覗けたたった一人の人物――、その人物こそが社を殺害した犯人だということだ。

「でも、いったいどういうこと？」夜月が戸惑ったように言う。「梨々亜さんの部屋を覗くことができる人物が一人しかいないって」

蜜村は小さく肩を竦める。

「自分で言っておいてなんですが、実際にはその表現は正確ではありません。厳密に言えば、『梨々亜さんが自身の部屋にいる時に、梨々亜さんの部屋を覗くことができる人物は一人しかいない』です」

夜月は再び首を曲げる。

「その違いがよくわからないんだけど」

「簡単なことですよ。犯人は窓を覗くことで、スマホケースの開け方を知ったんです。となると、梨々亜さんが部屋にいる時に窓を覗かなければ意味がないでしょう？　例えば梨々亜さんが館に到着する前に、窓を覗いたとしても意味がない」

夜月が「なるほど」と頷いた。「なので、梨々亜さんが自分の部屋にいた時間帯はいつなのか――、それを考えることが重要になってきます」と蜜村は言った。

「この雪白館に到着した梨々亜さんは、しばらくロビーでお茶をした後、初めて自分の部屋へと向かいました。確か真似井さんとバラエティー番組のアンケートのことで喧嘩したんでしたね。そして梨々亜さんが部屋に向かってからすぐ、雪が降り始めました。激しい雪で、降った時間は三十分くらいだったけれど、庭は一面銀世界になりました」

その雪は、未だに融けずに残っている。僕たちがこの館に来てから、雪が降ったのはその一度きりだ。

「雪は梨々亜さんの泊まっている離れの周囲にも積もっていました」と蜜村は言った。

「そしてその離れの周囲の雪には誰の足跡も付いていなかった。もちろん、離れの窓の周りにも足跡はない。そしてこのことは、とある事実を示唆している」

蜜村は皆に告げた。

「雪が降り積もってから、誰も窓には近づいていないということです。だって、近づくと足跡が残るから。そしてそれは、雪が降り積もってから、誰も梨々亜さんの部屋の窓を覗いていないということを意味しています」

彼女は口元で小さく笑んだ。

「では、もう一度情報を整理してみましょう。雪は梨々亜さんが部屋に向かった直後に降り始めました。そして雪が降り積もってからは、犯人は窓を覗くことはできなかった。つまり犯人が窓を覗いたのは、雪が降り始めてから、降りやむまでの間だということです。チャンスは実は凄く短い。犯人はその間に、おそらく偶然、梨々亜さんの部屋の窓を覗き込んだんです」

蜜村は涼やかな声で告げた。

「つまりその時間に、アリバイがない人間が犯人ということになる」

雪が降り始めてから、降りやむまでの短い時間。その間に、アリバイのない人間が犯人。

僕はその時の様子を思い出してみた。梨々亜がロビーを離れ、雪が降り始めた時、ロビーには当時館にいたほぼ全員が集まっていた。まだ到着していなかった神崎を除く、ほぼ全員。従業員の詩葉井さんと迷路坂さんもいた。

いなかったのは二人だけ。梨々亜と——、そしてその人物だけだ。

その人物は、雪が降り始めてから十分後くらいにロビーへと戻ってきた。銀髪を雪に濡らして。そして僕に、雪で作ったウサギをくれたのだ。

「だから犯人は、あなたしかいないんです」

蜜村は彼女を指差す。

「フェンリル・アリスハザードさん、あなたが犯人です」

＊

フェンリルはかすかに目を見開いた後、口元に柔らかな笑みを浮かべ、ひとことだけこう告げた。

「正解です」

銀色の髪がかすかに揺れる。彼女のその告白は、この雪白館で起きた一連の殺人事件の真の終結を意味していた。

　詐欺師に騙《だま》されて、フェンリルの母が首を吊ったのは彼女が十歳の時だった。どれだけ涙を滲《にじ》ませても母は目を覚まさなくて、父は静かな声で、ただ「祈ろう」とだけ言った。

「そうすればお母さんの魂は浄化されて、僕らに幸福をもたらしてくれるんだよ。教皇様が言ってたけど、自殺もある種の殺人なんだ。本物の殺人に比べればエネルギーは小さいけれど、それでも精一杯祈れば、必ずお母さんの死も意味のあるものに変わるはずだ」

　父と母が変な宗教に入信してからどれくらい経つだろう。気が付くとフェンリルも入っていて、毎週休みの日になると変な集会に参加した。フェンリルは神様どころか魂すら信じない少女だったけれど、知らない間に出世して、気が付くとその変な宗教の幹部に祀《まつ》り上げられていた。きっとフェンリルが優秀で、それ以上に美しかったからだろう。彼女が説法を行うと、不思議とみんな聞き入った。信者の数も増えていった。神様を信じない人の言葉を信じるなんて、本当に大人は馬鹿ばかりなのだと思った。だから母が自殺しても、「祈ろう」なんて言葉が出てくる。大事なのは祈りではなく、復讐であるべきなのに。

フェンリルは変な宗教の幹部という地位を利用して、母を騙した詐欺師のことを探し出すことに成功した。名は社というらしい。すぐにでも殺そうと思ったが、警察に捕まるのは嫌だった。憎き相手に復讐して、その代償を支払うことは間違っていると思ったのだ。刑務所には入りたくない。何故ならその行為は、「償い」を意味するのだから。悪いことをしていないのに、償いはしたくなかった。

そんな風に悩みながら過ごしているうちに事件は起きた。世間は大騒ぎだった。中学二年生の女の子が父親を殺したのだという。それは日本で初めての密室殺人事件だった。

そして信じられないことに、無罪判決が下された。世間の常識とはかけ離れた、狂った判決だった。でもフェンリルはその判決に歓喜した。密室殺人を成功させれば、いっさいの罪に問われない。それは母の復讐を夢見るフェンリルにとっては、あまりにも大きな情報だった。思えば彼女が密室に恋をしたのは、この瞬間だったのかもしれない。

それからフェンリルは、一日のほぼすべての時間を密室について考えるようになった。どんな密室トリックで社を殺すか——、それだけを考えていた。母が死んでから、初めて楽しいと思える日々だった。そして次第に彼女の中で目的と手段は逆転していく。母の復讐を果たすために密室殺人を行うのではなく、密室殺人を行いたいがために母の復讐を願うようになった。

宗教の世界には免罪符という言葉があるけれど、彼女にとっては密室こそが、その免罪符の代わりだった。人を殺しても許される、神の名において刷った紙。三年前に、一人の少女が起こした事件が密室の意味を変えたのだ。

フェンリルは社を殺す計画の準備を進めた。場所は外界から隔絶された、クローズドサークルがいい。警察が介入できない分、使えるトリックの幅が広がる。だから密室殺人を行うなら、クローズドサークルこそが最適な場所だと思った。

そしてフェンリルは雪白館で、その少女——、蜜村漆璃と出会った。でもフェンリルは彼女の正体には気付かなかった。ただ彼女がフェンリルと同じく、密室を愛していることには気付いていた。

Epilogue　日本で初めて密室殺人が起きてから三年と一ヶ月が経った

雪白館に救助が来たのは事件が解決してから半日が経ったころで、僕らは警察に事件の犯人であるフェンリルを引き渡した。本当は梨々亜も一緒に引き渡したかったのだけど、梨々亜は彼女が監禁されていた部屋の中からいつの間にかいなくなっていた。煙のように消え去った――、というわけではない。天井板が破られていたのでそこから脱出したらしい。密室からの脱出方法としてはかなり雑なやり方だった。

梨々亜が館から逃げる姿は、館を囲う塀の門に付いた監視カメラに映っていた。でもその後、彼女がどこに行ったのかはわからない。橋は落ちたままなので、おそらく、かつての社のように森の中に入ったのだろう。梨々亜の生死は不明だった。警察と――、そしてマスコミは今でも、殺し屋で国民的女優の彼女のことを探している。

そして蜜村漆璃はといえば、自身の密室トリックが暴かれたことにより、マスコミに追い回されて大変なことになっている――、なんてことは全然なくて、今もきっとどこかで、のうのうと暮らしているのだろう。蜜村は社が殺された事件のトリックは、かつて自分が使ったトリックと同じだと言っていた。でも冷静に考えると、そんなことはあり得ない。あれは正規の鍵が存在しない――、マスターキーでしか施錠することができない図書室でしか使えないトリックだ。もし正規の鍵が存在する部屋であのトリックを使った場合、現場となった室内には当然、正規の鍵が残されることになる。そして死体の第一発見者たちは、その鍵が本物かどうかを確かめようとするだろう。でも現場の扉はトリックのために別の部屋の扉と交換されているから、室内に残された正規の鍵ではそれを施錠することができない。結果的に鍵が偽物と勘違いされ、密室状況は瓦解する。

かといって、正規の鍵を室内に残さなければ、そもそも密室状況を成立させることができない。何故なら密室というのは多くの場合において、施錠可能なすべての鍵が室内にあることによって成り立つからだ。

だから正規の鍵が存在する部屋では、扉交換トリックは使えない。そして蜜村の父親が殺害された事件では、現場には正規の鍵が存在した。

雪白館を出る際にそのことについて訊ねると、彼女は「盛大な勘違いをしていたわ」と肩を竦めながら言っていた。本当に勘違いしていたのか、それとも僕をからかっていただけなのかはわからない。

でも僕はもう彼女とは会うことはないだろう。連絡先も交換しなかったので、そもそも会う手段がない。それはとても寂しいことで、今でも僕はそのことを後悔している。

＊

冬休みが明けて学校に行くと、隣のクラスに転校生が来るらしいとかなり話題になっていた。しかも相当な美少女らしい。「ふぅん」と気のない返事をすると、友人は「いや、マジだって」と力説した。「しかも、名前もかなりの美少女らしい」「名前も美少女?」謎の表現だ。「なんて名前なんだ?」「何でも夏村祭《なつむらまつり》というらしい」「なつむらまつり」僕はその名前を呟いた。確かに「夏」や「祭」という漢字は美少女っぽい感じがする。でも何だろう? どこかで聞いたような名前だった。「ちょっと、トイレに行ってくる」そう言って僕は席を立った。「もうすぐ、朝のホームルームが始まるぞ?」そう言う友人に、僕は「速攻で戻ってくるから」と謎の虚勢を張った。

いそいそとトイレに向かう。すると廊下の向こう側から教師が歩いてくるのが見えた。隣のクラスの担任だ。その横には一人の女子高生がいた。例の転校生だった。確かに、噂通り相当な美少女だった。でも正直、そんなことはどうでも良かった。彼女の容姿が整っていることなんて、今は本当にどうでもいいことだった。

僕たちは互いに「あっ」と呟く。僕は転校生の少女に言った。

「蜜村」

こほんと息をつく音が聞こえる。

「蜜村って誰ですか？」と蜜村は言った。「私は夏村ですが」

いや、どう見ても蜜村だろ。

僕は彼女の手を引っ張って、廊下の隅へと連れて行った。声を潜めて彼女に言う。

「夏村って誰だよ」「私の本名だけど」「そんなわけないだろ。何、偽名なの？」「うん、偽名」「何故、偽名を」「ほら、私って一部では有名人だから。本名で学校に通うのはちょっとね」

彼女は口元で小さく笑った。

「だから、学校では夏村って呼んで」

その言葉に僕は頷きを返した。そして笑みを返して言う。

「でも、部活の時は蜜村って呼ぶから」

蜜村は首を傾けて、「何部なの？」と訊ねた。僕は「もち、文芸部」と答える。「でも部員が僕しかいなくて、今にも潰れそうなんだ」

蜜村は「ふーん」と呟いた。そして「そのまま潰れてしまえばいいのに」と笑う。

僕は「そこを何とか」と言って、彼女が入ってくれるよう様々な説得を始めた。部室の本棚に並ぶ書籍や、何故か部室に置かれているボードゲームのラインナップについて語る。

蜜村は僕の勧誘を聞きながら、「うーん、どうしよう」なんてもったいぶった態度を取った。でも僕には予感があった。きっと再び僕たちの、密室を巡る冒険が始まるのだと。

熱心に語る僕を見て、彼女は「嬉しそうね」と言った。そして「私に会えて嬉しかった？」そう冗談めかして告げる。

僕は答えをはぐらかそうとしたけれど、結局素直に今の気持ちを伝えてみることにした。

「嬉しいよ――、僕はもう一度、君に会えて嬉しかった」

蜜村は目を丸くして、少し照れくさそうに「そっか」と言った。僕はそんな彼女に告げる。

「だって僕は、君が使った密室トリックの真相にようやく辿り着いたんだから」

＊

「じゃあ、聞かせてもらおうじゃない」

放課後、僕たちは文芸部の部室に集まった。蜜村が入部してからの最初の活動は、彼女が起こしたとされる密室殺人事件の真相解明に使われることになる。

「断っておくけど、確証があるわけじゃないんだ」僕はパイプ椅子に座りながら言った。「あくまで仮説――、こうすればあの密室状況に説明が付く――、その程度のものだよ。だから話半分に聞いてくれ」

「いきなり予防線を張るなんてダサいわね」

「僕は泥臭い推理を身上とするタイプだから」

「泥臭いとダサいは、似て非なる言葉だと思うけど」

僕らは窓際でパイプ椅子に座って向かい合った。何だか懐かしい気分になる。中学の時はよくこうしていた。オセロをしたり、小説を見せ合ったり、他愛もない話をしたり――、
僕はこほんと咳をする。

「じゃあ、まずは現場の状況の確認だ。現場は完璧な密室で――、部屋の扉には一切

の隙間はなく、鍵はおろか、糸すらそこを通すことはできなかった。窓は嵌め殺しで侵入は不可。現場となった部屋には合鍵やマスターキーは存在せず、唯一の鍵は室内の——、死体の傍に置かれた机の引き出しの中から見つかった。さらにその引き出しは別の鍵によって施錠されていて、その机の鍵は被害者のポケットの中に入っていたんだ。

鍵には部屋番号を示すキーホルダーが付けられていて、鍵本体には部屋番号は刻印されていないから、キーホルダーを付け替えれば、他の部屋の鍵をあたかも現場の鍵のように偽装することは可能に思える。でも実際には不可能だった。死体の第一発見者である執事とメイドたちが、その鍵が本物であることを確認しているからだ。彼らは実際にその鍵を使って、扉の施錠が可能かどうかを確かめている。だから机の引き出しに入っていた鍵は本物で、それが偽物とすり替えられていた可能性はありえない」

僕が空で語り終えると、蜜村は目を丸くした。

「葛白くん——、それ全部憶えてるの？」

「まあね」

「気持ち悪い。ストーカーみたいね」

彼女は嫌悪感を露《あら》わにした。僕はとても傷ついた。彼女はしばらく僕から距離を取り身を守るような仕草をしていたが、やがてそれに飽きたのか話の方向を元に戻した。

「それで、いったいどういうトリックを使ったの？」少し身を乗り出してそう訊ねる。

「どう見ても、完璧な密室に思えるけど」

　僕はそれに頷いた。

「確かに完璧な密室だ。僕もいろいろ考えてみたんだけど、法務省が作った例の密室分類――、十五種類の密室トリックのどれにも当て嵌まらなかったんだ。だから十六番目のトリックが使えるんじゃないかと思ったんだけど」

「例の扉交換トリックね」

「でもそれも上手くいかなかった。現場となった部屋には、正規の鍵が存在するから」

　正規の鍵が存在する部屋では、扉交換トリックは使えない。以前に僕はそのような結論に辿り着いたのだった。

「じゃあ、どうするの」蜜村はふふんと笑う。「結局、密室は崩せないじゃない」

　それに僕もふふんと笑った。

「それがね、崩せるんだよ。もっとも、ちょっとズルかもしれないが」

「ちょっと、ズル？」

「犯行現場には合鍵が存在しない――、この前提が重要になってくるんだ」

　蜜村は首を傾けた。しばらく思案するようにして、やがて黒髪を掻いて訊く。

「どういうこと？」

「つまり、『犯行現場には合鍵が存在しない』――、この前提は崩さない。その代わりに、この前提を自分の都合の良いように解釈してみることにしたんだ。いわば、ルールの抜け道を突いた。だからズルかもってこと」

蜜村はその言葉に興味を惹かれたようだった。口元で小さく笑い、少し真剣な顔で言う。

「じゃあ、訊くけど。葛白くんはいったいどういう風にその前提を解釈したのかしら?」

「僕の解釈は」と僕は言った。「犯行現場以外の部屋には、合鍵は存在する――、だ」

蜜村の目がゆっくりと見開かれるのが見える。僕は辿り着いた結論を彼女に告げる。

「もし他の部屋に合鍵が存在すると仮定すると、使えないと思われていた扉交換トリックを復活させることができるんだ。仮に犯行現場と、その『隣室A』の扉を交換したとしよう。すると犯行現場は『隣室A』の鍵で施錠することができるようになる。そして『隣室A』には合鍵が存在するから、『隣室A』の一本目の鍵を犯行現場の中に残しつつ、『隣室A』の二本目の鍵で扉を施錠することができるんだ。鍵はキーホルダーが付いているタイプで、鍵本体には部屋番号の刻印がない。つまりキーホルダーを付け替えれば、密室の中に残した『隣室A』の鍵を、犯行現場の本物の鍵のように偽装することが可能になる。そして死体発見時に、第一発見者たちがその『隣室

A』の鍵――、密室の中に残された鍵が本物かどうか確かめようとしても、扉の交換が行われている以上、犯行現場の扉は『隣室A』の鍵で施錠を行うことができる。だから偽物であるはずの『隣室A』の鍵を、あたかも本物の犯行現場の鍵のように誤解してしまうというわけだ」

僕はそう語った後、蜜村の反応を窺った。もっともこのトリックにも問題はある。それは扉を交換したことによって、犯行現場には施錠可能な鍵が二本存在する――、つまり合鍵が存在する状態になってしまうということだ。そして『隣室A』は逆に、合鍵が存在しない状態になる。鍵が一本足りない状態になってしまうということだ。犯行現場以外の鍵が紛失したところで警察は気にも留めないかもしれないが、そこに若干の違和感が残ってしまうのは確かだった。

そしてこのトリックには、もっと大きな問題がある。それは本当に『隣室A』が存在するのか――、つまり館に、犯行現場と同じタイプの扉を持ち、なおかつ合鍵が存在する部屋が本当に実在するかどうかだ。事件に関して記された様々な書籍を漁ってみたが、そのどこにも僕の知りたい情報は記されていなかった。事件の解明に一番必要なピースを、僕は未だ持ち得ないのだ。

「だから、ずっと君に訊きたかったんだ」僕は向かいに座る蜜村に訊いた。「犯行現場となった館には、『隣室A』は存在するのか？」

パイプ椅子に座った蜜村は小さく笑った。窓から差し込む夕日を吸って彼女の黒髪が焦げ茶に輝く。

彼女の答えを待ちながら、僕はどちらに転んでも面白い――、そんな風に考えていた。

もし『隣室A』が存在するのならば、僕は彼女の作った密室の謎を解き明かしたことになる。それはとても喜ばしいことだ。

そして、もし『隣室A』が存在しないのならば――、
この世界にはまだ誰も知らない、密室トリックが存在することになる。

それは僕たち人類にとって、とても喜ばしいことだ。

冬の夕方の、茜色に染まった部室の中で、
僕は蜜村の言葉を待つ。

やがて彼女は涼やかな声で、その問いに答えを返した。

刊行にあたり、第20回『このミステリーがすごい！』大賞文庫グランプリ受賞作品「館と密室」を改題のうえ、加筆修正しました。

この物語はフィクションです。作中に同一の名称があった場合でも、実在する人物・団体等とは一切関係ありません。

第20回『このミステリーがすごい！』大賞（二〇二一年八月二十三日）

本大賞は、ミステリー&エンターテインメント作家の発掘・育成をめざす公募小説新人賞です。

『このミステリーがすごい！』を発行する宝島社が、新しい才能を発掘すべく企画しました。

【大賞】

バーチャリティ・フォール　南原 詠

※『特許やぶりの女王　弁理士・大鳳未来』として発刊

【文庫グランプリ】

館と密室　金平 糖

※『密室黄金時代の殺人　雪の館と六つのトリック』（筆名／鴨崎暖炉）
として発刊

第20回の受賞作は右記に決定しました。大賞賞金は一二〇〇万円、文庫グランプリは二〇〇万円です。

●最終候補作品

「館と密室」金平 糖
「彼女は二度、殺される」浅葱 惷
「ぬるま湯にラジオ」秋野三明
「不動の謀者」柊 悠羅
「バーチャリティ・フォール」南原 詠
「ダイナマイトにつながったまちがい電話」遥田たかお
「坊ちゃんのご依頼」小溝ユキ
「奈落の空」角張智紀

〈解説〉

密室づくし！　遊び心たっぷりの受賞作

瀧井朝世（ライター）

鴨崎暖炉『密室黄金時代の殺人　雪の館と六つのトリック』は、第二十回『このミステリーがすごい！』大賞の文庫グランプリを受賞した著者のデビュー作である。これが実に、遊び心たっぷりの作品だ。

三年前、日本初の密室殺人事件の裁判において、密室の不解証明により被告に無罪判決が出たことから、以降、巷《ちまた》では密室殺人が激増した現代日本。警察には密室課が設置され、密室探偵なる職業や、トリックを提案もしくは密室殺人を代行する密室代行業者までが誕生。また、法務省は密室の種類を『完全密室』『不完全密室』『広義の密室』に分類、さらに『完全密室』のトリックを十五種類に分類して発表した。そんな珍妙な世界で、推理小説家が遺した館を改装した山奥のホテルが陸の孤島となり、そこで密室連続殺人が発生。もう密室づくしである。架空の日本を舞台にしたことによって、本作はあくまで密室トリックを楽しむために用意されたものだと認識させ、世界に入り込みやすくさせる効果がある。登場人物たちのキャラクターも言動もコミカルで、エンタメ性、ゲーム性に軸足を置いた振り切った設定である。細かな部分で多少説明不足に感じるところもあるが、そもそもの土台が荒唐無稽なのだから大目に見てもよいだろう。一方、密室の状況やトリックに関しては丁寧に作り込まれており、読者を大いに楽しませてくれる。

新人のデビュー作として評価したい点はまず、読者への配慮だ。ユーモアを交えた文章は軽やかで読みやすい。感心するのは説明の上手さ。館の間取り、密室の状況、証拠品などの位置関係やトリックの真相について、図がなくてもちゃんと伝わるほどよく理解できる。また連続殺人事件モノは登場人物が多くなりがちで書き分けが難しいはずだが、本作は潔いほど人物の属性とネーミングを直結させたうえ、一人一人の個性がしっかり描き分けられていて読者を混乱させない。もちろん密室にもバリエーションを持たせている点も大きな魅力。

探偵役の役割を引き受けるのは一人ではない。主人公の葛白香澄《くずしろかすみ》、密室探偵の探岡《さぐりおか》エイジ、蜜村漆璃《みつむらしつり》（葛白の「くずかす」と同じ法則で渾名《あだな》をつけると「ミツシツ＝密室」になる）と、推理合戦とまではいかないが複数の人間が謎に挑んでいく。なかでも推理力に秀でた蜜村の過去も、話の牽引力《けんいんりょく》のひとつだ。

推理小説の傾向やパターンが引き合いに出されるのも、ミステリー好きの心をくすぐる点だ。作中、ノックスの十戒が重要なカギとして言及されるが、ほかにも先行作品に触れている箇所がいくつかある。ちなみに八十七ページ、葛白と一緒にこのホテルに来た夜月《よづき》が「人生で初めて『日常の謎』の小説を読んだんだよね」「一度言ってみたかったんだ。『私、気になります』って」とは、米澤穂信《よねざわほのぶ》氏の古典部シリーズのことで、「私、気になります」は主要人物の一人、千反田《ちたんだ》えるのお決まりの台詞《せりふ》。また、第六章で主人公が法務省が定めた密室の定義をひとつひとつ検証していくくだりは、ジョン・ディクスン・カーの『三つの棺』の第十七章、主人公のフェル博士が密室を分類しながら作中の事件がどれにも当てはまらないことを立証していく、あの有名な「密室講義」に倣《なら》ったものだろう。

著者の鴨崎暖炉は一九八五年、山口県宇部《うべ》市生まれ。東京理科大学理工学部を卒業し、現在はシステム開発会社に勤務。ミステリー好きが高じて、高校生の頃から自分でもトリックを考えていたという。実際に小説を書き始めたのは大学を卒業してすぐのタイミングで、趣味で小説を書いていた会社の同期に「お前も書け」と盛んに言われ、軽い気持ちで取り掛かったところ楽しくなり、夢中で第一作を書き上げた。これは死体を細切れにして熊のぬいぐるみに詰めるという、いわゆる「顔のない死体」を扱ったミステリーで、自信を持ってメフィスト賞に応募したところ一次落選、選考委員である編集者のひとことコメントも辛辣《しんらつ》で凹んだのだそう（「今考えるとかなりレベルの低い作品なので、評価は妥当なのですが……。なぜあんなに自信を持っていたのでしょう」とご本人）。二作目もミステリーを書こうとしたが形にならず、以降はライトノベルに方向転換し、異世界ファンタジーや能力者バトル、SFを執筆。しかしなかなか芽が出ず、もう一度ミステリーに向き合うことにした。

本作に関しては、最初に「なぜ犯人は現場を密室にしたのか」というホワイダニットのネタを考え、その過程で「密室を解かれなければ無罪になる」という設定を思いつき、せっかくだから密室をたくさん入れることに。じつは本作に出てくる最初の密室トリックは、高校時代に考えたものが原型だそうだ。

好きな作家と作品について訊《き》くと、「たくさんいるので難しい」と前置きしつつ挙げてくれたのは、有栖川有栖《ありすがわありす》『月光ゲーム』、米澤穂信『クドリャフカの順番』（先述の古典部シリーズの一作）、同『秋期限定栗きんとん事件』、殊能将之《しゅのうまさゆき》『ハサミ男』、深水黎一郎《ふかみれいいちろう》『ミステリー・アリーナ』、今村昌弘《いまむらまさひろ》『屍人荘の殺人』、大山誠一郎《おおやませいいちろう》『アリバイ崩し承ります』など。一番好きな短編は梓崎優《しざきゆう》「スプリング・ハズ・カム」（書き下ろし学園ミステリ・アンソロジー『放課後探偵団』所収）だという。

ペンネーム「鴨崎暖炉」の由来は、名字はなんとなく植物の名前から取ろうと思い、ネットで植物名の一覧を漁《あさ》って「鴨茅《かもがや》」に惹かれたが、覚えづらいので「鴨崎」にした。下の名前は、覚えやすい固有名詞にすると決めてなんとなく「暖炉」を選んだが、「今思えば、暖炉のある家に憧れているというのもあるのかもしれません。暖炉の前で安楽椅子に座りながら、毎日本を読む人生を送るのが私の夢です」。

今後については、「可能であればミステリー中心、特にハウダニット中心で書いていきたいです。歴史に残るようなトリックを思いつくのが夢」と語る。特殊設定ミステリーにも挑戦したいというから、頼もしい限り。ユニークな舞台設定、奇抜なトリックの新たな作り手の誕生を喜びたい。

二〇二二年一月

宝島社
文庫

密室黄金時代の殺人　雪の館と六つのトリック
（みっしつおうごんじだいのさつじん　ゆきのやかたとむっつのとりっく）

2022年2月18日　第1刷発行
2024年1月2日　第5刷発行

著　者　鴨崎暖炉
発行人　蓮見清一
発行所　株式会社 宝島社
〒102-8388　東京都千代田区一番町25番地
電話：営業 03(3234)4621／編集 03(3239)0599
https://tkj.jp
印刷・製本　中央精版印刷株式会社

ISBN 978-4-299-02646-0

『このミステリーがすごい！』大賞 シリーズ

《第21回大賞》

名探偵のままでいて

小西《こにし》マサテル

かつて小学校の校長だった切れ者の祖父は現在、幻視や記憶障害を伴うレビー小体型認知症を患っている。しかし、孫娘の楓が身の回りで生じた謎について話して聞かせると、祖父の知性は生き生きと働きを取り戻すのだった！ そんななか、楓の人生に関わる重大な事件が……。

定価 1540円（税込）［四六判］

※『このミステリーがすごい！』大賞は、宝島社の主催する文学賞です（登録第4300532号）

『このミステリーがすごい！』大賞 シリーズ

宝島社文庫

「白い巨塔」の誘拐

平居《ひらい》紀一《きいち》

探偵社で働くヤクザの下っ端、真二と悠人のもとに、弟が殺人を犯したかもしれないと女子大生が調査依頼にやってくる。二人が調査を始めた矢先、公園で白骨死体が見つかった。一方、医療法人理事長の三代木は、重要な理事会が迫っているなか、何者かに誘拐される――。

定価 780円（税込）